NIGHTFALL

Les auteurs

Jake Halpern est connu aux États-Unis pour ses livres, ses articles et ses émissions de radio. Grand voyageur, il a parcouru le monde avant de s'installer dans le Connecticut. Mais bien vite, les envies d'aventure l'ont repris et il est parti vivre en Inde avec sa femme et ses deux fils. Il y poursuit sa brillante carrière d'auteur et de journaliste.

Peter Kujawinski est diplomate. Il a travaillé pour les Nations unies à New York, puis a été en poste en Haïti, en Israël, au Canada, en France et dans bien d'autres pays avant de s'installer à Chicago. Parallèlement à cette carrière diplomatique, Peter Kujawinski a écrit de nombreux articles pour le *New York Times* et des romans pour enfants et adultes.

NIGHTFALL

JAKE HALPERN ET PETER KUJAWINSKI

Traduit de l'anglais (États-Unis)
par Hélène Zilberait

POCKET JEUNESSE
PKJ·

Directeur de collection :
Xavier d'Almeida

Titre original :
Nightfall
Publié pour la première fois en 2015
par G. P. Putnam's Sons, an imprint
of Penguin Random House
New York

Loi n° 49-956 du 16 juillet 1949 sur les publications
destinées à la jeunesse : avril 2017.

ISBN : 978-2-266-26615-4

À Sebastian et Lucian,
vous êtes les lumières de ma vie.
J. H.

À Blaze, Alina et Sylvie, puissiez-vous
voir clairement et écrire avec courage
sur ce que vous voyez.
P. K.

CHAPITRE 1

Marine marchait contre le vent qui la repoussait doucement. Quelques pas de plus et elle serait au bord de la falaise. Des chardons crissaient sous ses pieds. Qu'adviendrait-il de ces plantes pendant les années de Nuit ? Allaient-elles se faner et mourir ou resteraient-elles simplement en sommeil en attendant que les premiers rayons du soleil pointent à l'horizon ? Elle avait posé la question à ceux qui les avaient déjà vécues, mais ils avaient refusé de répondre. Personne ne parlait de la Nuit, même si elle était imminente.

Elle s'arrêta au bord du précipice. En bas, l'eau était sombre, presque noire, et s'étendait partout, comme une version liquide du ciel. Au fil des mois écoulés, alors que le soleil avait entamé sa descente finale, l'eau était passée du bleu-vert au bleu irisé et avait continué à s'assombrir. Même si elle conservait une once de sa fluorescence, elle déclenchait à présent chez chacun non plus des sourires mais des frissons.

Marine inspira à pleins poumons l'air chargé d'embruns. Une fois que le soleil aurait disparu, il deviendrait encore plus froid. Tout gèlerait – du moins, c'est ce que les gens disaient à l'école. De toute façon, le temps que cela arrive, elle serait partie depuis longtemps, tout comme les autres habitants de Bliss. Il ne demeurerait que les bâtiments, silencieux et vides, ensevelis sous la glace.

Le vent ramena ses cheveux noirs ondulés contre son visage. Quoique plus petite, elle était plus forte que les autres filles de son âge. Ses bras et ses jambes étaient longs et musclés, le résultat d'années à faire de l'escalade, marcher et naviguer. Elle avait des yeux couleur miel, des cils recourbés et le teint mat – un mélange saisissant hérité de sa mère. Ses vêtements, en revanche, étaient simples et purement fonctionnels : un pantalon de toile, une chemise en lin et des bottes de cuir.

« La marée a-t-elle déjà tourné ? »

Marine fit volte-face. Alors qu'elle attendait son ami Liam, elle fut étonnée de voir Palan, un homme frêle à la peau parcheminée et à la tête rasée parsemée de taches de soleil. Palan avait vécu de nombreux Matins. Sa tunique bleu cobalt ondulait dans le vent et laissait deviner son bras gauche qui se terminait par un moignon juste au-dessus du poignet.

« Je ne sais pas trop pour la marée. Qu'en pensez-vous ? »

Face à Marine, les yeux larmoyants du vieil homme regardaient au loin. « C'est mon quatrième Soir », dit-il à voix basse. Il serra la lourde écharpe de laine nouée autour de son cou. « Avec les années, le soleil semble décliner de plus en plus vite. »

Marine suivit son regard. Le soleil *était* très bas, enfoui aux quatre cinquièmes. Il n'en restait qu'un petit éclat à l'horizon. À l'ouest, le ciel resplendissait d'orange et de rouge. Dans quelques jours, la température baisserait encore de plusieurs degrés, le soleil disparaîtrait complètement et l'île serait plongée dans l'obscurité pendant les quatorze prochaines années. Marine avait la sensation qu'on parlait de la fin du monde et elle avait toujours du mal à y croire.

Le vent se calma et Palan soupira. « Je suis triste à l'idée de ne plus jamais voir cet endroit. Quand je partirai… Je crois que je ne reviendrai jamais. »

Marine posa la main sur son bras. Il se tourna vers elle et l'étreignit. « J'ai entendu du mouvement dans la forêt, chuchota-t-il.

— Que voulez-vous dire ? » demanda Marine.

Palan lui serra les doigts sans répondre.

On entendit un cri étouffé au loin.

« MARINE ! »

Ils se retournèrent et virent un garçon se précipiter vers eux. C'était Liam. Si Palan n'avait pas été là, elle aurait couru à sa rencontre. Elle se contenta de lui faire un signe.

Liam avait l'air un peu perdu. Palan les observa, haussa un sourcil et sourit.

Les yeux marron foncé de Liam brillaient alors qu'il s'approchait de Marine. Il avait une beauté singulière, peu commune chez un garçon de 14 ans : grand, les épaules larges, des cheveux brun-roux en bataille, des pommettes hautes et une fossette au menton.

« Doyen Palan, dit-il. Des nouvelles des bateaux ? »

Une bourrasque plaqua ses cheveux bouclés sur sa tête.

Palan se redressa comme si le terme honorifique – doyen – lui avait rappelé son rôle et son statut : « Désolé, mon garçon. Je n'en ai aucune. Mais je ne suis pas là pour ça. Venez, je vais vous montrer. »

Il s'avança au bord de la falaise et pointa l'index vers le bas. Marine et Liam regardèrent. Bien que la paroi fût plongée dans l'ombre, ils parvinrent à distinguer des nervures épaisses et blanches qui évoquaient des coulures de cire sur une bougie géante.

« C'est de la *glace* », dit Palan. Il faisait plus froid maintenant et il se mit à trembler. « Quand j'étais enfant, mon père m'emmenait ici. La glace débute toujours ici. Elle s'extrait de la roche, puis on dit qu'elle se répand… et finit par tout recouvrir. »

Marine et Liam se tenaient l'un près de l'autre, à côté de Palan. Les doigts de Liam effleurèrent ceux de Marine.

Palan se pencha un peu plus. « La vieille sorcière se trouve quelque part en bas. » Sa voix devint rauque. « Parfois, quand les vagues se brisent au bon endroit, on peut la voir. »

Il s'écarta avec un sourire satisfait, comme s'il se remémorait un souvenir particulièrement cher. Marine et Liam baissèrent les yeux sur l'eau. Elle n'avait pas l'air différente. Palan parlait souvent par énigmes, comme le font les gens de cet âge.

« J'aimerais voir cette glace de plus près », dit Liam en se saisissant de la corde qu'il portait sur l'épaule et en retroussant les manches de son pull.

Après des années d'escalade, ses avant-bras et ses biceps étaient bronzés et musclés.

« Comme tu veux, dit Palan. Mais fais attention, la glace est bien plus glissante que la roche. »

Soudain impatients, Marine et Liam saluèrent le vieil homme qui retourna à pas lents vers la ville. Liam accrocha la corde à un anneau de cuivre scellé dans la roche. Marine et lui avaient escaladé les falaises abruptes de l'île toute leur vie, et récemment ils s'étaient mis à pratiquer seuls tous les deux. Certains voyaient d'un mauvais œil qu'ils grimpent sans surveillance, mais en ce moment les habitants étaient trop occupés pour faire attention à eux.

Pour finir, ils vérifièrent qu'ils étaient bien attachés. Marine repoussa une mèche des cheveux de Liam derrière son oreille. « Tu étais en retard, dit-elle d'un ton renfrogné, comme si elle était en colère contre lui.

— D'une ou deux minutes », répondit-il en souriant. Il secoua la tête afin que ses cheveux retombent devant ses yeux. « Ça n'arrivera plus. »

Ils descendirent sans s'arrêter jusqu'à ce que les embruns mouillent leurs jambes. Les rayons du soleil couchant ne pouvaient pas atteindre le bas de la paroi qui était donc plus sombre qu'ils ne le pensaient. Ils parvinrent malgré tout à voir la glace dans le crépuscule.

Liam poursuivit sa descente. Soudain Marine l'entendit marmonner sous le coup de la surprise.

« Que se passe-t-il ? » demanda-t-elle.

Liam leva les yeux. Marine se tenait sur une saillie à quatre mètres au-dessus de lui. « La marée a tourné, dit-il.

— À l'instant ? »

Elle le rejoignit pour mieux voir.

« Tu as raison. Regarde. »

Elle désigna une fine bande blanche sur la paroi, près de leurs pieds.

Liam hocha la tête. « Du sel séché. La trace de la marée haute. »

Après toute cette attente, le moment était arrivé. Pendant les quatorze années de Jour, la marée autour de l'île était restée haute. Juste avant que le soleil disparaisse, la marée s'inversait brutalement et la mer se retirait, laissant place à un estran long de centaines de kilomètres. Et la mer restait là jusqu'au lever du soleil, quatorze ans plus tard, quand elle remontait tout aussi vite. Le timing était crucial pour les habitants de l'île qui migraient avec la marée. Une fois qu'elle avait tourné, ils n'avaient que quelques jours pour partir.

« Tu crois que quelqu'un d'autre est au courant ? demanda-t-elle.

— Je parie que les Okranas le savent. » Liam affermit sa prise et frissonna. Il émanait de la glace un froid d'une étonnante intensité. « On devrait partir. »

Il avait commencé à remonter quand Marine vit une chose brune et verte sortir de l'eau mousseuse.

« Liam ! » appela-t-elle.

Liam s'arrêta. Son pied était coincé dans une fissure et ses doigts assuraient une prise. Il regarda en bas en se servant de son bras et de sa jambe libres pour garder l'équilibre. Marine secoua la tête et sourit. *Quel frimeur.*

« Qu'est-ce qu'il y a ? demanda-t-il nonchalamment.

— Regarde. » Ses yeux écarquillés brillaient d'excitation. « Il y a quelque chose dans l'eau. »

Liam suivit son regard et, pendant quelques instants, ils observèrent une forme humaine qui émergeait de la marée descendante. Ils reconnurent une statue de femme. Si la tête était sculptée de façon grossière, son expression en revanche était étonnamment complexe. Elle avait la bouche grande ouverte, comme si elle hurlait ou était terrifiée.

« La vieille sorcière de Palan », chuchota Liam.

Le niveau de l'eau baissait continuellement et bientôt ils virent le haut de son torse. La vieille femme brandissait un bouclier et portait une simple cape enroulée autour de son corps mince et musclé.

« Il y a quelque chose d'écrit sur le bouclier », dit Marine.

Ils attendirent en retenant leur souffle jusqu'à ce qu'une grosse vague laisse place à une phrase :

LES MAISONS DOIVENT ÊTRE IMMACULÉES.

Marine essaya d'oublier son sentiment de malaise. L'île était jonchée de ruines – des fondations en train de s'écrouler, des colonnes cassées, de vieux murs de pierre. Cette statue n'était qu'une autre relique du passé de l'île. Un vestige de ses anciens habitants. Et pourtant, elle avait l'air étrangement actuelle. *Les maisons doivent être immaculées.* Maintenant que la marée avait tourné, tout le monde allait se préparer à partir, nettoyer sa maison. C'était une règle d'or, la dernière tâche avant le départ.

« Pourquoi cette statue est-elle ici, dans l'océan ? » demanda Marine.

Sur le coup, Liam ne dit rien. « C'est curieux, finit-il par répondre. Elle a l'air très vieille. » Il fronça les sourcils comme si une pensée désagréable lui avait traversé l'esprit et se tourna vers Marine. « Je suis prêt à rentrer. On y va ?

— Qu'est-ce qui ne va pas ? » demanda Marine.

La mer avait déposé quelques gouttelettes sur leur peau et leurs cheveux.

Liam eut un sourire forcé. « J'ai froid, c'est tout.

— Allons-y », dit-elle en hochant la tête.

Liam était plus l'ami de son frère que le sien et elle ne le connaissait pas très bien. Ils reprirent l'escalade de la paroi rocheuse plongée dans l'ombre. Marine allait inciter Liam à grimper plus vite quand le pied de ce dernier dérapa. Ce fut un moment troublant : il perdit l'équilibre et, sans la corde, il aurait basculé en arrière. Liam était l'un des meilleurs grimpeurs de Bliss. Il n'avait jamais glissé auparavant.

« Que s'est-il passé ? cria Marine.

— De la glace, dit Liam, presque comme si c'était un juron. Il y en a dans les rochers. »

Ils grimpèrent aussi vite que possible vers la lumière du soleil.

CHAPITRE 2

Même si une majeure partie de l'île était plongée dans l'ombre, certains endroits demeuraient éclairés par le soleil. Le sentier menant jusqu'à la ville en faisait partie. Elle était idéalement placée sur une colline, face au soleil qui avait presque disparu. Tout scintillait : des galets grenat aux derniers brins d'herbe et épis de blé.

Après leur escalade dans le froid et l'obscurité, même une si petite quantité de soleil réchauffait Marine. Elle pensa alors aux Terres désertiques et à sa mère qui était née là-bas. La glace était apparue de façon brutale, et le froid qu'elle dégageait était saisissant. Finalement, suivre le soleil jusqu'aux Terres désertiques n'était peut-être pas une si mauvaise idée.

« Ça va être le chaos en ville », dit Liam alors qu'ils gravissaient une colline parsemée de massifs bleus odorants. Il secoua la tête et haussa les épaules, comme si c'était plus un désagrément qu'autre chose. « Le chaos total. »

Marine, les sourcils froncés, tenta d'imaginer leur ville si calme en proie au chaos. « Ils envoient les enveloppes une fois que la marée a tourné, n'est-ce pas ? »

Elle le savait pertinemment. *Combien de fois mon père l'a-t-il répété ?* Malgré tout, puisque le moment était venu, elle avait besoin de le redire, histoire d'être sûre.

Liam hocha la tête. « Je parie qu'ils sont en train de les envoyer. Et après, tout va s'arrêter : les marchés, l'école et même la récolte de blé d'automne.

— Je pensais qu'on aurait au moins deux semaines de plus. »

Marine marqua une pause avant d'ajouter : « J'imagine que c'était notre dernière ascension ensemble. »

Liam soupira. Il espérait que ce n'était pas le cas.

« Je savais que ça arriverait, dit-il en jetant un coup d'œil vers la mer. Toute personne sachant naviguer voyait bien que la marée allait bientôt tourner. Je ne sais pas pourquoi le maire utilise ce stupide calendrier lunaire. »

Ils poursuivirent leur chemin en marchant l'un derrière l'autre le long du sentier étroit. Marine accéléra le pas, autant pour s'accorder sur les longues foulées de Liam que pour se réchauffer. Avait-elle froid après l'effort ou le vent devenait-il de plus en plus mordant ? Sans doute les deux. Le sentier s'élargit et Liam se rapprocha de Marine.

Sans même regarder, elle le sentit près d'elle. « Et maintenant, que vas-tu faire ? » demanda-t-elle avec douceur.

Liam se massait les paumes pour les détendre après l'ascension. « Eh bien, puisque la marée a tourné, les cours pour les enfants sont probablement terminés. Donc il faut que je m'occupe de Francis. J'aimerais bien aussi aller cueillir des champignons et un peu de lekar.

— Tu crois que tu pourras trouver du lekar alors que la Tombée de la Nuit est imminente ?

— Peut-être. Francis et moi avons besoin d'argent. »

Liam vivait avec son petit frère âgé de 7 ans. Leur père était mort peu après sa naissance et, voilà deux ans, leur mère avait brutalement succombé à une pneumonie, une maladie qui se développait souvent au Crépuscule. Après cela, les deux garçons avaient vécu avec leur oncle pendant un moment, mais la cohabitation ne s'était pas bien passée – il avait un caractère épouvantable et était ivre la plupart du temps. Il y avait plus d'un an que Liam et Francis vivaient seuls. C'était pour le moins inhabituel, mais Liam se débrouillait bien.

Liam attrapa une poignée d'épis de blé secs et les déchiqueta. Il jeta un regard furtif à Marine. « Avec la marée qui a tourné, j'ai beaucoup à faire. Je n'ai pas rangé la maison. »

Marine écarquilla les yeux. Sa famille s'y employait depuis des semaines. La maison de Liam était bien plus petite, mais tout de même. « Je vais t'aider », dit-elle sans réfléchir.

Ce fut au tour de Liam d'être surpris. « Vraiment ? Et si tes parents le découvrent ?

— Ne sois pas idiot. Je t'aiderai un peu, c'est tout. »

Marine rougit et se demanda si Liam s'en rendait compte. Par chance, ils venaient d'atteindre le sommet d'une colline et s'apprêtaient à descendre l'autre versant noyé dans l'ombre. Évidemment, Liam avait raison. Aller chez lui serait risqué. Sa mère, Tarae, n'aimait pas qu'elle s'isole avec un garçon – surtout Liam qui vivait sans parents.

Ils poursuivirent leur chemin jusqu'à un promontoire d'où ils admirèrent le paysage : leur ville et ses jardins arborés, les murs de pierre, les maisons à colombages et les toits d'ardoises. C'était très bucolique. De ce point de vue, la ville de cinq cents habitants paraissait petite. D'ailleurs, comparée à l'immense forêt qui recouvrait le centre de l'île, elle *était* petite : une centaine de bâtisses nichées en bordure des bois.

Ils entendirent un son cristallin. Quelques instants plus tard, une mule apparut. Elle tirait une charrette décorée de dizaines de clochettes en argent qui tintaient alors qu'elle descendait le chemin de terre menant jusqu'à Bliss.

Une silhouette vêtue d'une robe noire était assise sur le siège du conducteur ; c'était le pasteur, un homme au visage impassible qui rivait les yeux sur l'horizon. À l'arrière, une vieille femme fragile tenait un bébé dans ses bras. C'était la matriarche d'un groupe de veuves qui écaillaient le poisson pour subsister. Elle prétendait avoir 107 ans. Personne n'avait le courage de la contredire. Elle avait l'air si frêle qu'il était étonnant qu'elle puisse supporter le poids de l'enfant.

Marine et Liam s'arrêtèrent net. Cette tradition, communément appelée le Cortège de la Vie et de la Mort, se déroulait dès que la marée avait tourné ; c'était leur tout premier Crépuscule et donc la première fois qu'ils assistaient au rituel. Ils restèrent immobiles à regarder passer la charrette, jusqu'à ce que le son des clochettes s'éloigne. Il fut cependant vite remplacé par de lointains cris aigus. Ils n'étaient pas humains et glaçaient le sang.

« Qu'est-ce que c'est ? s'écria Marine qui plaqua les mains sur ses oreilles. Ça me donne la chair de poule.

— Ils ont commencé à égorger des porcs pour le voyage, expliqua Liam. Les choses vont plus vite que je ne le pensais. On ferait bien de se dépêcher. »

CHAPITRE 3

Ils empruntèrent un chemin sinueux à travers les champs abandonnés autour de Bliss. Entre le soleil si bas et les températures en chute libre, leurs terres fertiles étaient devenues arides. Seuls quelques champs produisaient encore des vivres, mais le blé d'automne et les pommes de terre rabougries n'étaient guère nourrissants. Ces dernières semaines, même ces produits étaient devenus difficiles à trouver : les champs grouillaient d'insectes, de mites et d'étranges vers qui mordaient. En attendant les bateaux qui les amèneraient dans le Sud, les habitants de Bliss vivaient donc sur leurs réserves.

La maison de Liam était une petite ferme aux abords de Bliss, reconnaissable à ses fenêtres rondes aux vitraux violets. Alors qu'ils s'en approchaient, ils notèrent que les rues habituellement calmes étaient pleines de gens en train de bavarder et de se bousculer. Les cloches se mirent à sonner et chacun cessa ses activités pour fixer la rue principale qui divisait Bliss en deux. Le Cortège de la Vie et de la Mort était arrivé en ville. Les parents serraient leurs enfants contre eux pendant que les autres murmuraient des prières et détournaient le regard.

Liam ralentit et fronça les sourcils. « Qu'est-ce que Kana fait dans cet arbre ? »

En entendant le nom de son frère, Marine regarda autour d'elle. « Où est-il ? »

Liam désigna près de sa maison un pommier sans feuilles surplombant la rue principale. Comme la plupart des arbres fruitiers, il avait cessé de donner des pommes depuis un an. Un garçon mince et bien bâti observait le Cortège de la plus haute branche.

« Kana ! » cria Marine.

Le garçon sursauta, mais ne lui accorda pas même un regard.

« Kana ! »

Il l'ignora.

Kana était le jumeau de Marine. Il faisait à peu près la même taille qu'elle mais alors qu'elle avait la peau mate et les cheveux noirs ondulés, la peau et les cheveux de Kana étaient clairs – « aussi blancs que la neige », comme ils disaient. Leur seul trait commun était leurs cils noirs. Ils rendaient le regard de Marine particulièrement expressif ; quant à Kana, ils mettaient en valeur ses yeux bleu pâle.

Jusqu'à récemment, ses yeux ne voyaient pas. Kana était né aveugle. Ou du moins, c'est ce que la famille avait cru. Vers l'âge de 10 ans, alors que le soleil commençait à décliner dans le ciel, Kana s'était mis à percevoir des formes et des ombres. Puisqu'il voyait mieux quand il plissait les yeux, le souffleur de verre lui avait fabriqué une paire de bien étranges lunettes qui consistaient en une monture en fil de fer et deux cache-œil. Chacun avait un petit trou de la taille d'une piqûre d'épingle en son centre, ne laissant entrer qu'une infime quantité de lumière. Au cours de l'année qui venait de s'écouler, alors que le soleil disparaissait peu à peu, Kana n'avait plus eu besoin de lunettes du tout.

« Kana ! » cria à nouveau Marine, une pointe d'agacement dans la voix.

Des badauds la regardèrent. Kana se tourna vers elle, révélant au passage l'autre côté de son visage marqué par une cicatrice irrégulière partant de la joue droite et descendant jusqu'à sa mâchoire. Il jeta un regard froid à Liam et à sa sœur avant de détourner les yeux.

Liam posa la main sur le bras de Marine. « Ne le force pas, dit-il doucement. Il finira par changer d'avis. »

Marine fronça les sourcils.

« Viens », dit Liam.

Bientôt, ils aperçurent Francis assis devant la ferme. Il était vêtu d'une salopette verte, d'une veste en daim et coiffé d'une casquette de chasse grise. C'était sa tenue préférée et Liam le laissait la porter tous les jours (jusqu'à ce qu'il sente trop mauvais). Dès qu'il les vit, le petit garçon se leva et courut vers eux. Liam ébouriffa ses épais cheveux bruns.

« Tu attends depuis longtemps ? »

Francis haussa les épaules. « Un Okrana est passé il y a quelques minutes.

— Quoi ? encore ! » s'exclama Liam.

Les Okranas étaient les policiers volontaires. Ils patrouillaient le long de la côte à la recherche de gangs ou de voleurs qui s'attaquaient parfois aux villes. La plupart d'entre eux étaient des fermiers qui avaient envie de faire quelque chose d'un peu plus excitant ; toutefois, jusqu'à présent, Bliss n'avait pas été un terrain d'action très animé. Ces derniers temps, ils étaient souvent venus voir Liam pour l'inciter à faire ses valises et à mettre la maison en ordre.

« Ils m'ont donné quelque chose, dit Francis qui plongea aussitôt la main dans sa poche et en sortit une enveloppe froissée. Ils ont dit que c'était pour le maître de maison. Qu'est-ce que ça veut dire ? C'est toi, le maître de maison ? »

Liam contempla l'enveloppe sans mot dire. « Eh bien, les lettres sont arrivées, annonça-t-il à Marine. Je voulais aller à la boulangerie avant, nous avons besoin de pain.

— Ne t'inquiète pas, nous en avons plein. Ma mère a fait des réserves. Ouvrons l'enveloppe. Je peux ?

— Ça serait aussi bien », dit Liam.

Francis se mit à gigoter, incapable de contenir son excitation. « Je m'en occupe ! » lança-t-il.

Il arracha le sceau, déchirant au passage le papier en plusieurs endroits. Brûlant d'impatience, il tendit l'enveloppe à Liam qui la donna aussitôt à Marine.

Elle la soupesa. Elle était plus lourde que ce à quoi elle s'attendait. Elle sortit délicatement deux feuilles de papier fin. La première était un plan détaillé de la maison. La seconde était une série de notes décrivant précisément où chaque tapis, chaque meuble, chaque tableau devait être disposé.

« Qu'est-ce que c'est ? »

Elle désigna un mur du salon sur lequel figuraient les mots : RAT, MUSEAU et DENTS, à côté d'une flèche.

Liam jeta un œil aux pages. Marine regarda à nouveau dans l'enveloppe et vit une clé incrustée de vert-de-gris.

Francis écarquilla les yeux. Il voulut la prendre mais elle tomba par terre dans un bruit métallique. En un éclair, il s'agenouilla et la ramassa.

« Est-ce que je peux la garder ? » demanda-t-il, le visage rayonnant.

Liam la lui prit des mains et la tourna dans tous les sens. « Plus tard. Je ne tiens pas à la perdre avant de savoir ce qu'elle ouvre. »

Francis fronça les sourcils et lui donna un petit coup. « Je suis assez grand ! Je ne la perdrai pas. »

Liam jeta un regard à Marine et sourit. Francis prétendait être *assez grand* plusieurs fois par jour. C'était sa phrase préférée.

Il fit se relever son frère. « Entrons, dit-il. Je meurs de faim. »

Il pénétra dans la maison et Francis détala. Marine s'arrêta sur le pas de la porte et regarda derrière elle. Le Cortège de la Vie et de la Mort était toujours l'objet de l'attention générale et Kana n'était plus dans l'arbre.

Liam réapparut dans l'embrasure de la porte. Il sourit. « Tu viens ? »

Marine hocha la tête et referma le battant derrière elle.

CHAPITRE 4

Le rez-de-chaussée se composait d'une grande pièce aux murs blanchis à la chaux qui paraissaient vert foncé dans la lueur des vitraux. Ils étaient nus à l'exception de gros crochets auxquels la famille pendait ses manteaux et ses chapeaux. Liam alluma quelques bougies. Pendant les années plus claires du Matin Tardif et de Midi, les vitraux permettaient d'atténuer l'omniprésence du soleil. Mais ces derniers temps, la maison était si lugubre que Francis refusait d'y entrer seul, raison pour laquelle il avait attendu dehors.

Malgré le peu de lumière, Marine vit que Liam n'avait encore rien rangé. Des outils – pelles, binettes, seaux – étaient couverts de poussière. Dans les coins, des toiles avaient été tissées par des araignées étonnamment travailleuses qui étaient apparues pendant les récents mois de Crépuscule. Des assiettes et des plats sales encroûtés étaient éparpillés sur la table et les meubles. Perchés sur les rebords et les crevasses des croûtes, des soldats de plomb étaient les témoins muets de toute cette saleté.

Liam désigna le désordre d'un geste de la main. « Peut-être ai-je déjà évoqué le fait que je n'ai pas commencé à ranger la maison.

— En effet », dit Marine d'un ton sec.

C'était étrange d'être dans la maison de Liam sans la présence d'un adulte. Et pourtant, c'était ainsi que le garçon vivait : seul, sans personne à qui obéir. Pendant un instant, elle imagina ce que ce serait de vivre ici avec lui, selon ses propres règles et non celles de ses parents.

Liam emmena Francis dans une petite alcôve au fond de la maison qui servait de cuisine. Il poussa un panneau de bois fixé au mur qui entraîna un mécanisme : de l'eau froide coula dans un tuyau de cuivre jusqu'à un récipient en fonte posé au milieu d'un évier de jade. Marine examina un soldat de plomb.

C'est alors que Francis hurla.

Un visage monstrueux les fixait de l'autre côté de la fenêtre de devant. Il était long et noir, à l'exception de ses orbites – deux tubes rouge sang d'où sortaient deux serpents verts. Le visage disparut rapidement et l'on frappa à la porte. Francis se réfugia derrière son frère.

« Tout va bien, dit celui-ci en le prenant dans ses bras. Je m'y attendais. En revanche, ils sont un peu en avance. »

Il ouvrit la porte. Un enfant d'à peine 10 ans se tenait sur le seuil, avec son horrible masque. Marine envisagea de filer en douce par la porte de derrière, mais il était trop tard : l'enfant l'avait vue. *Le dira-t-il à quelqu'un ?* Bah, quelle importance ? Les gens avaient d'autres sujets de préoccupation.

« Retire ton masque, ordonna Liam. Tu fais peur à mon frère.

— Nous n'en avons pas le droit », dit le garçon.

Il tourna la tête comme s'il cherchait une confirmation et une deuxième personne apparut dans l'encadrement de la porte. C'était un adulte portant un masque jaune orné de flammes en métal.

« Qui sont-ils ? murmura Francis, le visage caché dans le cou de son frère.

— Je suis le Spectre de la Nuit, déclara le garçon aux yeux de serpent. Lui, c'est le Spectre du Jour. »

L'homme au masque doré acquiesça.

« La marée a tourné », poursuivit le garçon aux yeux de serpent. Il parlait sur un ton solennel, prononçait chaque mot comme s'il récitait un poème. « Le cycle des étoiles a commencé. Le soleil a disparu. L'obscurité enveloppe l'île. Nous allons partir. »

Liam fit un pas en avant. « Nous avons l'enveloppe, dit-il. Et nous sommes en train de préparer la maison. » Il marqua une pause. « En avez-vous fini ? Comme je vous l'ai dit, vous faites peur à mon frère.

— Il a *raison* d'avoir peur, dit le garçon. Je suis le Spectre de la Nuit et d'autres esprits bien plus horribles que moi sont tapis dans les bois. Mon visage a été fait à leur image.

— C'est vrai ? souffla Francis.

— Il répète les vers d'un vieux poème, dit Liam. Ce n'est qu'un jeu idiot.

— Tu devrais te montrer plus *respectueux*, l'interrompit l'homme au masque doré qui pointa sur lui un doigt accusateur. Ces rites sont sacrés. Préparez votre maison avant l'arrivée des fourreurs. » Il regarda autour de lui. « Tu as du pain sur la planche, mon garçon. »

Liam serra les dents. Il posa son frère par terre et s'avança d'un pas raide vers la porte. Marine, sentant qu'une confrontation se préparait, se plaça devant lui.

« Spectre de la Nuit, dit-elle en inclinant la tête avec déférence. Vous avez quelque chose pour cette maison, n'est-ce pas ? »

L'homme acquiesça, calmé. Le garçon aux yeux de serpent plongea la main dans son manteau et en sortit un petit sac en papier qu'il tendit à Marine. « *Dissimulez votre odeur.* »

Francis rejoignit Marine. « Qu'est-ce que c'est ?

— Du citron vert, répondit le garçon en parlant d'une voix normale. C'est ce qu'on met sur les cadavres. Vous devez en asperger toute la maison avant de partir.

— Je suis certaine que d'autres maisons vous attendent, déclara Marine avec une révérence.

— Béni soit le Jour, dit l'homme au masque doré.

— Sauvez-nous de la Nuit », dit le garçon aux yeux de serpent.

Puis, au grand soulagement de chacun, ils partirent.

Sur le coup, personne ne parla. Francis fixait son frère de ses grands yeux bruns.

« C'était l'orfèvre ? demanda Marine en brisant enfin le silence.

— J'ai reconnu sa voix. C'est un ami de mon oncle », dit Liam en levant les yeux au ciel.

Il envoya Francis jouer avec ses soldats puis retourna dans la cuisine. Marine, désireuse d'aider, se mit à nettoyer et commença par les fenêtres. Tout en frottant les vitres sales, elle pensa à la statue de la vieille sorcière dans l'océan. *Les maisons doivent être immaculées.*

Liam cuisina une immense quantité de feuilles de pissenlit qu'il sala, poivra et agrémenta de morue séchée. Puis il servit trois grandes assiettes et ils s'assirent à une table de bois bancale. Affamés, ils mangèrent en silence.

Francis termina le premier. Il se précipita dans un vieux fauteuil et prit un très grand livre à la couverture de cuir ornée d'un titre doré en relief : *Les Contes des Terres désertiques*. C'était l'histoire d'une petite fille du nom de Shiloh qui était née sur l'équateur, là où le soleil se levait et se couchait le plus rapidement : soixante-douze heures de Jour suivies par soixante-douze heures de Nuit. Les enfants de toutes les îles du Nord lisaient ce livre afin de se préparer à la vie dans le désert. Une fois sur place, les habitants de l'île passaient quatorze ans dans une petite ville de maisons en grès construites sur une plage en demi-lune, cernées par les Terres désertiques d'un côté et l'océan de l'autre.

Marine se leva de table et se dirigea vers le fauteuil dans lequel Francis était assis. Elle jeta un coup d'œil au livre et se souvint que Shiloh chevauchait un cheval à deux bosses dans les dunes, devenait amie avec les nomades du désert et trouvait les wâdîs où étaient enterrés des trésors. Elle se souvenait surtout de l'histoire de Shiloh au Cloître, une tour de pierre au milieu du désert, où elle demeurait un an à l'écart du monde. C'était un rite de passage pour les personnes originaires des Terres désertiques et leurs filles. Pendant cette année, les « femmes en devenir » méditaient ensemble et se gravaient à l'encre des marques sur le corps et le visage.

Francis leva les yeux vers Marine. « Comment est-ce vraiment dans les Terres désertiques ? demanda-t-il. Ta mère y est née, n'est-ce pas ? »

Marine acquiesça. « C'est vrai.

— Et c'est pour ça qu'elle a ces marques sur ses poignets ? »

Marine acquiesça à nouveau. « Elle en a aussi dans le dos, ajouta-t-elle.

— Je pourrai les toucher un jour ?

— Francis, il est tard, dit Liam, désireux de changer de sujet. Il est l'heure d'aller au lit. »

Francis fit non de la tête. « Je ne veux pas aller tout seul. Et je n'ai pas sommeil.

— Accompagne-le », dit Marine à Liam, soudain attristée à la pensée que Francis, ce petit garçon, n'avait pas de parents pour le mettre au lit. « Je vais nettoyer et on déplacera les meubles quand tu redescendras. N'oublie pas que nous devons aussi nous occuper de la clé. »

CHAPITRE 5

Liam monta Francis à l'étage en tenant la rampe de l'étroit escalier dont les marches craquaient. En haut, un petit palier desservait trois portes. L'une menait à la chambre de Liam, une autre à celle de Francis et la troisième à la chambre de leurs parents.

« Je peux dormir dans ta chambre ce soir ? demanda Francis.

— D'accord », dit Liam, trop fatigué par parlementer.

Francis grimpa dans le lit. Liam s'installa à côté de lui et tira une grosse couette sur eux. Elle ne servait que pendant le Crépuscule, quand les températures baissaient. Francis était silencieux et, pendant un petit moment, Liam le crut endormi. Cet espoir fut déçu quand Francis se tourna légèrement et demanda : « Maman était-elle au courant pour les esprits qui vivent ici la Nuit ? »

Liam ne répondit pas tout de suite. Francis ne parlait pas souvent de leur mère.

« Rien ne vit ici la Nuit, répondit-il en tapotant l'épaule de son petit frère. Il fait trop froid. L'île gèle.

— Mais les esprits sont morts, insista Francis. Alors peu importe qu'il fasse froid.

— Les esprits n'existent pas. Les adultes pensent que, s'ils leur disent que les esprits arrivent, les enfants feront vite leurs valises. Or nous vivons seuls, donc nous sommes en quelque sorte déjà des adultes et nous n'avons pas besoin de jouer à ce jeu. Compris ? Ferme les yeux maintenant, dit-il en embrassant son frère sur la joue.

— Mais je ne suis pas fatigué. »

Liam soupira. « Tu veux que je te chante une chanson ?

— Oui », dit Francis en bâillant.

Liam s'éclaircit la voix et entonna « Une main après l'autre », une chanson que les hommes et les femmes chantaient quand ils escaladaient les falaises de l'île. C'était une mélodie mélancolique et lente, parfaite pour être reprise en canon, chaque grimpeur entamant un couplet en décalé. Liam chanta pendant un petit moment avant de fredonner.

Il se réveilla un peu plus tard en sursaut. *Combien de temps ai-je dormi ?* Ça aurait aussi bien pu faire quelques minutes que des heures. Il se leva et descendit l'escalier. Marine était partie et la maison étincelait. Elle avait accompli un travail énorme : la vaisselle était propre, les jouets rangés et les outils étaient retournés dans l'abri de jardin. Une grande partie des meubles avaient aussi été bougés. Marine était fantastique.

Ils avaient grandi ensemble. Ils faisaient partie d'un groupe d'enfants nés au Lever du Jour. Dans leur petite enfance, Marine et Kana étaient restés entre eux, comme le font souvent les jumeaux. En fait, Marine guidant Kana le long des falaises constituait l'un des plus anciens souvenirs de Liam. Pendant des années il l'avait trouvée magnifique, avec sa peau mate, son sourire, son assurance même face à des adultes. Pourtant, c'était avec Kana qu'il s'était lié d'amitié en premier, les deux garçons étaient devenus proches à l'époque de la mort de la mère de Liam.

Ils avaient exploré les coins sombres de la forêt où Kana avait aidé Liam à cueillir des champignons et une plante médicinale appelée lekar. Elle se vendait à un bon prix au marché mais, si près de la Nuit, elle était devenue difficile à trouver et maintenant il vendait surtout des champignons. Liam vivait de ces ventes et d'un peu d'agriculture. Marine et lui n'avaient commencé à se fréquenter réellement que ces trois derniers mois, ce qui, malheureusement, s'était traduit par la dégradation de la relation entre Kana et Liam mais *aussi* entre Kana et Marine.

Liam entra dans la cuisine. La vieille horloge près de la cuisinière affichait minuit. Il avait dormi pendant des heures. Il trouva un mot sur le plan de travail près du garde-manger :

Liam,

J'ai préféré te laisser dormir.

Les chaises de la cuisine sont dans le salon. La table basse devait être tournée d'un demi-tour afin de faire face à l'autre côté (dingue). La table d'appoint de la chambre de Francis est dans le petit salon. J'ai bougé le bureau moi-même. Ça t'impressionne, hein ? J'ai aussi nettoyé la chambre de tes parents. J'espère que ça ne te dérange pas.

Il y a quelques notes sur le plan que je n'ai pas comprises, comme celle sur le RAT, le MUSEAU et les DENTS. Et je n'ai pas trouvé les tables rondes. Je t'apporterai du pain demain.

N'oublie pas la clé. Elle ouvre la porte de la cave.

« La clé », dit Liam tout haut.

À présent complètement réveillé, il se mit au travail. Il prit une bougie allumée dans la salle à manger et se dirigea vers une porte à l'arrière de la cuisine. Il l'ouvrit, écarta quelques toiles d'araignée et descendit à la cave. L'eau qui suintait des murs en pierre avait ramolli le sol de terre et de gravier.

Tout au fond de la cave, il trouva ce qu'il cherchait : une robuste porte en bois avec une vieille serrure verrouillée. Il ne l'avait jamais vue ouverte. Sa mère lui avait dit que c'était un placard et il n'avait jamais eu la curiosité d'aller voir ce qu'il contenait.

Il introduisit la clé dans la serrure et tâtonna pendant une minute. Il entendit enfin un déclic. Il poussa le battant et découvrit deux tables rondes et trois grandes boîtes en bois. Il se pencha pour examiner les boîtes avec plus d'attention. Sur l'une était écrit « RAT », sur la deuxième « MUSEAU » et sur la troisième « DENTS ».

Il s'accroupit, intrigué. Il ne s'attendait pas à ce que l'arrivée de l'enveloppe l'amène à entreprendre une chasse au trésor dans sa propre maison.

Il monta les boîtes au rez-de-chaussée et les aligna. De celle étiquetée « RAT », il sortit une énorme tête d'animal empaillée montée sur un bloc de bois. L'animal était un croisement entre un rat et un mastodonte. La tête était deux fois plus grosse que celle d'un cheval, ce qui signifiait que le corps devait être gigantesque. Dessous, il y avait une plaque de cuivre gravée de lettres cursives provenant d'un étrange alphabet.

« Ouah, s'écria Liam. Tu es vraiment moche, toi. » Il consulta le plan et en conclut que le Rat devait aller dans le salon, sur le crochet du milieu. La tête y était parfaitement à sa place. Il ouvrit ensuite la boîte marquée « MUSEAU » et en sortit une autre tête empaillée. Celle-ci n'était pas recouverte de fourrure mais de sortes de plaques encastrées, elle avait deux défenses pointues et un long museau, on aurait presque dit un tatou avec un groin exceptionnellement long. Cette tête devait être accrochée à gauche du Rat. Enfin, il ouvrit la boîte sur laquelle était marqué le mot « DENTS » et en sortit la troisième tête. Elle était presque identique à celle du Museau mais avec de longs crocs.

« Qu'es-tu ? demanda-t-il. Et d'où peux-tu bien venir ? »

Des histoires avaient toujours circulé sur des sangliers (et des animaux encore plus sauvages et plus anciens) tapis au fin fond des forêts de l'île. Sans y croire tout à fait, Liam ne les avait jamais ignorées non plus. C'était une grande île et peu de gens s'éloignaient des environs immédiats de la ville et de la côte.

Il consulta à nouveau le plan de l'étage et plaça Dents sur le mur avant de redescendre les boîtes à la cave. Puis il monta les deux tables rondes dans le salon. Enfin, il ouvrit le petit sac en papier de citron vert et fit le tour de la maison en le pressant, ce qui donna une odeur de toilettes propres à toute la bâtisse.

Une fois qu'il eut fini, il fixa les yeux morts de Rat, Museau et Dents en se demandant à quoi pouvait bien servir d'accrocher ces animaux ridicules sur le mur. C'était inutile, absurde. *Que dirait-il à Francis au matin ?*

Il jeta un coup d'œil à la pendule ancienne. Il était une heure. Francis dormirait pendant les six prochaines heures. Son petit frère avait un sommeil extrêmement profond, ce qui était une bonne chose. Il souhaitait toujours faire un tour rapide à l'orée de la forêt pour cueillir des champignons afin de les vendre. Et il connaissait un endroit où il dénicherait peut-être du lekar.

Il relut le mot de Marine. Elle avait même nettoyé la chambre de ses parents : elle savait que cette tâche l'aurait mis mal à l'aise. Quand Marine identifiait un problème, elle s'y attaquait. Ils formaient une bonne équipe. Mais dans les Terres désertiques, rien ne serait plus pareil. Il le savait parce que la mère de Marine l'avait récemment pris à part. Elle n'avait pas été désagréable, juste pragmatique : *C'est comme ça, elle passera son temps avec d'autres filles de son âge. Coupée du monde. Et après, elle sera très occupée.* Tarae avait insisté sur les derniers mots tout en regardant Liam droit dans les yeux. Son message était très clair : toute relation entre Marine et lui cesserait une fois qu'ils auraient quitté Bliss.

Liam n'avait jamais parlé de cette conversation à Marine. Peut-être était-elle au courant. Il fut envahi par un sentiment d'urgence : demain, peut-être les deux prochains jours, était tout ce dont Marine et lui disposaient.

Il se redressa et relut le mot de Marine. S'il se hâtait, il pourrait faire une chose en particulier pour elle. Il y pensait depuis des semaines, mais avait manqué de temps. Ça ne prendrait pas longtemps et il serait de retour avant que Francis se réveille. Il attrapa un pull épais en laine et sortit précipitamment de la ferme.

CHAPITRE 6

Après une courte nuit de sommeil agité, Marine se leva tôt et alla déposer une miche de pain à la porte de Liam. Elle avait fait cuire le pain dur (connu sous le nom de « tôle » ou « plombage ») qui constituerait l'essentiel de leur nourriture pendant le trajet jusqu'aux Terres désertiques. L'ingrédient principal était du blé d'automne, un grain chétif qui avait poussé malgré le manque progressif de lumière au cours de l'année. Pour ceux qui se souvenaient du blé d'été des dernières années, ce n'était qu'un maigre substitut. Mais Liam et Francis s'en ficheraient, d'autant que la miche était chaude. Marine s'éloigna et sourit en se remémorant leur dîner de la veille. Il se pourrait bien qu'ils ne repassent pas un moment pareil ensemble avant longtemps. Bientôt, elle serait au Cloître. *Et après ? Liam m'attendra-t-il pendant une année ? Pourquoi attendrait-il ?*

Alors qu'elle rentrait en longeant les falaises, elle s'arrêta un instant pour profiter de la vue. L'île et les eaux qui l'entouraient étaient plongées dans l'obscurité. Le ciel était ponctué de nuages gris tirant sur le noir et seul un fin croissant orange perçait à l'horizon.

Marine suivit la côte des yeux jusqu'à l'endroit où elle s'incurvait. D'ici, l'île ressemblait à un immense navire progressant à grand-peine au milieu des flots. Quelle que soit la violence de la tempête, les vagues s'écraseraient contre les falaises.

Il était étrange de penser que les habitants de Bliss ne résidaient sur cette île que depuis quelques générations – depuis à peine cent cinquante ans. Avant de la découvrir, ils avaient sillonné la mer Polaire en suivant les bancs de poissons quand la météo et les courants le permettaient. Puis ils étaient parvenus à l'île où ils avaient contemplé une magnifique ville tout droit sortie d'un livre, parfaitement intacte et complètement inhabitée. Après de nombreuses prières et autant de discussions, une décision avait été prise. Au son caverneux des tambours, la doyenne avait emmené un nouveau-né dans la maison du Puits-Profond. Ils y étaient restés vingt-quatre heures en espérant que la maison ne renfermait ni piège ni malédiction mortels. Finalement, la vieille femme, triomphante, était ressortie avec le bébé et toute la communauté s'était installée.

Enfant, Marine adorait écouter tous les détails de cette histoire et avait attendu avec impatience qu'elle soit à nouveau racontée à l'occasion du Cortège de la Vie et de la Mort. Mais, au fil des ans, elle avait commencé à en douter. Elle avait récemment entendu son oncle la raconter à l'un de ses jeunes cousins. Elle lui avait ensuite demandé s'il y croyait.

« Bien sûr que j'y crois », avait répondu son oncle en souriant. Ils étaient assis dans le salon de la Maison de l'Ombre et il buvait sa bière d'un air heureux. « Pas toi ?

— Ça n'a aucun sens, avait-elle déclaré. Pourquoi toutes ces maisons étaient-elles en *parfait* état ?

— C'était notre destin de venir ici, avait rétorqué son oncle en posant sa bière. Cette île est un don divin et l'on ne remet pas en question ce genre de cadeau. On l'accepte et on exprime humblement sa gratitude. »

Marine avait secoué la tête – comme elle le faisait toujours quand les adultes parlaient du destin, de dons et d'acceptation inconditionnelle. Il devait y avoir un meilleure explication – une bagarre, une bataille, peut-être même une peste – mais à l'évidence la ville avait été habitée jusqu'au moment où ses semblables étaient arrivés. Et les anciens habitants avaient été terrorisés, éloignés ou tués. Elle regarda la ville. Personne n'abandonnerait un lieu aussi parfait sans raison.

Pendant quelques secondes, elle fixa l'eau et sentit le vent froid sur son visage. Puis, au loin, quelque chose attira son attention. À la gauche du soleil en train de disparaître, un bateau plongeait après chaque vague. Son cœur se serra. Seulement un ? Impossible. Ils avaient besoin de plus de bateaux pour évacuer tout le monde. Quelques instants plus tard, d'autres bateaux apparurent, ils avançaient en formation serrée. Les clippers sur lesquels ils partiraient naviguaient au milieu, entourés de navires à double coque plus allongés. Toutes les voiles étaient jaunes. C'était sans aucun doute les fourreurs. Ils étaient pile à l'heure. Ils arrivaient avec la marée. Les fourreurs étaient des nomades, des mercenaires de la mer qui chassaient dans le Nord polaire où ils accumulaient des fourrures avant de naviguer jusqu'aux Terres désertiques pour les écouler. Les fourrures étaient prisées, même dans les Terres désertiques où la température plongeait après le coucher du soleil. Sur leur route, les fourreurs acceptaient des passagers des îles du Nord – moyennant compensation.

Marine retourna en ville en courant. Était-elle la première à avoir repéré les bateaux ? Elle l'espérait. Ce serait jubilatoire de montrer aux Okranas qu'une adolescente pouvait facilement faire leur travail. Alors qu'elle filait à la vitesse du vent, elle faillit heurter de plein fouet quelqu'un qui venait vers elle. Elle trébucha et s'arrêta dans un nuage de poussière.

« Que se passe-t-il, mon enfant ? s'écria un homme corpulent portant une blouse tachée de sang – le poissonnier de Bliss. On dirait que tu as vu un fantôme.

— Les bateaux des fourreurs, dit Marine en essayant de reprendre son souffle. Ils sont là.

— Combien sont-ils ? hurla le poissonnier.

— Une demi-douzaine. Je… Je ne sais pas. Je n'ai pas compté.

— Une demi-douzaine ! »

Il se mordit la lèvre et passa la main sur ses cheveux bruns. « Mon Dieu, j'espère qu'il y en a plus que ça sinon des émeutes vont éclater, famille contre famille, frère contre frère. C'est déjà arrivé. »

Marine le dévisagea, troublée par la peur qu'elle lisait sur son visage.

« Que devons-nous faire ? » demanda-t-elle.

Le poissonnier ne semblait pas l'entendre. Elle s'approcha de lui et lui reposa la question.

L'homme regarda l'océan et plissa les yeux. « Rentre chez toi et préviens ta famille », lui ordonna-t-il.

Soudain, il fit volte-face et se dirigea vers la ville en abandonnant ses poissons aux mouches.

CHAPITRE 7

Marine courut vers les bois en suivant un chemin de terre. Sa maison se trouvait à un kilomètre et demi de la ville, au bord d'un ruisseau rapide et froid. C'était une grande demeure qu'on avait baptisée la Maison de l'Ombre en raison de sa proximité avec la forêt. Dans cette partie des bois, les arbres, très vieux, avaient des troncs énormes et mesuraient plusieurs dizaines de mètres. Au cours de l'enfance de Marine, alors que le soleil traversait le ciel vers la mer, leurs ombres s'étaient progressivement allongées. Les derniers mois, elles s'étaient rapidement étendues au point d'effacer la maison du paysage, comme si elle était absorbée par une tache d'encre noire. Aussi près des bois, elles étaient si épaisses et imbriquées que Marine n'aurait pas pu la retrouver si sa mère n'avait pas mis des bougies aux fenêtres.

En approchant de la demeure, Marine entendit un bruit sec et métallique, comme si quelqu'un frappait deux morceaux d'acier l'un contre l'autre. Elle plissa les yeux dans l'obscurité et distingua son père agenouillé près de la porte en train de taper avec un petit marteau. L'immense porte ovale en chêne était agrémentée de croisillons en métal noir. Très concentré, son père martelait la serrure en cuivre ouvragée sous la poignée.

« Elle ne se décroche pas ? » demanda Marine, hors d'haleine.

De surprise, son père lâcha son marteau. Anton était tailleur de pierre et avait le physique de l'emploi avec ses larges épaules, ses gros bras et la poussière dans ses cheveux châtain clair. Il portait une salopette rapiécée et une chemise à manches longues. Le seul signe de douceur était ses yeux bleu-vert dans lesquels se lisait une indéniable gentillesse.

« Marine, dit-il en secouant la tête. Tu m'as fait peur. Il vaut mieux ne pas prendre les gens à l'improviste, surtout en ce moment. »

Elle se pencha pour jeter un œil à la serrure. « Elle est rouillée ?

— J'en ai peur. Les autres se sont décrochées sans problème, mais celle-ci est coincée.

— Je ne comprends toujours pas à quoi rime de retirer les serrures. »

Anton la regarda. À l'évidence, elle avait couru jusqu'à la maison et avait quelque chose à lui dire. Il sourit avec l'air d'attendre qu'elle lui parle et des fossettes se creusèrent dans ses joues.

« Je suis rentrée en longeant la falaise. » Elle marqua une pause pour savourer la nouvelle qu'elle allait annoncer. « J'ai vu les bateaux. Ils sont arrivés. »

Anton hocha la tête. « Combien sont-ils ?

— Une demi-douzaine. »

Son père fronça les sourcils et se releva. « Une *demi-douzaine*.

— Est-ce assez ? » demanda-t-elle.

Anton réfléchit à la question pendant quelques secondes. « J'imagine que d'autres sont en route, finit-il par dire. En général, les fourreurs viennent toujours avec suffisamment de bateaux. Il y a eu des exceptions, mais ces dernières années… » Il saisit le marteau d'une main et passa l'autre dans ses cheveux. « Je suis certain que tout ira bien. » Malgré son ton assuré, il n'en n'avait pas l'air. « Va prévenir ta mère. Elle te cherche. »

En entrant dans la maison, Marine entendit les pas de sa mère, pressés, frénétiques, presque comme si elle courait. Sa mère était excitée à l'idée de partir.

Pour autant que Marine le sache, Tarae avait envie de quitter l'île depuis son arrivée, quatorze ans plus tôt. « Je suis venue ici par amour, aimait-elle dire à ses enfants. Votre père était si charmant et si beau qu'il m'a attirée jusqu'à ce caillou au milieu de la mer Polaire. » Anton était originaire de l'île et avait rencontré Tarae pendant son dernier séjour dans le désert. Ils s'étaient mariés et, avec réticence, Tarae avait accepté de le suivre dans le Nord, mais cet arrangement ne l'avait jamais rendue heureuse. Aujourd'hui, à la veille de leur voyage vers le sud, Tarae ne pouvait contenir son excitation.

« Maman ! appela Marine. Je suis rentrée. J'ai vu les bateaux !

— J'ai entendu. »

Quelques instants plus tard, Tarae émergea de l'obscurité, une bougie à la main. Grande, elle avait la peau mate et des cheveux noirs qui lui descendaient jusqu'aux reins. Comme sa fille, elle avait des yeux couleur miel, un trait assez répandu dans les Terres désertiques. Elle portait une robe blanche sans manches serrée à la taille par une ceinture tressée. Ses bras, ses épaules et sa nuque étaient couverts de marques composant une fresque de serpents, de lézards et de nymphes en train de danser. Elle allait de son poignet à son cou. C'était une vision saisissante, même pour Marine qui avait déjà vu le corps de sa mère. En revanche, sa tenue transparente l'étonna. Sur l'île, les femmes mettaient des pantalons, des ceintures de soie et de simples chemises en mousseline. Quand la Tombée de la Nuit approchait et que le temps fraîchissait, elles revêtaient de longs cirés. Mais personne sur l'île ne s'habillait comme ça.

« Je portais cette robe quand j'ai rencontré ton père. Il ne pouvait pas détacher ses yeux de moi. *Ce pauvre garçon est ensorcelé*, disaient les gens. » Ses joues rougirent alors qu'elle se remémorait ce moment. « Il est tombé éperdument amoureux. Tout est arrivé quelques semaines après ma sortie du Cloître. »

Marine avait souvent entendu l'histoire de la rencontre de ses parents et de l'année de Tarae au Cloître où elle avait percé ses paupières avec des os de lézard et tatoué sa peau.

« Tu vas prendre le bateau habillée comme ça ? demanda-t-elle avec hésitation.

— Pourquoi pas ? répondit Tarae, un peu blessée. Ça te dérangerait ?

— Bien sûr que non, dit Marine en frappant le sol du bout du pied. Je me demandais, c'est tout. Il fait froid dehors.

— Marine, après quatorze années, je rentre enfin chez moi. Je sais que tu aimes ta vie sur cette île et je ne m'attends pas à ce que tu partages ma joie. Sache simplement que… » La voix de Tarae se brisa alors qu'elle essayait de ne pas pleurer. « Je comprends ce que tu ressens. J'avais à peu près ton âge quand j'ai quitté le désert. »

Marine déglutit. Elle n'avait jamais réfléchi à la peur que sa mère avait dû ressentir en venant à Bliss. Elle s'apprêtait à dire quelque chose (quoi exactement, elle l'ignorait) quand un coup de vent souffla la bougie de Tarae. Cette dernière grommela et se tourna pour prendre une allumette.

« Attends ! dit Marine. N'allume pas la bougie tout de suite.

— Pourquoi ?

— Parce que je veux voir tes bras. »

Tarae se retourna et se cambra fièrement.

CHAPITRE 8

C'était comme si des rayons de lumière verte émanaient des stries qui sillonnaient la peau de sa mère. Marine avait déjà vu ces marques phosphorescentes, mais elles étaient plus lumineuses dans l'obscurité.

« Toutes les femmes du désert portent ces tatouages. Ce sont des flèches de lumière qui nous guident non seulement au Cloître, mais aussi pendant toute notre vie. » Tarae caressa la joue de sa fille et posa ses deux mains sur ses cheveux, comme si elle la bénissait. « Tu comprendras mieux quand nous serons arrivées dans notre nouvelle maison. »

Marine s'écarta vivement. « Je suis désolée. J'ai des choses à faire. »

Je ne peux pas penser à ça… pas maintenant. L'idée de déménager dans les Terres désertiques ne lui faisait pas particulièrement plaisir, surtout quand cela signifiait renoncer à sa liberté… et à Liam. Elle se rendit compte trop tard qu'elle avait parlé avec plus de dureté qu'elle ne l'aurait souhaité.

Tarae baissa les bras et son sourire radieux s'estompa. « Oui, dit-elle d'un ton impassible. Tes corvées t'attendent.

— Où est Kana ?

— Il travaille… Comme tu es censée le faire aussi. »

Marine pinça les lèvres. Elle était décidée à ne pas provoquer sa mère. Ces derniers temps, leur relation s'était tendue, surtout au sujet de Liam. Mieux valait faire profil bas jusqu'à ce qu'ils soient sur le bateau.

« Dépêche-toi, reprit Tarae. Il y a des éraflures sur le sol du salon. Ton frère est en train de les effacer. Va l'aider. Souviens-toi, *les maisons doivent être immaculées.* »

Marine eut la chair de poule. C'étaient exactement les mêmes mots que ceux inscrits sur la statue de la vieille sorcière. « Qu'est-ce que tu viens de dire ? demanda-t-elle. D'où vient cette phrase ?

— Je ne sais pas, c'est juste un dicton de l'île.

— Mais qu'est-ce que ça signifie ?

— Que tu dois te mettre au travail », répliqua sa mère avec impatience.

Kana portait un pantalon de laine noire et un pull assorti. Le contraste rendait sa peau encore plus pâle que d'habitude. Il était penché en avant, le dos tourné à sa sœur, occupé à frotter une tache sur le mur lambrissé.

Les épais tapis avaient été roulés, prêts à être transportés à la cave. Marine fut surprise de voir que le plancher était rayé de centaines de marques circulaires, comme si quelqu'un s'était promené en appuyant la pointe d'un harpon sur le sol.

« As-tu remarqué la robe de maman ? » demanda Marine.

Elle essaya d'avoir l'air enjouée, dans l'espoir que Kana et elle concluent une trêve. Kana continua à frotter la tache.

« Kana ? »

Il finit par lever les yeux et la fixa d'un regard dénué de toute tendresse ou amertume. Marine détestait ce regard.

« Tu peux commencer de l'autre côté du salon : il y a des taches sur le mur », dit-il.

Puis il recommença à astiquer d'une manière violente et saccadée. Marine soupira, se dirigea vers le mur à l'autre bout de la pièce et frotta. L'excitation de l'arrivée des fourreurs était déjà bien loin ; sa famille la mettait de très mauvaise humeur.

Une fois son travail terminé, Marine se dirigea vers le vestibule, une grande pièce comptant plusieurs canapés, une cheminée en pierre et un vieux piano mécanique qui était en train de jouer un nocturne. La mélodie mélancolique résonnait dans les couloirs. Marine trouvait cette musique horriblement triste, mais Kana l'aimait beaucoup et la jouait dès qu'il était à la maison. La maison comptait six chambres, un salon, une salle à manger et un solarium. Les tailleurs de pierre ne vivaient habituellement pas dans une telle demeure, mais sa proximité avec les bois la rendait moins attrayante.

Un feu brûlait dans la cheminée. C'était un contraste saisissant avec l'enfance de Marine où il faisait toujours bien trop chaud pour allumer du feu. Ces derniers temps, ils en faisaient un presque chaque jour. L'île était froide et les tempêtes plus fréquentes, la grêle s'abattait sur les maisons.

Tarae apparut de profil dans l'embrasure de la porte. Son dos, aux marques phosphorescentes, projetait une faible lueur sur le mur derrière elle, lui donnant une apparence fantomatique. « Marine, dit-elle presque dans un murmure. S'il te plaît, va chercher l'horloge dans la chambre de Kana. Pose-la sur la cheminée du salon, face à la mer. Je voulais lui demander de le faire, mais il est déjà en haut. » Elle se tut et son sourire inquiéta Marine.

« J'ai quelque chose pour toi. Attends ici. » Une minute plus tard, Tarae réapparut avec une boîte rectangulaire de quinze centimètres de long et huit centimètres de large en cuivre poli dont la teinte rouge-brun projetait des taches de couleur sur sa robe blanche. Elle s'approcha solennellement de Marine et la lui tendit. « Elle te revient de droit. J'attendais le bon moment… »

Marine la lui prit des mains. Elle était froide et lourde.

« Tu en auras besoin dans le désert. Garde-la en sécurité pendant le voyage. » Tarae avait les yeux pleins de larmes. « Veux-tu l'ouvrir ? » reprit-elle en caressant la joue de Marine.

Marine savait combien sa mère voulait qu'elle ouvre la boîte, mais elle ne le pouvait pas. Cela lui semblait terriblement étrange. Elle le ferait plus tard, sur le bateau des fourreurs, quand la réalité de sa vie dans les Terres désertiques serait inéluctable.

Elle posa doucement la main sur le bras de sa mère. « Est-ce qu'on peut faire ça sur le bateau ? Quand on aura plus de temps ? » dit-elle d'une voix à peine audible.

Tarae fit la moue. « Comme tu veux. »

Marine marmonna un remerciement et monta au premier étage. Après avoir grandi et quitté la chambre de leurs parents, Marine et Kana avaient choisi des chambres mitoyennes.

Mais récemment, Marine avait commencé à regretter qu'elles ne soient pas plus éloignées. Ces dernières semaines, Kana l'avait plusieurs fois réveillée en hurlant. Elle s'était précipitée dans sa chambre et l'avait trouvé terrifié, fixant la fenêtre ou assis dans son lit, un bras sur le visage et l'autre tendu, comme s'il repoussait quelque chose.

Il refusait d'en parler. En tout cas, à elle. Après l'une de ces crises, Marine avait entendu Tarae et Kana chuchoter dans la chambre. Le lendemain, Anton avait barricadé la fenêtre de Kana. Lorsque Marine avait demandé pourquoi, on lui avait répondu que Kana souffrait de terreurs nocturnes, des cauchemars si terribles qu'ils paraissaient réels, même une fois réveillé.

Marine emprunta le couloir éclairé à la bougie jusqu'à la porte de la chambre de son frère. Kana étudiait son reflet dans le miroir tout en enduisant de lekar sa cicatrice sur la joue.

Le lekar était un puissant remède contre les infections de toute sorte. On pouvait l'ingérer ou l'appliquer sur une plaie et il agissait rapidement. De nombreux villageois affirmaient qu'il leur avait sauvé la vie. Il provenait d'une moisissure jaune qui se développait au pied d'une fougère poussant au fond de la forêt. On avait du mal à le trouver ou même à l'acheter – notamment si près de la Tombée de la Nuit – et Kana avait de la chance d'en avoir. Il en appliquait une petite dose sur son visage une fois par semaine, ce qui marchait, bien qu'il eût toujours une cicatrice.

Marine, embarrassée de faire intrusion dans son intimité, ne put s'empêcher toutefois de regarder. De temps à autre, elle prenait conscience de la beauté de son frère. Les gens disaient qu'il ressemblait à leur père, mais cette ressemblance ne lui était apparue que récemment. Ces derniers mois, il avait grandi, pris des épaules, s'était musclé et une fossette s'était creusée dans chacune de ses joues, comme chez leur père. Sans être encore aussi grand que Liam ou aussi costaud qu'Anton, il s'était indéniablement épanoui.

Sa seule imperfection était cette cicatrice à la joue. Marine se sentit coupable. Elle était sur le point de s'en aller quand Kana posa le pot de lekar et s'approcha d'un grand rocking-chair dans un coin de sa chambre. Il baissa les yeux et se mit à chuchoter. Au début, Marine ne comprit pas ce qu'il disait, puis les mots se mirent à flotter dans l'obscurité, comme une psalmodie : *Il ne s'est rien passé… Il ne s'est rien passé… Il ne s'est rien passé…*

CHAPITRE 9

Il ne s'est rien passé. Il ne s'est rien passé. Kana articulait les mots en scrutant le rocking-chair qui le torturait depuis des semaines. *Je suis tourmenté par un meuble,* pensa-t-il. *C'est ridicule.* Et pourtant, c'était la vérité. Le fauteuil tenait une place importante dans son cauchemar récurrent : il était allongé dans son lit et une femme l'appelait. Elle était assise dans le fauteuil, cachée sous une cape, et disait toujours la même chose : « Mon petit, ne t'approche pas des bois. Ne les laisse pas te voir. » D'une certaine manière, cela aurait pu être drôle si ça ne paraissait pas si réel. Et c'était bien le problème : cela semblait si vrai que Kana n'était pas complètement sûr de dormir.

Une fois, la femme avait sauté du rocking-chair à la vitesse de l'éclair et lui avait plaqué sur la bouche et les yeux un chiffon sentant le moisi. Kana s'était débattu, en vain. Alors qu'il suffoquait, elle avait déclaré : « C'est mieux comme ça, petit… mieux pour toi. » Puis, assez inexplicablement, tandis qu'il sentait son corps se détendre, elle l'avait lâché. Il était tombé du lit et son front avait heurté le sol. Tout était devenu noir. Des heures plus tard, quand il avait rouvert les paupières, il avait vu le visage terrifié de sa mère. Elle l'avait découvert inconscient, la figure ensanglantée. L'incident remontait à une semaine. Fort heureusement, il n'avait pas rêvé depuis.

Kana continuait à fixer le vieux rocking-chair comme s'il allait se mettre à se balancer tout seul. C'était une idée absurde, mais pourtant cela n'aurait pas vraiment surpris Kana. Pas au point où il en était. Sa grand-tante Malony était folle (tout le monde le savait) et, apparemment, il avait hérité de ses troubles mentaux. *J'ai les fossettes de papa et le cerveau détraqué de ma grand-tante.* Elle était morte depuis quelques années, mais il se rappelait encore son œil hagard et ses cheveux si fins qu'on voyait son cuir chevelu perpétuellement couvert de croûtes. Elle avait vécu avec la sœur aînée du père de Kana dans une petite chambre au grenier. Enfant, il avait peur d'elle.

Il avait fait part de ses craintes à sa mère, mais elle l'avait ignoré. « Kana, mon amour, c'est impossible.

— Ah bon ? avait-il répondu. Malony s'est jetée dans l'escalier, n'est-ce pas ? Et après ça, on l'a enfermée dans sa chambre, non ? »

Tarae avait secoué la tête. « Tout va bien. L'arrivée de la Nuit nous perturbe tous. »

Kana continua à fixer le vieux fauteuil jusqu'à ce qu'il entende le plancher craquer dans le couloir. Il écouta pendant un moment. « Marine, tu vas rester plantée là ? »

Pas de réponse.

Il se tourna et fit face au couloir. « Tu ne sais pas très bien espionner. Si tu veux entrer, entre.

— Désolée, dit-elle. Maman m'a demandé d'apporter ton horloge en bas. Qu'est-ce que tu fais ? reprit-elle, se frottant les mains d'un air distrait tandis qu'elle faisait le tour de la chambre.

— Je perds lentement la tête. »

Kana jeta un coup d'œil à Marine. « Qu'est-ce que c'est que cette boîte ? » Il reconnut l'objet. « *Oh*, c'est la boîte dont maman parle tout le temps. Je suis un peu jaloux, mon cadeau de départ est un lot de fenêtres scellées. » Il sourit. « Vous avez parlé toutes les deux ? Comment ça s'est passé ? »

Marine ouvrit la bouche, stupéfaite. Sa finesse d'esprit était troublante.

« Pas très bien », répondit-elle dans un soupir. Cela ne servait à rien de développer. À l'évidence, Kana n'avait pas envie de parler de ça. « Je suis venue prendre l'horloge. C'est tout. »

Elle la décrocha du mur et sortit de la pièce.

À nouveau seul, Kana se sentit épuisé. Ce court échange avec Marine avait été plus éprouvant qu'il ne le pensait. Il s'assit sur le rocking-chair. Il grinçait chaque fois que Kana l'inclinait vers l'arrière. C'était l'un des sons qui lui évoquaient le plus son enfance. Il tendit l'oreille, mais n'entendit aucun bruit provenant de la chambre de Marine.

Marine. Ma sœur jumelle. Marine. Elle lui manquait. C'était la vérité. Leur complicité lui manquait : discuter, plaisanter, même simplement aller à l'école ensemble. Leurs disputes permanentes étaient éprouvantes. Et pourtant, il ne pouvait pas s'en empêcher. Il était en colère, très en colère, et n'avait aucun contrôle sur ce sentiment.

Il ferma les yeux et imagina la forêt. Il sentait l'odeur du pin et, malgré la fenêtre fermée, il savait qu'une douce brise faisait frémir les aiguilles. Ce serait agréable de sortir.

Il se leva et était sur le point de partir quand il entendit des voix à l'extérieur. Il appuya son oreille contre la fenêtre. Avant même d'identifier les personnes, il perçut leur ton agité. Au bout de quelques secondes, il appela Marine.

Elle apparut dans l'embrasure de la porte, un sourire fatigué sur les lèvres. Kana scruta son visage. Même dans une lumière si ténue, il la voyait clairement. Sa peau mate semblait luire et mettait en valeur la couleur de ses lèvres et de ses yeux. Ce n'était pas étonnant que Liam soit si épris d'elle.

« Qu'y a-t-il ?

— Tu as de la visite, dit Kana.

— De quoi parles-tu ? »

Elle lança un coup d'œil en direction de la fenêtre. Après avoir été aveugle pendant des années, Kana avait l'ouïe particulièrement fine.

« Les Okranas approchent de la maison, dit-il. Ils arrivent des bois et veulent te parler. »

En plus de la surveillance des côtes, les Okranas étaient les seuls habitants de Bliss autorisés à s'aventurer au fond des bois. Et pour autant que Kana et Marine le sachent, les Okranas ne faisaient jamais de visite à domicile.

Marine plissa les yeux. « Tu plaisantes ?

— J'ai l'air de plaisanter ? » répliqua-t-il, stoïque.

Soudain nerveuse, Marine se rua hors de la chambre de Kana et dévala l'escalier. Ce faisant, elle entendit des voix dans le salon et celle de sa mère qui l'appelait. En bas des marches, elle tomba sur Tarae qui avait mis un long châle noir sur ses épaules.

« Oh, Marine, dit sa mère. Qu'as-tu fait, mon enfant ?

— Ce que tu m'as demandé, protesta-t-elle. J'ai descendu l'horloge.

— Non, ce n'est pas ça. Les Okranas veulent te parler.

— *Pourquoi ?*

— Je ne sais pas, rétorqua Tarae, sa colère teintée d'inquiétude maternelle. Ils ne veulent rien me dire. »

CHAPITRE 10

Ivo, le chef des Okranas, se tenait dans l'encadrement de la porte. Ou, plus exactement, il emplissait l'embrasure de la porte. Ses épaules étaient tellement larges qu'elles occupaient tout l'espace. Marine recula. Elle lui avait toujours trouvé l'air menaçant. Enfant, elle fixait son visage grêlé en se demandant pourquoi il était aussi abîmé.

Ivo, son pull de laine noire couvert de boue et déchiré aux coudes, était en pleine conversation avec Anton. Il lui fallut plusieurs secondes avant de réaliser que Marine était là. Il la fixa alors d'un œil inquisiteur.

« Est-ce elle ?

— Oui, répondit Anton en posant un bras protecteur autour des épaules de sa fille. C'est ma fille, Marine.

— Je vais lui poser quelques questions.

— Bien sûr, répondit Anton, affable, tout en observant Ivo à la dérobée.

— Seul, si ça ne vous dérange pas. »

Anton fronça les sourcils mais il n'avait aucune raison valable de s'y opposer. Dans le salon, il vit Tarae en train de se ronger les ongles.

« Ça ne prendra pas longtemps », dit Ivo.

Marine passa devant son père, haussa les épaules comme si tout était normal et ferma la porte d'entrée derrière elle. Elle se retrouva sur le seuil, seule avec Ivo. D'autres Okranas attendaient à l'orée de la forêt avec des torches.

« Tu sais que les bateaux sont arrivés ? demanda Ivo.

— Oui, je les ai vus.

— Donc tu sais que le temps presse. »

Marine acquiesça.

Ivo la regarda droit dans les yeux. « Je suis content que tu comprennes. » Il marqua une pause. « Il y a un problème. Assez sérieux.

— Que se passe-t-il ?

— Un garçon a disparu. Probablement au cours des douze dernières heures.

— Disparu ?

— Oui, dit Ivo en la regardant d'un air expectatif.

— Je suis désolée. Mais je ne vois pas comment… Je veux dire, qu'est-ce que ça a à voir avec moi ?

— Tu le connais.

— Qui est-ce ?

— Liam. »

Marine fit un pas en arrière et réprima un cri. *Où peut-il bien être ?*

« Tu le connais, n'est-ce pas ?

— C'est mon ami, répondit-elle d'une voix étranglée.

— C'est plus qu'un ami, n'est-ce pas ? insista Ivo.

— Qu'est-ce que ça peut faire ?

— Si je pose la question, c'est que c'est important.

— Oui, pl… plus qu'un ami », bégaya-t-elle.

Satisfait, Ivo hocha la tête. « Quand l'as-tu vu pour la dernière fois ?

— Hier », répliqua-t-elle immédiatement comme si la rapidité de sa réponse pouvait empêcher que d'autres questions suivent.

Ivo se pencha vers elle. Il émanait de lui une odeur forte, presque animale. « Quand cela, hier ? À quelle heure ?

— Juste avant minuit, je crois. »

Marine imagina le choc sur le visage de sa mère.

« Ne crois pas, s'énerva Ivo. Sois certaine.

— À minuit moins le quart. »

Ivo hocha la tête et passa sa main sur son menton.

« Que faisais-tu chez lui ?

— Les enveloppes sont arrivées. Je l'ai aidé à se préparer. Il a mis son frère au lit et il s'est endormi. J'étais en bas, en train de faire le ménage, et après je suis partie, répondit Marine en s'efforçant de soutenir son regard.

— Y avait-il quelqu'un d'autre avec vous ?

— Non. »

Marine entendit ses parents chuchoter derrière la porte, mais aucun n'intervint.

« Liam a-t-il dit qu'il avait l'intention d'aller quelque part ? demanda Ivo.

— Il a parlé d'aller cueillir des champignons, voire de chercher du lekar. »

Ivo jeta un regard à une vieille montre en cuivre pendue à une chaîne accrochée à sa poche. « Il est trois heures de l'après-midi. À son réveil, le frère du garçon est allé chez les voisins et a signalé sa disparition. C'était il y a plus de sept heures. Crois-tu qu'il soit encore en train de cueillir des champignons ?

— Non, j'en doute, bredouilla Marine, au bord de la nausée.

— Avait-il l'air contrarié ? Fâché ? »

Marine secoua la tête.

« Me caches-tu quelque chose ?

— Non. »

Ivo fit un pas de plus vers elle. Il était si proche que, lorsqu'elle le regarda, elle vit la barbe de trois jours sur sa peau grêlée. « Il ne nous reste qu'un petit laps de temps précieux pour retrouver ce garçon. Et si nous partons sans lui, eh bien, que Dieu lui vienne en aide et que Dieu ait pitié de nos malheureuses âmes. » Sa voix devint rageuse. « *Réfléchis bien, petite*. As-tu la moindre idée d'où il pourrait être ? »

Marine fit de son mieux pour rester calme. Elle ne voulait pas craquer devant cet homme.

« Je ne sais pas où il est. Vraiment pas. »

Ivo lui lança un regard noir avant de repartir d'un pas rapide dans l'obscurité. Marine observa les torches des Okranas vaciller à l'orée de la forêt.

La porte s'ouvrit.

« Que voulaient-ils ? » demanda Tarae.

Anton se tenait juste derrière elle. Marine savait très bien qu'ils avaient tout entendu.

« C'est Liam, dit Marine, qui se mit à trembler. Il a disparu. Ils pensaient que je savais où il est.

— Tu le sais ? » demanda Tarae en s'approchant et en forçant Marine à la regarder dans les yeux.

Marine secoua la tête. « Non. » Mais son esprit en était moins certain. *Est-ce que je sais où il est ?* Des conversations anodines avec Liam lui revinrent en tête. Négligeait-elle un indice ?

« En es-tu sûre ? insista sa mère. Réfléchis, mon enfant. La Tombée de la Nuit est là et, au lieu de te préparer, tu passes du temps avec ce garçon. Dans sa maison… seuls tous les deux !

— Bon, bon, intervint Anton. Nous aurons le temps d'en parler sur le bateau. Pour le moment, je vais voir comment va le frère de Liam. Reste ici, Marine, ordonna-t-il. Aide ta mère et Kana à finir nos bagages. Compris ? »

Marine hocha la tête.

Tarae la prit par le bras et ajouta d'une voix plus calme : « Viens. Tu verras, tout va bien se passer.

— Je devrais aller chercher Liam, protesta Marine.

— Non, dit fermement sa mère. Les Okranas vont le trouver. En attendant, il y a encore du travail à faire. J'ai besoin que Kana et toi rapportiez une caisse à la maison du Puits-Profond. »

CHAPITRE 11

Vingt minutes plus tard, Kana et Marine poussaient une brouette. Elle contenait une caisse en bois qu'ils rapportaient chez le maire qui occupait la maison dite du Puits-Profond. La caisse était vieille, poussiéreuse et assez lourde. Pour une raison qu'ils ignoraient, le maire l'avait entreposée chez eux.

La maison du Puits-Profond se trouvait à cinq cents mètres, mais ils mirent un certain temps à l'atteindre. Le sentier longeait l'orée de la forêt, là où les ombres imbriquées formaient de grosses taches d'obscurité. Au loin, du côté des falaises, une faible lueur brillait encore dans le ciel. Mais ici, la Nuit était déjà tombée. C'était le chemin que Kana prenait pour rentrer de l'école. Il l'aimait justement parce qu'il était si près des bois.

Personne d'autre ne l'empruntait. Les gens avaient peur de la forêt. Pendant les années de Jour, la forêt était troublante parce qu'elle était aussi silencieuse que le fond d'un puits. Même le vent semblait tomber à sa lisière. Elle était si silencieuse que le moindre bruit, une branche cassée par exemple, résonnait comme un coup de feu.

Aujourd'hui, la forêt était différente. Des bruits étranges étaient devenus plus habituels. Les gens disaient que des sangliers sortaient de leur tanière. Raison de plus, avaient dit les Okranas, pour rester loin des bois et se préparer à quitter l'île.

Alors qu'ils approchaient de la maison du maire, Kana brisa enfin le silence.

« Marine, pourquoi n'as-tu pas parlé à l'Okrana de *notre* petit périple dans les bois ?

— Qu'est-ce que ça a à voir avec Liam ? » s'étonna Marine, les sourcils froncés.

Kana ralentit le pas, fit signe à sa sœur de s'écarter puis manœuvra la brouette pour contourner un rocher.

« Ivo cherchait des indices, reprit-il. Tu aurais pu lui parler de notre excursion. Tu aurais pu lui dire que c'était ma faute. Après tout, c'était *mon* idée. »

Quelques mois plus tôt, Kana, Marine et Liam avaient bravé l'interdiction et fait une excursion dans les bois. Il y avait des sentiers, mais ils n'apparaissaient pas sur les cartes et avaient tendance à serpenter et bifurquer selon un tracé surprenant. Cependant, Kana avait entendu deux Okranas plus âgés parler d'un chemin menant à un canyon et à un étang. Ils avaient dit que le chemin commençait près du cottage du vieil ermite : « Trois fois à droite et deux fois à gauche. »

Malheureusement, le plan avait mal tourné dès le début, plus exactement au moment où Liam avait invité Marine à se joindre à eux. Cela avait agacé Kana, sans le surprendre vraiment. Les semaines précédant l'excursion, Liam était souvent passé par la Maison de l'Ombre sous un prétexte ou un autre, juste pour dire bonjour ou pour poser une question. La visite paraissait toujours spontanée, mais se terminait chaque fois par une discussion entre Liam et Marine. Leur manège était évident et assez énervant.

Le jour de l'excursion, quand Liam était arrivé, avec Marine sur ses talons, Kana avait décidé de faire comme si le plan avait toujours été d'y aller tous les trois. Ils avaient donc suivi les indications des Okranas – trois fois à droite et deux fois à gauche – qui ne les avaient menés nulle part. Ils avaient continué vers le nord et, au bout d'un certain temps, avaient trouvé l'étang.

Ce dernier se trouvait aux abords d'une grande clairière, qu'un canyon sombre coupait en deux, ce qui donnait à l'endroit un caractère presque menaçant. Le sol était composé d'une pierre crayeuse et irisée qui brillait, bien que le soleil fût déjà plus bas que les cimes des arbres. Dès que Kana était entré dans la clairière, il avait été aveuglé par la lueur qui en émanait. Il avait plissé les yeux.

« Prends ma main », lui avait proposé Marine.

Kana avait hésité, comme si l'idée d'être guidé tel un enfant devant son ami le gênait ; mais Liam n'avait rien remarqué et ils avaient tous trois rejoint la rive. L'eau était cristalline et bien plus chaude que celle de l'océan. Pendant une heure, Marine et Liam s'en étaient donné à cœur joie, sautant des rochers, faisant des plongeons et des bombes. Kana, allongé sur un rocher plat, avait fermé les yeux.

« On devrait explorer un peu, avait dit Liam après avoir nagé un bon bout de temps.

— On ne peut pas laisser Kana tout seul, avait répondu Marine en soupirant. Il ne voit rien du tout.

— Il s'en sortira très bien. Il n'a pas besoin de nounou.

— En fait, si, avait rétorqué Marine d'un ton neutre, comme si elle énonçait un simple fait. En pleine lumière, il est quasiment aveugle et ce sera le cas dans les Terres désertiques. »

En entendant ça, Kana s'était assis et les avait fusillés du regard. « Surtout, faites comme si je n'étais pas là. Je ne veux être un poids pour personne. » Puis il s'était levé, avait tourné les talons et s'était dirigé vers la clairière en trébuchant.

Marine l'avait appelé à plusieurs reprises et Kana avait fait la sourde oreille.

« Stop ! Le canyon ! »

Trop tard. Kana avait fait un pas de trop, trébuché sur un rocher surplombant le précipice et était tombé dans le vide. Il avait atterri sur une étroite corniche trois mètres plus bas. Tout était arrivé si vite qu'il lui avait fallu un moment pour réaliser qu'il était blessé. Son corps était contusionné, ses mains tailladées, mais sa véritable blessure était une entaille sur sa joue droite qui saignait abondamment. C'était un miracle qu'il ne soit pas mort. Plus tard, Marine avait pleuré et dit combien elle était désolée. « Tu m'as mal comprise, avait-elle répété plusieurs fois. Je voulais juste faire comprendre à Liam ce que tu vis. » Plus tard encore, elle avait dit beaucoup de choses. Mais ce n'étaient que des mots. En vérité, sa sœur avait pitié de lui et désirait que Liam ressente la même chose. Inutile de feindre le contraire. Ou de vouloir effacer la cicatrice qui barrait à présent le visage de Kana.

Cet incident était toujours frais dans l'esprit de Kana. La cicatrice était un triste rappel des événements. Malgré tout, il refusait d'en parler avec Marine. Il avait menti à ses parents en affirmant être tombé d'un arbre. Toutefois, il était clair, même pour Anton et Tarae, qu'une tension s'était installée entre les jumeaux. « Je ne sais pas ce qui s'est passé, leur avait dit et répété Tarae. Mais il faut que vous passiez à autre chose. » Marine lançait alors un regard implorant à Kana qui détournait la tête, comme s'ils jouaient dans une pièce de théâtre.

Après quelques minutes de marche vers la maison du maire, Marine finit par répondre à la question de son frère. « Je ne l'ai pas dit à Ivo parce que ça ne sert à rien. Ça nous aurait attiré des problèmes et en plus ça n'aurait rien changé. »

Kana la regarda comme si elle était complètement idiote. « T'est-il venu à l'esprit que Liam pourrait y être *retourné* ? »

Marine le dévisagea, stupéfaite. « Retourné à l'étang ? Pourquoi ? »

Kana pointa le cou de sa sœur du doigt.

« Mon collier ? » murmura-t-elle.

Elle s'arrêta pour réfléchir à cette éventualité. *Le collier.* Elle l'avait perdu au bord de l'étang, dans la hâte et la confusion qui avaient suivi la chute de Kana. *Liam y serait-il retourné pour ça ?* L'idée ne lui était jamais venue à l'esprit. C'était ridicule. Liam ne ferait jamais ça. Pas juste avant l'arrivée des bateaux. « Non, affirma-t-elle en secouant la tête. Il ne ferait jamais une chose aussi stupide. »

Mais le doute s'insinua dans son esprit. « Kana… Crois-tu que Liam y retournerait pour mon collier ? »

Kana réfléchit. « Je ne pense pas, conclut-il. Enfin, plus maintenant. Pas avec Francis qui dépend de lui. »

Soulagée, Marine hocha la tête. « Les Okranas vont le retrouver. »

C'est alors que, à la sortie d'un virage, la maison du Puits-Profond leur apparut.

CHAPITRE 12

La maison du Puits-Profond, construite sur une colline, était entourée d'arbres impressionnants : un frêne, l'unique spécimen connu de ginkgo et quelques immenses sapins. La pièce maîtresse était un vieux saule noueux dont les branches étaient utilisées pour faire des torches qui s'allumaient facilement et duraient des heures – les Okranas ne juraient que par elles. À présent, l'arbre était parfaitement taillé. Comme tout Bliss où tout était parfaitement ordonné.

La grande maison avait des fenêtres rondes et une épaisse tour émergeait au milieu du toit d'ardoises tapissé de mousse. Au sommet de la tour, une sorte de belvédère entièrement vitré était équipé d'une puissante lampe de signalisation. Ces dernières années, à cause du soleil qui baissait dans le ciel, la lampe restait allumée pour que les pêcheurs retrouvent leur chemin. Une fois les fourreurs arrivés, la lampe avait été éteinte, ce qui était un autre signe que l'heure du départ approchait.

Avec ses pierres incrustées de minéraux, la demeure scintillait dans les derniers rayons du soleil. La porte, couverte d'une fine couche de liège, servait de tableau d'affichage.

Avec le déménagement à venir, il avait été placardé d'annonces : des demandes d'aide pour le nettoyage, certains cherchaient des valises ou des coffres. Maintenant, le tableau était vide, tout comme la majeure partie de la maison. À vrai dire, la demeure était plus un lieu de réception qu'une maison. Le rez-de-chaussée, qui servait de salle de réunion communale, comptait plusieurs cheminées et quatre énormes tables en bois. Le seul occupant était le maire vieillissant de Bliss qui vivait dans un appartement au premier étage.

« Entrez, entrez, leur dit le maire, un petit homme chauve enroulé dans plusieurs châles de soie bleue. Je ne vous attendais plus. »

Marine et Kana prirent la caisse dans la brouette et l'apportèrent dans la grande salle. Les boiseries étaient superbes. Des dizaines de motifs étaient gravés dans les murs – des arbres, des vignes, des montagnes, des nuages, des rivières. Au-dessus de la salle, une coupole composée de quatre immenses baies vitrées permettait au soleil d'illuminer la pièce. Les tables, qui venaient d'être cirées, brillaient dans la lumière des bougies. Une dizaine de bouteilles en verre verdâtre, scellées par un bouchon de liège et de cire, étaient posées sur la table la plus proche.

Le maire suivit leur regard.

« C'est une partie de la récolte du vin de Midi, dit-il. Le reste ira aux fourreurs pour payer notre passage. Quand vous étiez plus petits, toute la ville cueillait le raisin des vignobles de Midi. C'était merveilleux…

— Laissez-vous ces bouteilles ici ? demanda Marine en passant les doigts sur le col poussiéreux de l'une d'elles.

— Bien sûr que non ! se récria le maire qui tendit la main vers elles en un geste possessif. Elles viennent avec nous. Nous en ouvrirons certaines pour les grandes occasions et j'en garderai deux pour le plus grand jour de tous, celui où nous reviendrons chez nous. »

Marine réfléchit brièvement au retour sur l'île, dans quatorze ans. Cela lui semblait terriblement loin. Elle avait des choses plus urgentes auxquelles penser. Le maire remarqua l'expression de son visage et pencha la tête sur le côté comme un oiseau.

« Oui, qu'y a-t-il ? demanda-t-il.

— D'où vient la phrase : *Les maisons doivent être immaculées* ? »

Le maire la regarda avec un air de patience infinie. « Ma chère, ce n'est qu'un dicton que nous utilisons quand l'heure du départ approche. Tu n'as pas à t'en soucier.

— Oui, dit Marine avec un air déterminé. Mais pourquoi est-il gravé sur la statue de la vieille sorcière, dans la mer ? »

Elle expliqua à Kana ce que Liam et elle avaient vu.

« Ah, bien sûr. La vieille statue, dit le maire qui passa la main sur son crâne chauve et fronça le nez. Je ne l'ai pas vue depuis mon enfance.

— Qui l'a sculptée ?

— Tu es une fille bien curieuse, rétorqua le maire avant de réfléchir quelques secondes. Il n'y a pas grand-chose à dire, la statue fait partie de l'île qui est un don divin, un foyer parfait, prêt à être habité. Et nous en serons éternellement…

— … reconnaissants, termina Marine à sa place.

— Oui, absolument, dit le maire en lui souriant. Trêve de bavardage, vous êtes venus pour faire un travail et le temps presse, n'est-ce pas ? Ouvrez le coffre, je vous prie. »

Kana se mit devant sa sœur pour mieux voir et demanda au maire ce qu'il y avait à l'intérieur. La lumière des bougies lui obscurcissait la vue.

« Tu le verras bientôt, dit le maire avant de froncer les sourcils. Comme je suis bête, tu es aveugle. Mais à présent tout va mieux, n'est-ce pas ? Quelle chance. Sois un bon garçon et donne-moi un coup de main. »

Kana plia un genou, ouvrit le loquet et souleva le couvercle. À l'intérieur se trouvaient une dizaine de couteaux. Ils ressemblaient à des couteaux à viande mais en bien plus imposants. Les manches étaient des blocs de bois de la taille de quatre poings et les lames, d'étincelantes plaques d'argent longues comme le bras.

« À qui sont ces couteaux ? demanda Kana.

— Ils font partie de la maison, expliqua le maire. Je n'aime pas les exposer parce qu'ils sont, eh bien, peu avenants. Et puisqu'il n'y a pas d'endroit où les entreposer, je les ai rangés dans la maison la plus proche, la vôtre. Aidez-moi à les remettre à leur place. Faites attention. Ils sont extrêmement coupants. »

Le maire prit deux couteaux et se dirigea vers la plus grande cheminée. Juste au-dessus de l'âtre se trouvait un long bloc de bois poli qui servait de manteau, percé d'une dizaine d'étroites fentes en cuivre disposées à intervalles réguliers. Le maire enfonça le premier couteau jusqu'à la garde dans l'une d'elles. Ce geste s'accompagna d'un terrible bruit perçant qui fit reculer Kana et Marine.

« Ce sont des aiguisoirs, construits dans le manteau de la cheminée, expliqua le maire. Chaque fois que l'on remet un couteau à sa place, il est aiguisé. Ingénieux, non ? »

Le maire s'impatientait et tapotait des doigts sur la table. « Dépêchons-nous, je dois fermer cette maison et descendre jusqu'au quai. Nous sommes en effectif réduit puisque les Okranas sont partis à la recherche d'un garçon. »

Marine et Kana aidèrent le maire à ranger les couteaux. À un moment, ce dernier jeta un coup d'œil à Kana. « Comment t'es-tu fait cette vilaine blessure au visage ?

— Un accident, répondit Kana d'une petite voix. C'est entièrement ma faute.

— C'est dommage », marmonna le maire.

Marine détourna le regard.

Une fois qu'ils en eurent fini, le maire souffla les dernières bougies et la salle fut plongée dans le noir. « Zut, dit le maire. Maintenant je n'y vois plus rien.

— Laissez-moi vous aider, dit Kana en le prenant par le bras pour le guider jusqu'à la porte.

— Eh bien, merci pour tout. »

Le petit homme fouilla dans sa poche, puis eut un petit rire. « Quel idiot, j'ai retiré la serrure la semaine dernière. »

Il veilla bien à ne pas refermer complètement le battant. Puis tous trois restèrent plantés devant la porte pendant un petit moment.

« Monsieur le maire », dit Marine d'un ton hésitant.

Il haussa les sourcils. « Une autre question ? »

Marine hocha la tête.

« Alors fais vite !

— J'ai entendu dire qu'une fois les fourreurs n'ont pas prévu suffisamment de bateaux et que les gens se sont battus…

— C'était il y a longtemps, l'interrompit le maire. Sois rassurée, cela ne se reproduira pas.

— Qu'est-il arrivé à ceux qui ont été abandonnés ici ?

— Ils sont morts, dit calmement le maire. Mais pas tout de suite.

— Que voulez-vous dire ? demanda Kana.

— Cela s'est passé avant mon époque. Ceux qui sont restés ont paraît-il construit une citadelle sur les îles aux Chênes-Nains où ils auraient entreposé assez de vivres pour tenir toute la Nuit. Enfant, j'ai navigué jusqu'à ces îles. C'est un endroit agréable pour faire un pique-nique, mais certainement pas pour y vivre. On y gèlerait, mourrait de faim ou deviendrait fou – ou les trois à la fois. »

Devant l'expression inquiète de Marine, il eut un sourire rassurant.

« N'aie crainte. C'est normal d'être nerveuse à la veille de son premier départ. Le voyage jusqu'aux Terres désertiques est long, mais une fois que nous y serons, tout ira bien.

— Mais, et si…, commença Marine.

— Quoi ? répliqua le maire, le visage crispé.

— Et si on ne retrouvait pas Liam avant l'heure du départ ?

— Un plan est prévu pour ce genre de cas.

— Lequel ?

— Le long du fleuve Coil, il y a… Désolé, mon enfant, je n'ai pas le temps. Les Okranas savent tout et c'est ce qui compte. »

Puis le maire hocha brusquement la tête et partit en boitillant vers les falaises et la mer.

Kana et Marine reprirent le chemin de leur maison. Maintenant qu'elle était vide, Kana poussait la brouette seul. La lumière baissait rapidement et l'obscurité semblait sortir des bois et se répandre sans restriction. À plusieurs endroits, le chemin frôlait tellement les bois qu'ils avaient presque l'impression d'être dans la forêt, au milieu d'un enchevêtrement de racines noueuses, de branches et de troncs.

Kana s'arrêta à côté d'un grand rocher légèrement concave connu sous le nom de Rocher de la Table. Dans le passé, quand le soleil était plus haut et que la lumière du jour éclairait l'orée de la forêt, les familles venaient y pique-niquer.

« Ce sera sympa d'y revenir dans la lumière du Matin, dit Marine.

— Peut-être pour toi », rétorqua Kana.

Marine grimaça. Il avait raison. Dans une luminosité pareille, Kana serait aveugle. C'était exactement ce qu'elle avait voulu expliquer à Liam voilà des mois, au bord de l'étang, mais ça ne valait pas la peine d'en reparler. « Je suis désolée », dit-elle. Et ce fut tout.

Ils reprirent leur marche. Le seul bruit était le couinement de la roue de la brouette.

« Tu crois vraiment que Liam est retourné à l'étang ? demanda tout à coup Marine. Je ne l'imagine pas faire ça.

— Je ne lui ai guère parlé ces deux dernières semaines, dit Kana. Ton intuition vaut sans doute mieux que la mienne.

— Je n'essayais pas de briser votre amitié.

— Je sais, dit Kana en se penchant sur la brouette et en la poussant par-dessus une grosse racine. Écoute, s'il ne réapparaît pas dans une heure, nous irons voir Ivo et nous lui dirons pour l'étang. »

Peu après, des cris retentirent. Quelques centaines de mètres plus loin, ils virent la flamme d'une torche bien vite suivie par d'autres.

« Ce sont les Okranas, annonça Marine.

— Ils ont fait vite », dit Kana, les paupières plissées.

Ils rejoignirent rapidement les Okranas. Ivo se tenait au milieu du groupe, le visage tellement impassible que l'on ne pouvait deviner s'il était porteur d'une bonne ou d'une mauvaise nouvelle. Marine chercha frénétiquement Liam des yeux.

« Vous l'avez retrouvé ? » demanda-t-elle.

Ivo fit non de la tête sans s'arrêter. Apparemment, il était trop pressé pour parler.

« Aucun signe de lui ? » cria Kana.

Ivo ignora la question.

En queue de cortège, Marine repéra l'un des plus jeunes Okranas – un adolescent dégingandé plein de boutons appelé Asher – qui se trouvait être leur cousin au second degré.

« Asher ! le héla-t-elle. Que s'est-il passé ? »

Asher fit comme s'il n'avait rien entendu, puis ralentit et attendit que les Okranas soient hors de portée d'oreille.

« Nous savons où il est, chuchota-t-il.

— Vraiment ? s'écria Marine qui poussa un soupir de soulagement. Il va bien ?

— Il est allé jusqu'aux Prairies du Haut pour cueillir des champignons avant de descendre vers le marais. Quelqu'un l'y a vu il y a peu. Il a dû rester enlisé. Nous retournons en ville pour chercher des bâtons et des planches. »

Marine hocha la tête. On trouvait les meilleurs champignons dans le marais, mais les cueilleurs s'y embourbaient souvent et il était presque impossible d'en sortir sans aide. Raison pour laquelle on n'était pas censé y aller seul.

« Ça ne devrait pas prendre longtemps, ajouta Asher. Nous l'amènerons directement sur le quai dès que nous l'aurons tiré d'affaire. Je lui sonnerai les cloches pour vous.

— Merci », dit Marine.

Elle se tourna vers son frère et, pour la première fois depuis longtemps, ils se sourirent.

« Mais vous devriez vous dépêcher, murmura Asher avec un air de conspirateur. On dit qu'il n'y aura pas assez de bateaux. Les gens vont peut-être devoir abandonner leurs bagages. »

CHAPITRE 13

De retour à la Maison de l'Ombre, Kana et Marine trouvèrent leur mère dans le vestibule en train d'étudier un rouleau de papier jauni. Il s'agissait d'un plan détaillé de la maison : chaque pièce, chaque placard, chaque recoin et l'escalier y apparaissaient. Dans la marge, des notes étaient griffonnées dans une encre passée.

« Que fais-tu ? demanda Marine.

— Oh, vous êtes de retour, répondit Tarae en sursautant. Bien, votre père aussi est rentré. »

Elle portait une longue robe de laine grossière et une cape de voyage. Marine ne put s'empêcher de ressentir du soulagement en la voyant dans ses vieux vêtements. Elle voulait que les choses soient plus… eh bien, normales, ne serait-ce que pour quelques heures.

« Les bougies brûlent rapidement, dit Tarae. Vous ne trouvez pas que la température s'est considérablement rafraîchie ? Je n'arrive pas à me réchauffer.

— Nous avons vu les Okranas, dit Kana. Il semblerait qu'ils aient retrouvé Liam.

— Oui, c'est ce que votre père a entendu dire. Que les vents du Sud soient remerciés. Allez aider votre père dans le salon. Nous devons être sur le quai dans une heure. Il paraît qu'il n'y aura pas assez de bateaux. »

En entrant dans le salon, Kana et Marine découvrirent une grande caisse en bois que leur père avait remontée du sous-sol. Il était en train de l'ouvrir avec une pince et un marteau pour faire levier. La caisse s'ouvrit dans un nuage de poussière et Anton en sortit une grande plaque de fonte. Elle faisait deux fois la taille d'une assiette et paraissait lourde. « Il y en a dix. Elles vont sur la table de la salle à manger. Placez-les à égale distance.

— Nous *mettons la table* ? demanda Marine, incrédule.

— Oui, dit simplement Anton.

— Papa… C'est complètement dingue ! » s'exclama Marine.

Elle se tourna vers Kana, en quête de soutien. Il se contenta de hausser un sourcil sans dire un mot.

Anton leva la main. « S'il te plaît, pas maintenant. »

Bien qu'elle fût consciente que ce n'était ni le moment ni l'endroit pour faire des histoires, elle ne pouvait pas s'en empêcher.

« Mais c'est ridicule ! protesta-t-elle d'une voix geignarde.

— Et c'est reparti, murmura Kana à qui Marine lança un regard noir.

— Je sais que tu trouves ça étrange, dit Anton. Je t'expliquerai plus tard, d'accord ? »

Marine se calma. Depuis la disparition de Liam, elle était très tendue. Il était inutile d'énerver son père. « D'accord », répondit-elle.

Kana prit deux assiettes des mains de son père et se dirigea vers la table. Marine le suivit avec deux assiettes également. Elles étaient terriblement lourdes et elle fit de son mieux pour ne pas les laisser tomber. En quelques minutes, ils avaient mis la table et redescendu la caisse au sous-sol. Une fois qu'ils eurent terminé, leur père se tourna vers eux.

« Vous voulez connaître la vérité ? Très bien. Laissez-moi vous poser une question. Que dites-vous quand j'éternue ? »

Kana le considéra, perplexe.

« Que dites-vous quand j'éternue ? répéta Anton.

— À tes souhaits, répondit Kana.

— Oui. Mais pourquoi le dis-tu ? »

Kana haussa les épaules.

« Parfois, dans la vie, nous faisons les choses parce que nous les avons toujours faites, expliqua Anton. Peut-être qu'un jour il y avait une raison, mais nous l'avons oubliée. Il y a très longtemps, les gens pensaient que quand une personne éternuait, son âme sortait par sa bouche et se répandait dans l'air. Ils pensaient aussi que le diable était tapi dans l'ombre et risquait de la voler. Alors il y avait toujours quelqu'un pour dire "À tes souhaits", ce qui était censé tenir le diable éloigné le temps que l'âme retourne dans le corps de la personne.

— C'est n'importe quoi, dit Marine.

— Tu as probablement raison, acquiesça Anton. Mais tu vas continuer à dire "À tes souhaits". Et jusqu'à il y a quelques instants, tu ne savais même pas pourquoi.

— Mais c'est juste une expression, dit Kana pensivement. C'est différent de toute cette agitation avec les serrures, les meubles et la table à dresser. »

Marine hocha la tête, heureuse d'avoir son frère comme allié temporaire.

« Est-ce si différent ? demanda Anton qui croisa ses gros bras. La vérité, c'est que bien souvent on ne sait pas pourquoi on fait ce qu'on fait. Nous embrassons des talismans et brisons des bouteilles de vin de Midi sur la proue des nouveaux bateaux de pêche en pensant, à tort ou à raison, que ça nous protégera. Si ça marche, nous continuons à le faire. Tout ce que nous faisons, nous le faisons pour une simple raison. Pendant des générations, cela nous a protégés. Tous les foyers de Bliss suivent ces indications avec une précision absolue et, en attendant notre retour dans quatorze ans, tout est parfaitement rangé.

— Mais, papa, crois-tu réellement que ces superstitions nous protègent ? » demanda Kana.

Anton haussa les épaules. « Je ne peux pas te le garantir. Ce que je sais, c'est que nous faisons ces choses et que, puisque rien ne nous est arrivé, nous continuons à les faire.

— C'est tout ? dit Marine. Vous suivez ces règles inventées comme des enfants qui jouent à un jeu et vous ne savez même pas pourquoi ?

— Pourquoi es-tu si contrariée ? » demanda Anton.

Pourquoi ? Ces règles gouvernaient leur vie et n'avaient aucun sens. Elle regarda à nouveau Kana. *Comment peux-tu rester si calme ?*

Anton sourit. « Marine, ne comprends-tu pas ? Seuls les enfants pensent que les adultes savent pourquoi et comment tout marche. Être adulte, c'est accepter de ne pas savoir. »

Kana prit une assiette sur la table. Il essaya d'estimer son poids. « On dirait que vous préparez cette maison pour quelqu'un d'autre.

— Exactement ! dit Marine.

— Qui pourrait s'installer ici ? rétorqua Anton. Qui pourrait survivre à la Nuit ? Ne me dites pas que *vous* croyez aux histoires enfantines sur les esprits ?

— Bien sûr que non, dit calmement Kana. Mais à quoi tout cela rime-t-il ?

— Je vous l'ai déjà dit, répondit Anton en haussant la voix pour montrer son impatience grandissante. Par ailleurs, je suis votre père et parfois ça devrait suffire. »

Marine se leva, irritée. « Tout est fou », fulmina-t-elle. Elle jeta un œil aux énormes assiettes sur la table. « Y a-t-il une seule personne dans cette ville qui pense par elle-même ? »

Elle avait les larmes aux yeux. C'était comme si tout le stress accumulé – la querelle avec Kana, le départ imminent pour les Terres désertiques et la disparition de Liam – la submergeait d'un coup. Anton sentit sa détresse et posa la main sur son bras. Marine le repoussa et se réfugia de l'autre côté de la pièce.

Soudain, Tarae apparut. « Nous partons dans dix minutes, annonça-t-elle sans se rendre compte de ce qui venait de se passer. Allez donc faire un dernier tour à l'étage. »

Marine hocha la tête, heureuse d'avoir une excuse pour s'éloigner, et courut dans sa chambre. Il ne lui restait que quelques minutes dans cette maison et elle voulait les passer seule. Elle soupira et s'allongea sur son lit.

Elle sentit sa tête heurter quelque chose de pointu. Elle se redressa et vit la boîte en métal que sa mère lui avait donnée. Elle ne l'avait toujours pas ouverte. Évidemment, elle savait ce qu'elle contenait, mais elle fut soudain curieuse de le voir de près.

La chambre était plongée dans la pénombre et Marine rapprocha la boîte de l'unique bougie. L'extérieur, quoique quelconque, était bien poli. Quatre petits fermoirs, un de chaque côté, maintenaient l'ensemble. Ils étaient un peu durs, mais Marine les ouvrit. Elle souleva le couvercle et regarda à l'intérieur. Six baguettes creuses de dix centimètres étaient alignées. Elles étaient en pierre bleu-gris ; une lame de scalpel était fixée au bout de chacune. Marine en effleura une du pouce. Une goutte de sang perla.

Marine marmonna un juron et remit la baguette dans la boîte. Elle souleva le tiroir contenant les scalpels et trouva en dessous six fioles remplies d'un liquide fermées par un bouchon métallique. Marine les sortit l'une après l'autre et les tint devant la lumière. Cinq contenaient du colorant : blanc, bleu, vert, doré et noir, les couleurs des marques de sa mère. La sixième était transparente.

Elle observa la dernière fiole pendant plusieurs secondes, puis essaya de la visser sur la baguette. Elle s'adapta parfaitement. Elle tint la baguette comme un stylo-plume et passa le scalpel sur son drap. La lame coupa le tissu. Marine souffla la bougie. La chambre fut plongée dans l'obscurité totale à l'exception de la fine ligne sur le lit et de la fiole brillant au bout de la baguette.

Marine fixa les scalpels et essaya de s'imaginer dans le Cloître en train de se scarifier la peau pendant un an. Elle n'aurait rien en commun avec les autres filles du désert. Elles ne parleraient même pas la même langue. Et pendant tout ce temps, elle ne verrait pas Anton, Kana et Liam. Seule sa mère serait autorisée à lui rendre visite.

« Jamais, murmura-t-elle, prise d'une certitude absolue. Ça n'arrivera pas. »

CHAPITRE 14

Quelques minutes plus tard, Marine retourna dans le salon auprès de Kana et sa mère qui attendaient Anton. Ils portaient leurs vêtements de traversée : bonnet de laine, cape, pantalon en toile huilée et bottes montant jusqu'aux genoux. Ils entendirent enfin la voix d'Anton dans le vestibule. « Les Okranas viennent de nous donner l'ordre de descendre jusqu'au quai. Il marqua une longue pause. On m'a chargé de préciser que toute personne refusant de descendre devra attendre.

— C'est une plaisanterie ? s'exclama Kana.

— Non, dit leur père en arrivant dans le salon. Tout le monde est sur les dents. Mais ne vous inquiétez pas, ça arrive chaque fois que l'on quitte l'île. »

Anton prit une bougie sur le rebord de la fenêtre et la tendit à Marine. Ils échangèrent un regard et une pointe d'irritation brilla dans les yeux d'Anton. « Il n'y a aucune confirmation au sujet de Liam, lui dit-il d'un ton catégorique. Toutefois, je pense qu'il est dans la zone de transit. »

Marine hocha la tête.

Ils sortirent tous ensemble et se tinrent devant la maison plongée dans le noir. Deux Okranas les attendaient solennellement. Ils étaient tous les deux âgés, pas autant que Palan, mais de sa génération. Ils tenaient des torches enflammées, de la sueur ruisselait sur leur visage et ils tremblaient légèrement.

« C'est un nouveau départ, dit Tarae en serrant Marine et Kana contre elle. Les Terres désertiques nous attendent. »

Sa joie était manifeste. Ni Marine ni Kana ne répondirent.

« N'oubliez pas la porte de la maison, avertit l'un des Okranas.

— Bien sûr », dit Anton, qui tira la porte avec soin afin qu'elle reste très légèrement entrouverte.

Les Okranas les aidèrent à empiler leurs valises sur une petite charrette branlante qu'Anton poussa. Tous se dirigèrent vers l'ouest, vers les falaises. Kana et Tarae fermaient la marche. Tarae avançait doucement – elle redoutait plus que tout de tomber – et Kana la guidait gentiment, un bras passé autour de sa taille.

« Tu sais, la Nuit est magnifique dans le désert. Le ciel est plus clair et les étoiles plus nombreuses », déclara Tarae en ébouriffant les cheveux de Kana.

Ce dernier ne dit rien. Trois jours de soleil et trois jours de nuit. Pour lui, cela signifiait trois jours de vue et trois jours de cécité. Ces derniers temps, sa mère s'en était inquiétée, comme si elle était personnellement responsable des agissements du soleil.

« Ne t'inquiète pas, maman. Ça ira, déclara Kana. Ce sera plus facile que les années de soleil que j'ai vécues ici.

— Je sais que tout cela te manquera, dit Tarae en désignant d'un geste vague l'obscurité qui les entourait. Cela dit, je pense qu'un changement de décor te fera du bien… Tu dormiras mieux une fois que nous serons loin de l'île.

— Vraiment ? Pourquoi ? » Il n'avait pas l'air convaincu. Sa mère faisait de son mieux pour ne pas le heurter, mais son tact ne faisait qu'empirer les choses.

« Intuition maternelle, je dirais. »

Quelques minutes plus tard, ils arrivèrent aux falaises. L'endroit fourmillait toujours de gens montant et descendant de bateaux ; aujourd'hui, il grouillait de personnes transportant des caisses, de vieilles valises, des filets de pêche, des sacs de farine, des poulets en cage et autres provisions. Des enfants excités suivis par des chiens couraient dans tous les sens. Les cris, les pleurs, les discussions et les aboiements formaient un brouhaha assourdissant.

Il ne restait qu'un petit point orange dans le ciel. Marine marcha jusqu'au bord de la falaise et regarda en bas. Des hommes descendaient jusqu'au quai le long d'une grande toile de cordes fixée à la paroi. Non loin, des grues de fortune en bois hissaient des coffres. Plus bas, des dizaines de bateaux aux voiles jaune vif étaient amarrés aux quais de Bliss.

« TROUVEZ VOTRE DRAPEAU ! cria dans un porte-voix un Okrana costaud aux cheveux gris, vêtu d'un manteau de cuir et de l'uniforme vert foncé d'un bûcheron. AVANCEZ CALMEMENT VERS VOTRE DRAPEAU !

— De quel côté se trouve Lueur dans le Vallon ? demanda une femme âgée qui serrait une valise contre sa poitrine.

— TOUT AU BOUT », gronda l'homme.

Des banderoles de tissu étaient nouées au bout de hauts mâts enfoncés dans le sol à intervalles réguliers le long de la zone de transit. Un Okrana se tenait à côté de chaque mât, un registre à la main.

« Où est notre drapeau ? demanda Kana.

— Feu de Nuit est par là, répondit son père en pointant du doigt un drapeau bleu avec deux volutes rouges. Ils le plantent toujours là. »

Où est Liam ? Marine regarda anxieusement autour d'elle à la recherche du moindre signe de lui ou des Okranas partis à sa recherche. « Excusez-moi, dit-elle en tapotant l'épaule d'un Okrana aux cheveux gris. A-t-on retrouvé Liam, le garçon qui a disparu ? »

L'homme la fixa comme si elle parlait une langue étrangère. C'était exaspérant. Si les parents de Liam étaient encore en vie, ils auraient fait une scène de tous les diables.

Elle prit son père par le bras. « Je ne vois pas Liam. Je vais faire le tour.

— Non, répondit Anton fermement. Attends qu'on soit arrivés au drapeau et ensuite nous nous renseignerons. »

Il fallut quelques minutes à Marine et sa famille pour arriver devant leur drapeau qui flottait dans le vent. À côté du mât, raide comme un piquet, se tenait l'un des plus jeunes Okranas, un adolescent mince aux cheveux noirs frisés et aux dents de travers. Il salua Anton et Tarae d'un air solennel, puis ouvrit son registre et parcourut les pages de papier vélin jusqu'à ce qu'il trouve ce qu'il cherchait.

« Vous êtes quatre ? fit-il en fronçant les sourcils. Il est écrit ici que vous êtes trois.

— Non, nous sommes quatre, se hâta de répondre Tarae qui lui lança un regard noir.

— La Maison de l'Ombre ?

— Évidemment. »

Anton et elle échangèrent un regard que Marine eut du mal à décrypter. De la peur, de la colère, de l'énervement, la fatigue, seize ans de mariage – peut-être tout cela en même temps.

« Ce sont vos affaires ? demanda le garçon, la mine renfrognée.

— Oui.

— Vous allez peut-être devoir en laisser une partie.

— Pourquoi ?

— Je n'ai pas plus d'informations. Ce sont les instructions que j'ai reçues », répliqua-t-il.

Les mots qu'il prononçait semblaient avoir été minutieusement répétés.

Leurs voisins, de jeunes parents avec un bébé endormi, s'approchèrent et le jeune Okrana se tourna vers eux. Tarae s'éloigna et se laissa tomber par terre en poussant un soupir de fatigue. Elle appela Marine et Kana, mais fut interrompue par des cris.

« Ils arrivent ! cria quelqu'un. Les fourreurs ont escaladé les falaises. »

Des cris similaires se firent entendre le long des falaises.

« Levez-vous ! brailla le jeune Okrana. Debout ! Tout de suite ! »

CHAPITRE 15

Tout autour d'eux, les habitants se levèrent et mirent leurs sacs sur leurs épaules. Un groupe de fourreurs était arrivé et traversait la foule. Avec leur visage buriné par le soleil, leur mâchoire carrée et leurs yeux clairs, ils avaient l'air féroces. Plusieurs portaient des fusils munis de baïonnettes étincelantes. C'était étrange de voir les fourreurs armés jusqu'aux dents. À Bliss, personne n'avait d'arme, sauf certains Okranas et, dans leur cas, il s'agissait de mousquets.

Quand les fourreurs passèrent devant eux, l'un d'entre eux, un petit homme maigre aux cheveux blonds, s'arrêta, considéra Marine et Kana et se dirigea vers eux. Anton fronça les sourcils et s'interposa. Autour d'eux, tout le monde se tut et tous les yeux se tournèrent vers eux. Anton ne prononça pas un mot. Son visage était un masque n'exprimant ni bravade ni faiblesse.

« Votre garçon, dit le fourreur en désignant Kana. Il a nos yeux. » Et c'était vrai. Les yeux bleu clair de Kana étaient rares parmi les habitants de Bliss.

Anton ne savait pas quoi répondre. Les fourreurs parlaient rarement aux habitants.

« Le garçon, répéta le fourreur. C'est votre fils ?

— Oui, à l'évidence », répondit Anton. Il fit un pas en avant, sortit ses mains de dessous sa cape et regarda le fourreur droit dans les yeux.

Le fourreur haussa les sourcils. « En êtes-vous sûr, mon vieux ? Ses yeux montrent qu'il est l'un des nôtres. »

Tarae rejoignit Anton et posa la main sur son épaule.

Le fourreur déshabilla Tarae du regard et lui fit un clin d'œil. Anton serra les poings. Marine observa son père en se demandant ce qu'il allait faire. Mais il ne fit rien. Marine ne put supporter le silence face à cette insulte. « Ses yeux sont différents parce qu'il est aveugle, dit-elle. Est-ce que ça signifie que vous aussi, vous êtes aveugle ? »

Le fourreur la dévisagea. « Tu es un esprit rebelle. Je te surveillerai sur le bateau. »

Marine se força à soutenir son regard, refusant de lui donner la satisfaction de paraître effrayée.

Anton se tourna et lui lança un regard sans équivoque. *Reste en dehors de ça.* Le fourreur éclata de rire et s'en alla.

Tarae attira Marine à elle.

« Qu'est-ce qui te prend ? murmura-t-elle. Ne regarde *même pas* ces hommes. »

Dans leur zone, tout le monde les observait. Heureusement pour Marine, cela ne dura que quelques secondes et l'agitation du départ reprit le dessus.

Marine regarda les fourreurs qui s'éloignaient. Sentant son père près d'elle, elle eut soudain honte. Elle était si obnubilée par la perte de son indépendance qu'elle avait oublié la situation générale. Ils étaient *tous* à la merci des fourreurs.

Au loin, elle vit ces derniers discuter avec le maire. Leur conversation n'avait pas l'air amicale. Le maire rougit puis blêmit et serra les poings. Il se balançait d'avant en arrière tout en secouant frénétiquement la tête tandis que les fourreurs le fixaient sans la moindre expression. Marine ne pouvait pas entendre les mots prononcés par le maire, mais elle nota son changement de ton. Il passa de l'exaspération à l'imploration. Puis ce fut terminé. Le groupe de fourreurs se dirigea vers les falaises, leurs armes brillant dans le dernier rayon de soleil. Le maire et les habitants les suivirent des yeux.

Peu après, l'Okrana adolescent se fraya un chemin au milieu de la foule et se tint de nouveau cérémonieusement près du mât.

« Votre attention, Feu de Nuit ! cria-t-il. Les fourreurs ont collecté plus de fourrures qu'ils le pensaient. Il n'y aura pas assez de place pour toutes vos provisions.

— Et qu'en est-il des *gens* ? hurla l'un de leurs voisins. Y a-t-il de la place pour tout le monde ?

— Je crois. »

Le garçon consulta son registre comme si la réponse était cachée dans ses pages. Puis il leva les yeux. « Pour être honnête, je l'ignore. »

Soudain tout le monde se mit à parler en même temps, à poser des questions, à hurler des accusations et à exiger des réponses. La même chose se produisait devant les autres mâts. Le vent se leva et ajouta à la cacophonie générale. Au loin, un homme avec un porte-voix tentait de rétablir l'ordre. « QUE TOUT LE MONDE S'ASSOIE ! POUR L'INSTANT, SEULS LES VIEUX ET LES MALADES MONTENT À BORD. LES AUTRES N'EMBARQUERONT PAS AVANT QUATRE HEURES. DANS QUATRE HEURES ! » Mais sa voix ne semblait qu'augmenter le volume sonore de la foule. Au milieu de cette confusion, Marine aperçut un petit garçon écroulé par terre.

C'était Francis. Et il était seul.

Elle se libéra de l'étreinte de sa mère et joua des coudes parmi la cohue. Francis était recroquevillé en chien de fusil sur le sol poussiéreux, les yeux pleins de larmes.

« Francis ! » Marine s'agenouilla près de lui et posa la main sur son dos. « Où est Liam ? »

Il geignit et ses pleurs redoublèrent.

Elle se força à parler calmement. « Il y a quelques heures, quelqu'un l'a aperçu dans les marais. Où est-il ? »

Francis secoua la tête. « C'était une erreur. C'était un autre… qui n'était même pas prisonnier de la boue.

— Qui t'a dit ça ? Ivo ?

— Le maire, répondit Francis, son visage sale sillonné de larmes. Je savais que ce n'était pas Liam. Il ne s'embourbe jamais.

— Francis, réfléchis bien, l'implora Marine. Voulait-il faire quelque chose en *particulier* avant de partir ? »

Marine savait que sa voix devenait sévère, que la panique au creux de son ventre se propageait dans tout son corps.

Francis fit non de la tête avant de s'arrêter soudain. Il prit sa main et la serra. « Il y a quelques jours, il m'a dit qu'il voulait faire quelque chose pour toi, mais qu'il n'en aurait probablement pas le temps. Il avait perdu un truc qui t'appartient dans les bois. »

Le cœur de Marine se mit à battre à tout rompre. *Bon sang.*

« Francis, écoute-moi. Vois-tu tes voisins là-bas ? »

Elle désigna un groupe d'enfants accrochés à la jupe d'une femme. Il hocha la tête.

« Reste avec eux, dit-elle en se relevant. Je vais chercher Liam, mais il faut que tu me couvres. Quand mes parents te poseront des questions sur Kana et moi, dis-leur que tu nous as vus en train d'aider les vieux à monter sur les bateaux. Nous ne serons pas partis très longtemps. Compris ? »

Francis acquiesça.

« Promets-le-moi.

— Promis, répondit-il, les yeux ronds et effrayés.

— Nous allons le trouver. »

Elle lui tapota le front, se leva et se faufila dans la foule à la recherche de Kana. Il se trouvait à quelques mètres de leurs parents qui ne la remarquèrent pas.

« Tu avais raison au sujet de Liam, chuchota-t-elle.

— Tu te fiches de moi, s'écria Kana, incrédule.

— Nous avons quatre heures pour le trouver. Francis va dire aux parents que nous aidons les vieux et les malades à embarquer. On fera vite. L'aller-retour ne devrait pas nous prendre plus de deux heures.

— Les bois seront sombres, bien plus sombres que la dernière fois qu'on y est allés.

— Je sais, répondit Marine en se collant à lui. C'est pourquoi il faut que tu viennes avec moi. »

Ils se regardèrent, les yeux dans les yeux.

Kana finit par hocher la tête. « Allons-y. »

CHAPITRE 16

Kana et Marine traversèrent la ville déserte au pas de course. Ils longèrent les bâtiments et évitèrent les espaces à découvert où ils pourraient être repérés par les Okranas. La seule créature vivante qu'ils virent était un vieux chien galeux attaché devant une petite maison. Il aboyait tristement, comme s'il comprenait qu'on l'avait abandonné à une mort certaine.

« Je ne peux pas le laisser comme ça », dit Kana en s'arrêtant pour dénouer la laisse.

Dès qu'il fut libéré, le chien se précipita à l'intérieur par la porte de devant entrebâillée.

Ils passèrent devant leur maison à présent silencieuse et vide, puis suivirent un petit chemin que seul Kana pouvait voir. Il y avait dans le coin une autre demeure plus proche des bois que la Maison de l'Ombre et qu'on oubliait souvent. C'était un cottage délabré dont les murs fragiles et le toit étaient soutenus par les branches noueuses de plusieurs saules.

« Tu crois que l'ermite est toujours là ? demanda Marine.

— Pourquoi serait-il encore là ? répliqua Kana en secouant la tête. Personne n'est aussi idiot que nous. »

Idiot ou pas, Kana préférait courir sur ce chemin plutôt que rester assis au bord de la falaise avec le reste de la ville. Il profitait de ces derniers moments volés sur l'île – l'air froid, l'odeur des conifères, la rosée scintillant sur les pommes de pin. *Le jeu en vaut presque la chandelle*, pensa-t-il. *Presque.* Cela ne le dérangeait même pas que sa sœur soit là avec lui puisque, pour une fois, elle semblait contrite et agréable. *Elle a besoin de moi.* Voilà pourquoi elle le suivait silencieusement. Et il savourait la situation.

Le chemin s'estompa un peu plus à la hauteur du cottage de l'ermite et, à l'orée de la forêt, il disparut complètement. Kana ramassa un bâton et l'utilisa pour fouiller les taillis jusqu'à le retrouver. Il était caché par un enchevêtrement de branches mortes et couvert d'épaisses toiles d'araignée qu'il déchira avec le bâton. Dans les mois précédant le départ, les araignées semblaient s'être faufilées partout. On trouvait les plus grosses, aux pattes vertes et grises, jusque sur les coussins et les couvertures. Dans la cour de l'école, beaucoup d'enfants prétendaient que la Nuit chaque centimètre carré de l'île grouillait d'araignées. Mais Kana savait que ce n'était que pure spéculation. *Tout le monde est un expert de la Nuit*, pensa-t-il. *Même si personne ne l'a jamais vue.*

Il passa à travers les toiles et enjamba des branches basses. Quelques secondes plus tard, il émergea dans un sentier étroit traversant un bosquet de jeunes arbres. Alors qu'il attendait Marine, il se souvint de l'avertissement de son rêve.

Mon petit, ne t'approche pas des bois. Ne les laisse pas te voir.

Kana regarda autour de lui : la forêt infinie, l'épais tapis de feuilles, d'aiguilles de pin, de terre humide et de mousse.

Il eut un frisson dans le dos. *Ne les laisse pas te voir.* Qui étaient-*ils* ? Et *pourquoi* ne devaient-ils pas le voir ? Il passa sa main sur son front. Il faisait l'enfant. Ce n'était qu'un rêve. Et pourtant cela le titillait, comme s'il avait noué un fil autour de son poignet pour qu'il se souvienne de quelque chose, mais il n'arrivait pas à se rappeler quoi.

Il ouvrit la marche d'un pas rapide. Lors de leur dernière excursion dans les bois, ils avaient marqué leur chemin avec de la peinture blanche. Même si elle s'était estompée, elle absorbait suffisamment la lumière ambiante pour les aider à s'orienter. *Ces marques seront-elles assez lumineuses pour que Liam les voie ? Peut-être. S'il a une bonne lanterne.* Le sol était plongé dans le noir et Marine trébuchait régulièrement sur des racines.

Kana lui tendit la main. Marine la prit et ils poursuivirent leur route. Au bout d'une centaine de mètres, le chemin déboucha dans une petite clairière, bordée d'arbres ancestraux. L'espace évoquait une grande pièce voûtée avec des troncs d'arbres en guise de murs et des branches pour plafond. Kana se souvint de l'étourdissement qui l'avait saisi lorsqu'il avait découvert cet endroit des mois plus tôt.

Ils se faufilèrent entre deux arbres et suivirent un très étroit chemin balisé de taches blanches. Les arbres et les branches étaient si serrés qu'on aurait dit des murs en osier. C'était déjà comme ça lors de leur précédent passage. Ils devaient même parfois les contourner.

Kana maintenait un rythme soutenu. Il ne fit qu'une seule pause quand il sentit une piqûre sur son bras. C'était une goutte d'eau glacée. Une autre atterrit sur son cou, puis une troisième sur son bras. Il leva la tête. Il était impossible d'avoir une bonne vision du ciel, mais l'air sentait l'humidité et il en conclut qu'il pleuvait.

« Est-ce que nous mettons trop de temps ? demanda Marine, hors d'haleine. Je ne m'en rends pas compte. »

Kana dévisagea sa sœur pendant un instant. Elle était désemparée. Lui aussi avait peur. Aucun d'entre eux n'aurait dû se trouver dans les bois. Ils étaient censés attendre patiemment d'embarquer. *Et nous prenons ce risque pour quoi ? Un collier ? Liam, comment peux-tu être aussi idiot ?*

« Est-ce qu'on va y arriver ? insista Marine.

— Oui, répondit Kana. Mais nous devons aller plus vite. »

Il la prit par la main et ils se mirent à courir.

CHAPITRE 17

« Espèce d'idiot, espèce d'idiot, espèce d'idiot », marmonnait Liam entre ses dents serrées.

Il répétait ces mots depuis des heures, comme un mantra. Il leva la tête et fixa le ciel sombre. Les parois de la fosse dans laquelle il était tombé mesuraient six mètres de haut et étaient faites de petites pierres enfoncées dans de la terre sèche. Liam était un grimpeur exceptionnel, mais ces murs étaient impossibles à escalader. Il n'arrivait pas à avoir une bonne prise. Chaque fois qu'il attrapait un caillou ou un morceau de terre, il se cassait ou se désagrégeait dans sa main. Une fois, il avait presque parcouru les deux tiers avant de tomber à la renverse. Il avait heurté le sol et s'était ouvert l'avant-bras gauche sur un rocher tranchant. L'entaille, longue et profonde, lui faisait très mal. *Mais qu'est-ce qui ne va pas chez moi ?* Il s'était déjà blessé à la cheville en atterrissant dans la fosse. À présent, il devait en plus s'inquiéter pour son bras.

Difficile de se souvenir depuis combien de temps il était coincé là. Vingt-quatre heures ? Plus ? Il avait mal au ventre. À cause de la faim ou de l'inquiétude ? Probablement les deux. Cela aurait dû lui prendre une heure

– trente minutes aller, trente minutes retour. Il avait fait attention. Il avait suivi les marques blanches. Il n'avait pris aucun risque. Mais malgré toute sa prudence, malgré le fait qu'il connaissait le chemin, il avait trébuché et était tombé dans ce trou dont il n'arrivait pas à sortir. Ce devait être un vieux piège de chasseur et il s'était fait prendre.

Il étudia son bras dans la faible lumière. Il essuya la poussière et vit le sang couler de l'entaille qui allait presque du poignet au coude. Son pull côtelé, déjà effiloché aux bras, était déchiré. Il plia les doigts plusieurs fois et fit pivoter son poignet. Il pouvait encore grimper.

Il jeta un coup d'œil vers une étrange branche qui dépassait du bord de la fosse. Elle était épaisse, ronde et noueuse ; dans l'obscurité, elle ressemblait presque à une tête humaine. En fait lorsque, quelques heures plus tôt, il l'avait vue pour la première fois, il avait cru que c'était bien une personne. Il l'avait même appelée. Mais quand elle n'avait pas répondu ni même bougé d'un centimètre, il était arrivé à la conclusion que c'était une branche. Et pourtant, elle avait tellement l'air humaine qu'il continuait à la regarder de temps à autre, partagé entre l'espoir et la crainte qu'elle bouge.

Et soudain elle bougea. Plus précisément, elle disparut. Une seconde elle était là, la suivante elle ne l'était plus. Peu après, Liam entendit un bruissement au-dessus de lui.

« Hé ! cria-t-il. Hé, je suis ici ! »

Il cria pendant plusieurs minutes avant d'abandonner et de s'asseoir dans la fosse. Mais le bruit revint et, cette fois, au lieu de hurler il écouta. Ce bruissement avait quelque chose de calculé, de délibéré. Une silhouette sombre apparut au bord de la fosse, puis disparut.

Liam n'eut pas le temps de bien voir, mais il aurait juré que c'était une femme. Cela dit, il était là depuis si longtemps qu'il ne pouvait plus faire confiance à ses yeux. En revanche, il avait confiance en son instinct, et celui-ci lui soufflait qu'il y avait quelqu'un. Toutefois, il ne comprenait pas pourquoi cette personne ne l'aidait pas et ne lui répondait pas.

Il fit le tour de la fosse en boitillant à la recherche de quelque chose qui lui aurait échappé. Il serra les poings, frappa contre la paroi, puis s'écroula par terre en murmurant : « Qu'est-ce que je fais ici ? »

Mais il connaissait la réponse à cette question. Malgré tous ses efforts pour agir en parent responsable, Liam était, par nature, impulsif. C'était sur un coup de tête que Kana, Marine et lui s'étaient aventurés dans les bois quelques mois plus tôt. Il se rappelait leur joie lorsqu'ils avaient trouvé l'étang au milieu de la forêt – sa surface aussi brillante et immobile qu'une mer de glace. Il se souvenait parfaitement de toute la scène. Avant d'aller nager, Marine avait retiré son collier : un bijou simple composé d'une chaîne en argent et d'un pendentif ovale. Le pendentif était une pierre de soleil, un cristal provenant des îles gelées du Nord polaire.

Les pierres de soleil, sans être particulièrement jolies, étaient néanmoins extrêmement rares. Elles étaient très prisées des marins parce qu'elles polarisaient la lumière du soleil. Même par temps couvert, on pouvait tendre une pierre vers le ciel et déterminer la direction du soleil. Celle de Marine avait appartenu à son grand-père paternel, un grand marin. Anton la lui avait donnée pour son dixième anniversaire, quand elle avait été autorisée à naviguer seule sur de petites embarcations. Même à 10 ans, Marine était un meilleur marin que bien des adultes.

Liam avait étudié la pierre en détail avant de pousser Marine dans l'eau.

Plus tard, quand Kana était tombé et s'était coupé à la joue, ni Marine ni Liam n'avait plus pensé à la pierre de soleil. Ce n'était qu'une fois de retour à la maison que Marine s'était rendu compte que la pierre n'était pas dans son sac. Liam avait dû oublier de l'y remettre.

Le lendemain, elle l'avait pris à partie : « Je n'arrive pas à croire que tu aies perdu le collier de mon grand-père ! »

Liam avait secoué la tête. « Non ! Je te jure. Je l'ai remis dans ton sac.

— Eh bien, il n'y est pas, avait-elle répondu en le fusillant du regard.

— Ça n'a rien à voir avec ton collier. Tu es contrariée à cause de Kana.

— Ce n'est pas ma faute, avait-elle dit, les yeux pleins de larmes. Je ne peux pas le surveiller à chaque minute. »

Pourtant, ils savaient tous les deux qu'ils étaient responsables de sa chute. Évidemment, Liam s'était excusé. Mais ce n'était pas assez. Ça n'effacerait pas ce qui s'était passé. Pendant les semaines et les mois suivants, il avait commencé à croire que retrouver la pierre de soleil arrangerait les choses – si ce n'était avec Kana, peut-être avec Marine. Quand ils seraient partis de l'île, leur vie changerait radicalement. Bientôt, ils seraient dans les Terres désertiques et Marine irait au Cloître. Seule. Liam voulait qu'elle ait la pierre, qu'elle sente son poids et qu'elle pense à l'île. Voire à lui. Et cette impulsion l'avait mené dans les bois et, finalement, dans cette fosse.

Liam tapota nerveusement la terre et sentit un petit bout de bois. Il tâtonna autour de lui et en découvrit plusieurs autres semblables. Il en prit un et essaya de le plier ou de le casser, en vain. Peut-être était-il assez robuste pour supporter son poids.

Il en saisit deux et entreprit son ascension en les enfonçant dans le mur pour se hisser. C'était un exercice difficile et lent. Il montait chaque fois d'une trentaine de centimètres, transpirant et grognant. Il maniait les morceaux de bois comme des dagues. Au bout d'une dizaine de minutes, il n'était plus qu'à quelques centimètres du sommet. À cet endroit, toutefois, la terre était très friable. Des mottes de terre et des cailloux lui tombèrent sur le visage.

Il s'efforça d'enfoncer les bouts de bois plus profondément dans la paroi. Soudain il revit la silhouette d'une femme, penchée sur le rebord. Son visage, bien que dissimulé dans l'ombre, lui semblait étrangement allongé, comme déformé par un miroir concave. Quelques instants plus tard, les bouts de bois se tordirent et Liam se mit à glisser. Tout à coup il remarqua une liane pendant pardessus le bord. *Pourquoi ne l'avais-je pas vue avant ?* Mais la question fut balayée par l'adrénaline et il l'attrapa. Il se hissa jusqu'au sommet de la fosse et, une fois arrivé, il ne vit que la forêt silencieuse. La femme – si tant est qu'elle ait jamais existé – avait disparu.

CHAPITRE 18

Le sentier qui menait à l'étang était abrupt et serpentait entre de gros rochers. Marine sauta sur un rocher, commença à le gravir, glissa et tomba.

« Marine ! »

Kana courut jusqu'à elle. Elle l'écarta d'un geste de la main et se releva, le souffle haletant et le visage ruisselant de sueur. Ils s'arrêtèrent une minute et regardèrent la lumière étrangement brillante au-dessus d'eux. C'était un cercle parfait, bas dans le ciel du Soir pâle, et granuleux comme s'il venait de naître.

« Qu'est-ce que c'est ? demanda Marine.

— *La lune*, chuchota Kana. Elle est magnifique. »

Sa respiration était saccadée, mais il n'était pas fatigué. Fasciné, il gardait les yeux rivés sur le ciel. Sa figure était baignée dans une lumière fantomatique. Ils avaient tous les deux entendu parler de la lune, un corps céleste qui était censé rendre fou et n'apparaissait que pendant les années d'obscurité. Sa lumière était magique. Elle n'était pas aussi forte que celle du soleil, mais bien plus que n'importe quelle torche ou lanterne. Et contrairement à celle du soleil, elle n'aveuglait pas Kana.

Ils continuèrent leur ascension rapide en faisant un peu plus attention. Une fois les rochers dépassés, ils traversèrent un bosquet d'arbustes et émergèrent dans une grande clairière rocailleuse parsemée de touffes d'herbes hautes. L'étang se trouvait quelque part au milieu. La clairière était bordée d'arbres, sauf à l'ouest où elle donnait directement sur le canyon. La roche blanche reflétait la lumière de la lune, permettant ainsi à Marine de voir. Elle appela Liam tout en se dirigeant vers le canyon, plissant les yeux et tendant le cou.

« Il n'est pas là, dit Kana. Tu n'avais pas laissé ton collier par ici.

— Tu as raison. Il doit être près de l'étang. »

Soudain le vent se leva. Le froid était mordant.

« LIAM ! cria Marine à pleins poumons. LIAM ! »

Ils retinrent leur souffle en guettant une réponse.

Kana leva le bras. « J'ai entendu quelque chose. Par là-bas. »

Au bout de quelques minutes, ils perçurent un cri étouffé.

« LIAM ! » cria Kana.

Peu après Liam apparut devant eux. Il était pâle et s'appuyait sur une branche.

Ils se précipitèrent vers lui. Liam chancela et tomba. Kana le rattrapa avant qu'il heurte le sol.

« Mmm… meerci », bredouilla Liam d'une voix à peine audible.

Marine les serra tous les deux dans ses bras. « Liam, ça va ? Est-ce que tu… Qu'est-ce que tu…

— Mon frère… Francis ? Est-ce que mon frère va bien ? »

Liam avait la mâchoire serrée et les yeux rouges. Ses cheveux étaient pleins de terre et d'aiguilles de pin.

« Francis, répéta-t-il. Est-il en sécurité ?

— Oui, il va bien, répondit Marine. Il a peur, mais il va bien.

— Les bateaux sont-ils arrivés ? »

Marine hocha la tête.

« Qui est avec Francis ?

— Tes voisins. Bientôt, il sera avec toi.

— Alors, allons-y. »

Liam s'élança, trébucha et eut du mal à conserver l'équilibre. Son visage était déformé par la douleur. Kana l'aida et remarqua sa blessure au bras.

« Ce n'est qu'une égratignure, dit Liam.

— C'est bien plus que ça, dit Kana. Il faut que tu… »

BRRRRRRRRRM ! BRRRRRRRRRM !

Deux bruits tonitruants résonnèrent dans la forêt. Ils se regardèrent. Sans un mot, Kana courut vers le sentier qui menait à leur maison.

À l'orée de la clairière, près du canyon, il s'arrêta et se retourna. Marine et Liam étaient loin derrière. Il jura. Il bouillait d'impatience. Liam respirait avec difficulté et transpirait abondamment. Ses traits étaient tirés et ses yeux n'arrêtaient pas de cligner. Des mèches de cheveux étaient collées à son front.

« Kana, dit Marine. Pars en avant et dis-leur de nous attendre. Juste au cas où. C'est toujours plus facile de rentrer, nous ne nous perdrons pas. »

En réponse, un cri aigu d'animal provint du fin fond du canyon. Kana leva brusquement les yeux. *Était-ce un animal ou le vent ?* Il avança jusqu'au bord du ravin profond de plusieurs dizaines de mètres et aux parois escarpées. Il aperçut un bloc de roche parfaitement rectangulaire d'une dizaine de mètres de haut, au milieu de la paroi opposée.

Soit quelqu'un l'avait sculpté, soit on l'avait placé là. Il y en avait des dizaines d'autres, dépassant de la pierre.

Il se retourna. Marine et Liam contemplaient le canyon.

« Est-ce que ces *boîtes* ont été creusées dans la roche ? demanda Marine.

— Je ne sais pas, dit Kana. Mais je ne vous laisserai pas ici.

— Pourquoi ? » demanda-t-elle.

Il observa à nouveau le canyon. « Parce que. »

CHAPITRE 19

Quelques secondes plus tard, ils rejoignirent le sentier qui conduisait à la ville et pressèrent l'allure. À un moment donné, le sentier devint si étroit qu'ils durent marcher en file indienne. Marine, derrière Liam, devait prendre sur elle pour se retenir de le pousser. *Allez, allez, allez.* Et alors Liam trébuchait ou grognait de douleur et elle se rappelait qu'ils allaient aussi vite que possible. Des cris d'oiseaux inconnus et des bruissements provenaient de toutes parts, parfois si proches que Marine se retournait, s'attendant à voir quelqu'un ou quelque chose.

Kana savait qu'ils avançaient lentement. Bien trop lentement. *Depuis combien de temps étaient-ils partis ? Une heure et demie ? Deux heures ?* Impossible à dire. Mais une chose était sûre, tout ceci prenait trop de temps.

Ils finirent par déboucher dans une petite clairière où l'herbe leur arrivait à la taille. Liam murmura quelque chose et lâcha la branche sur laquelle il s'appuyait. Il s'écroula et empoigna sa cheville. Marine s'assit à côté de lui.

« Juste une minute, marmonna-t-il, hors d'haleine. Il faut que je reprenne mon souffle.

— Ça va ? demanda Kana en faisant le tour de la clairière, les yeux rivés au sol.

— Ça va, répondit Liam entre ses dents.

— Tu as besoin d'une bonne béquille. Ça nous permettra d'avancer plus vite. »

Kana s'éloigna sous les arbres. Il y eut un craquement sec, puis il revint avec un long bâton recourbé à une extrémité.

« Ça te convient ? demanda-t-il.

— Oui, raccourcis-le de quelques centimètres », dit Liam en s'asseyant.

Kana appuya son pied sur le bas du bâton. Après un autre bruit sec, il le tendit à Liam. Marine aida celui-ci à se relever et la partie incurvée s'adapta à merveille sous son aisselle.

« J'imagine que tu n'as pas trouvé de lekar ? demanda Liam.

— Ne force pas ta chance, dit Kana avec un petit sourire.

— Il est trop tard pour ça. Mais merci. Ça va bien m'aider. »

Ils poursuivirent leur route à un rythme plus rapide et plus assuré. Grâce à la béquille de Liam, ils avançaient si vite que Kana commença même à espérer que les fourreurs n'aient pas encore procédé à l'embarquement général. Ils ne se trompèrent de chemin qu'une seule fois et retournèrent sur leurs pas rapidement. Très vite, ils retrouvèrent leurs marques et passèrent par des endroits familiers avant de sortir des bois non loin de la maison de l'ermite.

Marine se tourna vers Kana.

« Vas-y ! dit-elle. Nous sommes sortis des bois sains et saufs. Cours jusqu'aux bateaux. Dis-leur que nous arrivons. Dépêche-toi ! »

Kana acquiesça et partit en courant. Marine et Liam le suivirent à leur rythme. *Ils seront encore là*, se dit Marine. Elle se mordit la lèvre jusqu'à ce qu'elle ressente un picotement. *Ce n'est pas possible qu'ils soient partis si rapidement. Ils seront encore là. Il le faut.* Elle força Liam à accélérer, parfois même en le traînant. Ils traversèrent la rue principale de Bliss sans guère prêter attention aux maisons plongées dans l'obscurité. *Ils seront encore là*, se disait-elle à chaque pas. *Il le faut.*

À la sortie de la ville, ils virent l'océan. Au loin, le dernier rayon de soleil avait disparu. *La Tombée de la Nuit.* Marine avait du mal à respirer. L'air semblait déjà plus froid, mais elle remarqua surtout l'obscurité. Elle regarda ses mains : des détails tels que ses jointures, ses ongles et ses vieilles cicatrices étaient d'ores et déjà difficiles à distinguer. On leur avait dit qu'une fois le soleil disparu la nuit tomberait très vite. S'il fallait des années au soleil pour pointer dans le ciel, il ne fallait que quelques minutes à la Nuit pour tomber.

Au loin, au bord des falaises, les drapeaux de la zone d'embarquement claquaient toujours. Marine vit des centaines de caisses et de valises. Les Okranas avaient dit qu'une partie des bagages pourrait être abandonnée, mais là il y en avait beaucoup. À l'évidence, ils procédaient encore à l'embarquement.

« Où sont-ils tous passés ? » demanda Liam en tournant la tête de droite à gauche.

Marine regarda à nouveau. Tout était là… sauf les gens. Les bagages étaient éparpillés comme si une tornade avait balayé la zone. Certains drapeaux étaient toujours hissés, d'autres étaient tombés ou affaissés.

« Je vais voir », s'écria Marine qui partit en courant. Elle ne supportait plus de marcher au rythme de Liam. Kana se tenait près des falaises, au milieu d'un désert de chemises, de manteaux, de pantalons, de livres, de bocaux cassés, de peignes, de brosses, de pelles, de couvertures, de casseroles et d'assiettes.

« Où sont-ils ? » dit-elle, essoufflée, en le rejoignant.

Kana indiqua l'horizon. À la lueur de la lune, on distinguait au loin les bateaux. Les navires des fourreurs naviguaient vers l'ouest en formation serrée.

« Non, chuchota Marine. Ils n'ont pas pu… »

Elle sauta sur place en agitant les bras. Ils devaient être suffisamment près pour les voir.

« MAMAN ! PAPA ! Nous sommes ici ! Revenez ! »

Kana cria également et ils hurlèrent à s'en casser la voix pendant plusieurs minutes. Liam ramassa un mât dont le drapeau était déchiré en deux et l'agita au-dessus de sa tête. Les navires poursuivirent leur chemin.

« Ce n'est pas possible », souffla Marine.

Et pourtant, elle savait que c'était vrai. Évidemment. *Combien de fois l'avait-on prévenue ?* Les fourreurs fixaient les règles. Et il y avait en plus la force implacable des marées.

Marine prit progressivement conscience de son environnement. Une poupée maculée de boue gisait face contre terre au milieu des chardons. À côté, le contenu d'un plat en terre cuite cassé était répandu sur le sol. Là, un morceau de tissu ensanglanté. Le même genre de vision se répétait dans toute la zone d'embarquement. Le protocole de départ si bien répété avait été brutalement bouleversé. Pour une raison mystérieuse, l'embarquement avait été si perturbé que les biens les plus précieux avaient été abandonnés tels des déchets.

« Ça a dû être un désastre, dit Kana. Personne n'a dû remarquer que trois ados manquaient à l'appel… pas sur le coup, en tout cas. »

Marine scruta l'embarcadère. La marée était aussi rapide et forte que prévu. La mer s'était déjà retirée sur une trentaine de mètres, exposant au passage l'estran rocailleux. Ses jambes cédèrent sous son poids et elle s'écroula dans les chardons en fixant l'image des bateaux au loin comme si elle avait le pouvoir de les faire revenir. *Ils vont se rendre compte de ce qui s'est passé et vont changer de cap.*

Les bateaux devinrent de plus en plus petits jusqu'à ce qu'ils ne soient plus que des points à l'horizon. Puis Marine ne put plus les voir au milieu de ses larmes. La réalité de la situation lui apparaissait de plus en plus clairement. Puisqu'il ne rimait à rien de l'ignorer, elle essaya de l'accepter. *Les bateaux sont partis.* C'était un fait qu'elle constatait de ses yeux. *Mes parents sont sur un bateau.* OK. *Mon frère, Liam et moi sommes toujours là.* Elle sentait la panique l'envahir à mesure qu'elle s'acheminait vers la conclusion. *La Nuit est tombée. Et elle va durer très longtemps.* Soudain, elle éclata en sanglots. Kana tenta de la réconforter, mais elle le repoussa et enserra ses genoux de ses bras.

« Il commence à faire froid, dit Kana. Nous ne pouvons pas rester ici. »

CHAPITRE 20

Liam fila vers la ville. Il courut à toute vitesse, clopina, puis reprit sa course. Kana et Marine l'appelèrent, mais il continua comme s'il ne les entendait pas.

« Que fait-il ? » demanda Kana.

Soudain Marine comprit.

« Il retourne chez lui, dit-elle. Il est à la recherche de Francis. »

Liam imaginait son frère blotti dans sa chambre et, à vrai dire, il ne savait pas s'il espérait le trouver ou non. À quelques mètres de la maison, il se mit à hurler le nom de son frère et continua jusqu'à ce qu'il ouvre brusquement la porte. Il se tint dans la pièce et écouta. La maison était silencieuse, tout était rangé comme il se devait ; accrochés au mur, Rat, Museau et Dents le fixaient dans l'obscurité.

« FRANCIS ! Je suis là ! FRANCIS ! »

Liam marqua une pause. Il osait à peine respirer. Silence. Il monta l'escalier quatre à quatre jusqu'à la chambre de Francis et ouvrit la porte. La pièce était vide. Il alla dans sa chambre car, ces derniers mois, Francis préférait y dormir.

Elle était également vide. Le seul indice montrant que quelqu'un était passé par là était un petit creux de la taille d'un enfant sur l'édredon. Les mains tremblantes, Liam s'avança jusqu'au lit, s'agenouilla et posa son visage dessus. Il sentit l'odeur de son frère – un parfum aussi doux que la sève. *C'est là qu'il dormait quand je l'ai laissé.* Des visions folles et paranoïaques lui vinrent en tête : Francis à la recherche de Liam, courant jusqu'à la maison juste avant l'embarquement.

Liam s'écroula sur le lit, se mit à sangloter et poussa un râle d'agonie. Un horrible sentiment de culpabilité l'étreignait. *Francis est complètement seul, orphelin et maintenant sans frère. Et c'est entièrement ma faute.* Il resta allongé, sans bouger, les yeux fermés, abattu.

Quelques minutes plus tard, il se rendit compte qu'il y avait quelqu'un d'autre dans la pièce. Il ouvrit les yeux et vit Marine.

« Laisse-moi tranquille.

— Je te jure que Francis va bien », dit doucement Marine.

Elle posa la main sur son dos et tira son épaule pour qu'il se redresse, mais il refusa de bouger.

« Laisse-moi tranquille », répéta-t-il.

Marine se pencha sur lui.

« Les voisins et mes parents s'occupent de lui. Je t'assure que Francis est sur l'un des bateaux. »

Liam enfouit son visage dans l'édredon. « Je l'ai abandonné, murmura-t-il. Je l'ai laissé seul dans cette maison et je ne suis jamais revenu. »

Marine posa fermement sa main sur son épaule. « Liam, écoute-moi. Tu le reverras… Bientôt. »

Il la regarda d'un air interrogateur chargé d'espoir. « Comment ?

— Kana vient de descendre au pied des falaises. Il y a trouvé des petits bateaux. L'un d'entre eux semble suffisamment léger pour être poussé à l'eau. Si nous nous dépêchons, nous pouvons peut-être rattraper les fourreurs. Mais nous avons besoin de ton aide. »

Liam réfléchit. Puis il hocha la tête, s'essuya les yeux et se leva. Dans un coin de la chambre, il prit un vieux pull en laine oublié sur une patère. Il l'enfila et apprécia cette couche de chaleur supplémentaire. Marine le prit par la main et ils descendirent l'escalier.

Sur l'embarcadère, au pied des falaises, ils trouvèrent Kana à côté d'une embarcation qui gisait sur le flanc au milieu des algues et de la boue. C'était un caneau que les villageois utilisaient pour apprendre la navigation aux enfants. Plus jeune, Liam l'avait souvent utilisé.

« C'est mieux que rien », déclara Kana.

Ils commencèrent à pousser. Au début, malgré leurs efforts, le bateau refusa de bouger. Ils patinaient dans la boue. Puis ils parvinrent à le redresser, mais il était trop lourd pour le garder droit.

« Il nous faut des rondins, dit Liam.

— En guise de rouleaux ? demanda Kana.

— Oui. Nous ferons rouler le bateau dessus, comme quand le bateau de ton oncle était resté coincé. »

Ils passèrent une heure à rassembler des rondins avant de pousser le bateau dessus. Il bougeait, très lentement. Au bout d'une heure, le bateau n'avait parcouru que six mètres. La mer paraissait encore plus loin. À ce rythme, ils ne la rattraperaient jamais. Gardant courage, ils poursuivirent leurs efforts. Liam s'appuya un peu trop sur sa cheville, trébucha et évita de justesse d'être écrasé.

« Liam ! cria Kana.

— Ça va », le rassura son ami.

En vérité, il était épuisé. Il n'avait pas mangé depuis un bon bout de temps. Les bras de Marine tremblaient de fatigue. Kana était le seul à avoir encore de l'énergie.

« Stop, dit-il. Nous devons nous reposer. »

Marine et Liam comprirent à demi-mot : il leur fallait trouver une autre méthode. Kana tourna le dos au bateau et se dirigea vers les falaises.

« Où vas-tu ? demanda Marine.

— En ville. »

Kana gravit la colline verdoyante et prit conscience de l'obscurité totale qui s'était abattue. Les gens avaient raison, rien ne tombait aussi vite que la Nuit. Si lui voyait bien, Marine et Liam ne distinguaient rien. La lune montante les éclairerait ; c'était déjà ça. Il regarda derrière lui. Liam et Marine le suivaient, agrippés l'un à l'autre. Ils trébuchaient tout le temps. Les conséquences physiques et émotionnelles de leur calvaire les avaient finalement rattrapés. La panique qui s'était emparée d'eux des heures plus tôt avait laissé la place à la sidération, comme si rien de tout cela ne leur arrivait véritablement, comme si, en fermant les yeux, ils allaient se réveiller en sécurité sur les bateaux.

« Il faut que nous nous reposions quelque part », dit Marine d'unc voix éteinte.

Kana les prit tous les deux par la main et ils marchèrent ensemble dans le noir. Personne ne parlait. Ils passèrent devant l'immense sablier posé sur un socle de pierre qui servait d'horloge officielle à Bliss. On le retournait dès que le sable phosphorescent s'était écoulé, soit environ toutes les douze heures. La ville entière s'y référait pour régler les horloges et les montres. À cet instant, presque tout le sable était dans la partie basse.

Ils continuèrent leur traversée de la ville. Selon la tradition, toutes les portes des maisons avaient été laissées entrouvertes. Dès que le vent soufflait, les gonds grinçaient et les portes battaient. Soudain il y eut une violente bourrasque et toutes se fermèrent d'un coup. Marine sursauta.

Ils accélérèrent le pas aux abords de la maison du Puits-Profond.

« Vois-tu quelque chose sur la porte ? demanda Liam à Kana.

— Oui, répondit Kana avec excitation. Il y a un message.

— Dieu merci », souffla Marine.

Kana les fit avancer plus vite. Ils atteignirent le chemin pavé menant à la maison du Puits-Profond. Une feuille de papier blanc était collée sur la porte, mais ils ne distinguèrent ce qui était écrit qu'une fois qu'ils eurent le nez dessus, deux mots griffonnés d'une écriture enfantine :

CACHEZ-VOUS.

CHAPITRE 21

« Nous cacher ? s'écria Marine, incrédule. Où ça ? » Liam arracha le message de la porte et le retourna dans ses mains. Il n'y avait rien d'autre que ces deux mots. « Nous cacher de quoi ? »

Marine prit le message des mains de Liam et le roula en boule avant de le laisser tomber par terre. « Où pourrions-nous nous cacher ? dit-elle en regardant Liam et Kana. Ça ne peut être qu'une plaisanterie. »

Kana ramassa le message et lissa le papier. Après l'avoir examiné, il secoua la tête. « Ce n'est pas une plaisanterie. Nous sommes coincés ici et c'est comme ça. Il y a peut-être une cachette en ville, bien que j'ignore où. »

Sur les bateaux, pensa Marine avec amertume. *Voilà un parfait endroit où se cacher.* Elle grimaça. *Ce dont nous avons vraiment besoin pour l'instant, c'est de repos.* « Nous sommes fatigués, dit-elle doucement. Restons ici, dans la maison du maire, juste un petit moment. »

Liam secoua fermement la tête. « Non, la marée va continuer à baisser. » Son front était luisant de sueur et il était très pâle. « Et il va faire de plus en plus noir et de plus en plus froid. Nous devons nous mettre d'accord sur un plan maintenant.

— Soit, acquiesça Marine, sauf qu'il n'y a pas de solution immédiate. Nous avons déjà essayé de pousser le bateau, je ne vois pas ce que nous pouvons faire d'autre, sinon élaborer un plan pendant que nous nous reposons. »

Kana ouvrit la porte et ils entrèrent dans la maison du Puits-Profond. La salle principale était plongée dans l'obscurité à l'exception d'un minuscule rayon de lune filtrant de la coupole. Alors que sa vision s'adaptait aux différentes nuances de noir, Kana discerna un escalier étroit au bout de la pièce. Il menait aux appartements du maire.

« Par là », dit-il.

Il mena le petit groupe jusqu'au premier étage où il trouva une porte fermée. Il appuya sur la poignée. Évidemment, la porte n'était pas verrouillée. Il l'ouvrit et entra dans une grande pièce lambrissée avec des rideaux rouges aux fenêtres, des canapés en cuir et des tapis en fourrure ; tout était éclairé par la lueur de la lune passant par les baies vitrées. *Le maire vivait-il si luxueusement ou était-ce la façon dont la maison devait être arrangée après l'arrivée des enveloppes ?* Au centre de la pièce trônait la plus grande baignoire que Kana ait jamais vue. On aurait dit une piscine intérieure, mais elle ne faisait qu'un mètre et demi de profondeur. De la vapeur s'échappait de l'eau.

Marine secoua la tête. « Il l'a laissée comme ça ?

— Je l'ai toujours trouvé bizarre », dit Kana qui se mit à fouiller les placards.

Marine se tourna vers Liam. « Je n'arrive pas à croire que le maire ait chauffé la piscine.

— Moi si, dit Liam en se penchant pour mieux voir. C'était probablement une règle qu'il devait suivre. »

Marine plongea la main dans l'eau. Elle était presque trop chaude. Elle plaqua sa main mouillée contre ses joues et son cou glacés. Quelques secondes plus tard, elle s'aperçut que Liam était en train de se déshabiller. Il ôta d'abord sa chemise, puis son pantalon. Gênée, elle se tourna.

« Je vais me baigner, annonça le garçon. Je suis frigorifié. Cette île est devenue un réfrigérateur. Et après être tombé au fond de cette fosse... Cette eau sent les minéraux. Elle doit provenir d'une source chaude, ajouta-t-il avec un soupir d'aise.

— Tu devrais nettoyer ton bras, dit Marine. Cette blessure n'est pas belle à voir. »

Liam hocha légèrement la tête. Les yeux fermés, il avait l'air à moitié endormi, allongé dans la piscine, la tête appuyée contre le bord.

« J'ai trouvé des allumettes et des bougies, lança Kana. Elles vous seront utiles. »

Marine détacha son regard de la piscine. « Et la lampe de signalisation ? »

Kana fronça les sourcils. « C'est-à-dire ?

— Je pense que nous devrions l'allumer avant d'être trop confortablement installés. »

Kana regarda autour de lui et s'avachit sur un canapé en cuir. « Mais pourquoi ?

— Parce que si la lampe est allumée, il la verront et sauront qu'ils doivent revenir nous chercher.

— Marine, sois sérieuse, s'exclama Liam. Tu ne peux pas croire à ce que tu viens de dire.

— Nous devrions l'allumer, même s'il n'y a qu'une chance infime que quelqu'un la voie.

— Personne ne viendra nous chercher, grommela Liam.

— Et le message ? demanda Kana. Il dit de nous cacher. On ne peut pas allumer la lampe et nous cacher.

— Écoute, s'impatienta Marine, il y a une minuscule chance qu'ils se rendent compte que nous manquons à l'appel et qu'ils fassent demi-tour. Mais nous n'avons que quelques heures devant nous. Ce serait idiot de ne pas envoyer de signal de détresse.

— Personne ne viendra à notre secours », murmura Liam.

Fatigué par ce débat stérile, Kana s'enfonça dans le canapé et ferma les yeux. Il avait besoin de s'isoler pendant un moment.

Marine s'approcha de la piscine et s'assit par terre, à côté de la tête de Liam. Elle ramena les genoux contre sa poitrine et les enserra de ses bras. « Pourquoi n'arrêtes-tu pas de dire qu'ils ne reviendront pas nous chercher ? »

Liam leva lentement la main et la laissa retomber dans l'eau. « À mon avis, ils ne savent même pas que nous avons disparu. Tu as vu l'état dans lequel les bagages ont été abandonnés. Les gens ont probablement été séparés et mis dans des bateaux différents. Ils finiront par s'en rendre compte mais d'ici là, la marée sera trop basse pour qu'ils puissent revenir, même s'ils le voulaient.

— Peut-être. N'empêche qu'ils pourraient s'en apercevoir plus tôt, alors je vais allumer la lampe ! Kana, dit-elle en secouant son frère, j'ai besoin de toi.

— Maaarine », gémit ce dernier en enfonçant sa tête dans les coussins.

Elle le secoua à nouveau.

Il ne servait à rien de se disputer avec elle. « D'accord, allons allumer la lampe, déclara-t-il en se redressant. Et nous ferions bien de trouver un marteau et des clous.

Si nous restons ici, ne serait-ce que quelque temps, il faut verrouiller la porte. »

Marine hocha la tête. Elle attrapa une bougie et le suivit. En descendant l'escalier, elle posa la main sur son épaule. Son regard, grave et triste, l'ébranla.

Elle ferma les yeux et soupira. « Je me sens horriblement coupable. »

Kana secoua la tête. « Ce n'est pas ta faute. C'est arrivé, c'est tout. »

CHAPITRE 22

Marine et Kana explorèrent la grande salle à la recherche d'un escalier menant à la tour. Aucun d'entre eux n'y était jamais monté ni n'avait vu la lampe de signalisation de près, donc ils essayèrent chaque porte. Leur espoir de trouver des outils fut réduit à néant. Ils finirent par entrer dans la cuisine, une vaste pièce au plafond voûté et noirci. Il y avait plusieurs cuisinières à bois, un grand évier de granit et d'innombrables meubles de rangement en bois vides à l'exception de quelques bougies et d'allumettes dans une boîte imperméable et d'un ciré. Ils prirent le tout.

Entre la cuisine et la grande salle, ils passèrent par un cellier dont les placards normalement chargés de draps étaient à présent remplis de dizaines de bols en fonte au rebord rehaussé d'entrelacs. Leur forme était extrêmement simple et ils étaient très, très lourds. Ils rappelaient les assiettes qu'ils avaient disposées sur la table, chez eux.

Kana continua à fouiller les placards puis s'arrêta devant celui du milieu, assez spacieux pour qu'on y entre. Une forte odeur de plantes pourrissantes en émanait. Kana glissa sa tête à l'intérieur, avant d'y entrer complètement.

« Qu'y a-t-il là-dedans ? demanda Marine.

— Encore des bols.

— Exactement ce dont on a besoin », dit Marine avec un sourire en coin.

Aucune réponse. Quelques secondes plus tard, Marine appela son frère.

« Kana ? Hé ! Kana ? »

Elle jeta un œil à l'intérieur du placard. Kana avait disparu. Puis elle entendit le bois craquer au-dessus d'elle. Elle tendit la main au fond du placard et ne sentit rien d'autre que le vide. Finalement, sa main se referma sur une poignée. Elle appela Kana et poussa la porte. Le passage était étroit et elle dut se baisser pour éviter de se cogner la tête. À la lueur de la bougie, elle entrevit un petit escalier en colimaçon qui montait dans l'obscurité.

Elle arrêta de compter les marches après la trentième. Bientôt, elle arriva dans une pièce semblable au grenier de sa maison, poussiéreuse et si obscure que la bougie n'éclairait pas grand-chose. Elle se représenta mentalement la maison du maire et essaya d'en déduire où elle était.

« Kana ?

— Je suis là. » La voix de Kana semblait toute proche.

Marine eut un cri de surprise. « Tu m'as fait peur. Tu vois quelque chose ?

— Des tas de caisses. Mais la lampe de signalisation est au sommet. »

La clarté de la lune traversait le dôme de verre et illuminait un réceptacle en cuivre contenant une lampe à huile et plusieurs lentilles de verre. Marine leva la bougie et discerna progressivement ce qui l'entourait. Les murs de la pièce étroite et ronde étaient jalonnés de profondes étagères en bois montant jusqu'au plafond. Des caisses en bois elles aussi étaient grossièrement empilées sur les étagères du bas alors que celles du haut étaient mieux rangées. Des boîtes et des sacs en tissu étaient soigneusement placés sur des étagères fermées par des portes grillagées. Tout était étrange.

C'était un superbe travail de menuiserie. Les étagères étaient sculptées pour ressembler à des branches et à des troncs d'arbres. Une échelle intégrée permettait d'accéder aux rayonnages du haut.

« Peux-tu allumer la lampe ? demanda Kana. Si je m'approche trop, je ne pourrai plus voir pendant des heures. »

Marine acquiesça et grimpa rapidement à l'échelle. « Nous avons de la chance, annonça-t-elle, il y a de l'huile dans le réservoir. J'ai l'impression qu'elle coule dans le brûleur, donc elle devrait rester allumée pendant un petit moment. Tourne-toi, je l'allume. »

Quelques secondes plus tard, il y eut un éclair aveuglant et la lampe de signalisation envoya un puissant rayon lumineux vers la mer. Marine éprouva un regain d'espoir : quiconque se retournerait verrait qu'il y avait encore quelqu'un en ville. La lampe éclaira également une petite partie de Bliss : le sentier partant de la maison du Puits-Profond, puis les pignons sculptés et les corniches des maisons plus proches du centre-ville. Plus loin, la lumière s'estompait et Marine ne put qu'apercevoir l'étal du poissonnier aux abords de la ville. Elle regarda silencieusement jusqu'à ce que l'odeur âcre de l'huile devienne insupportable et elle redescendit.

Elle s'arrêta pour observer le décor de forêt sculpté dans l'une des portes de placard. Les arbres étaient exceptionnellement hauts et leurs branches tordues s'étendaient comme des doigts. Les arbres lui paraissaient solennels, témoins muets de ce qu'aucun être vivant ne devait voir. Elle ouvrit la porte du placard, déplaçant au passage une fine couche de poussière, et découvrit à l'intérieur une caisse de bois décorée de fils de cuivre en filigrane.

Tenant l'échelle et la bougie d'une main, elle tira la boîte de l'autre. Elle était clairement faite pour contenir quelque chose de lourd ; tous les quatre centimètres, les lamelles de bois étaient renforcées par des bandes de métal.

« Qu'est-ce que c'est ? demanda Kana.

— On dirait une boîte à outils. Papa en a une semblable. Viens m'aider, je ne peux pas l'ouvrir ici et je ne peux pas la porter seule. »

La boîte pesait au moins dix pierres, peut-être plus, et il leur fallut plusieurs minutes pour la descendre. Les fermoirs anciens en métal étaient coincés et Marine dut tenir la boîte pendant que Kana s'acharnait dessus. Le couvercle s'ouvrit enfin.

Kana fronça les sourcils. La boîte contenait une hache d'un genre inédit. Le tranchant, fin comme un rasoir, mesurait soixante centimètres de long. Son manche en bois était épais et usé. Au bout de la lame, une pointe lui permettait d'être également utilisée comme pique. Son poids était tel que Kana pouvait à peine la sortir de sa boîte.

« Ça, ça n'appartient *pas* au maire », dit-il.

Le simple fait de la regarder mettait Marine mal à l'aise. Ce n'était pas seulement la pointe ou le tranchant, mais aussi le manche en bois avec ses volutes et ses stries. Le bois était parfaitement lisse, preuve qu'elle avait souvent été utilisée. « Peut-être qu'elle appartient à un bûcheron », hasarda-t-elle.

Kana remit la hache dans sa boîte et ferma le couvercle. « Non… Cet outil sert à tuer. Et celui qui peut manier une arme pareille… Nous devrions rejoindre Liam. »

CHAPITRE 23

Ils ne se donnèrent pas la peine de remettre la boîte à sa place. Elle était trop lourde à soulever et aucun d'entre eux n'avait envie de traîner dans le grenier. Ils retournèrent dans les appartements du maire où ils trouvèrent Liam allongé sur un canapé au bord de la piscine, emmitouflé dans une épaisse couverture de laine. Marine crut qu'il avait perdu connaissance, mais il ouvrit les yeux lorsqu'ils entrèrent.

« Comment vas-tu ? » demanda-t-elle.

Liam retira la couverture et tendit son bras blessé. « J'ai toujours mal mais au moins je l'ai fait tremper. »

Marine s'avança jusqu'au canapé et plaça la bougie devant Liam. « Je peux voir ? »

Liam mit son bras devant la lumière. Il était rouge et enflé.

« Ça ne s'améliore pas, dit Marine.

— J'ai du lekar pour toi, ajouta Kana qui examina la plaie. Hum, déclara-t-il en grimaçant exagérément. J'ai bien peur qu'il ne faille amputer. Juste au cas où.

— Eh bien soit », répondit Liam en souriant.

Kana plaisantait peut-être, mais il avait dit tout haut ce que tous trois pensaient. Si la blessure n'était pas soignée, il y avait un risque de gangrène. Tous les habitants de l'île savaient ce qu'était la gangrène. Il fut un temps, il y avait plusieurs cycles solaires de cela, où les fougères avaient purement et simplement disparu. En l'absence de remède contre les infections, les amputations avaient été nombreuses. Il n'était d'ailleurs pas rare de croiser des gens âgés avec des doigts, des orteils ou même une main en moins. Palan, le vieil homme qu'ils avaient rencontré en haut des falaises, en faisait partie. On lui avait coupé la main gauche à cause d'une petite blessure qui avait refusé de guérir.

Kana se lava les mains dans l'eau chaude de la piscine. Puis il retourna auprès de Liam et sortit de sa poche un petit récipient en bois fermé par un bouchon en métal qui contenait une pommade jaune vif. Liam hocha la tête avec reconnaissance et Kana lui en appliqua sur sa plaie.

« Merci, dit Liam qui se rallongea sur le canapé. Alors, avez-vous trouvé quelque chose là haut ? Des trésors ?

— Non, dit Kana un peu trop vite. Je veux vraiment barricader la porte. Ce ne devrait pas être très difficile. Marine, aide-moi à bouger ce meuble.

— Une barricade ? s'étonna Liam en bâillant. Contre quoi ? L'obscurité ? Nous devrions plutôt dormir un peu.

— Je me sentirais mieux si la porte était verrouillée », rétorqua Kana.

Il ne pouvait s'empêcher de trouver la situation ironique. Lorsque Anton avait bloqué les fenêtres, il avait eu peur de rester enfermé dans sa chambre. *Et maintenant, voilà que je veux m'enfermer. Parfait.*

Liam bâilla et regarda son ami. C'était comme si l'eau chaude l'avait complètement ramolli. « Allez, Kana, dit-il.

Tu as besoin de faire trempette. Toi aussi, Marine. Et après, si tu le veux toujours, on se barricadera.

— Non, merci, dit Marine. Je veux seulement dormir. »

Kana regarda la piscine. C'était plutôt tentant. « D'accord », finit-il par dire.

Il marcha jusqu'au bord, se mit en sous-vêtements, se glissa dans l'eau chaude et ferma les yeux. Liam avait raison : c'était extraordinairement agréable. Après quelques minutes, il sortit de l'eau et prit une serviette sur une pile parfaitement droite. En s'essuyant le visage, il nota l'épaisseur et la douceur du tissu. *Et le maire a décidé de ne pas les emporter ? Va comprendre.*

Il regarda autour de lui. Allongés sur des canapés contigus, Liam et Marine étaient déjà endormis. Pendant un instant, il envisagea de les réveiller pour barricader la porte ; à la réflexion, l'idée lui parut paranoïaque et un peu idiote. Après tout, ils n'étaient pas dans la forêt. Il s'habilla et s'affala sur un somptueux canapé. Au bout de quelques secondes, il dormait profondément.

Quelques heures plus tard, il fut réveillé par sa sœur. L'air terrifié, elle tenait une bougie trop lumineuse entre ses doigts tremblants.

« Il y a quelqu'un en bas », chuchota-t-elle.

Kana s'assit. « Tu es sûre ?

— Oui. Écoute. »

Aucun d'entre eux ne parla pendant presque une minute. Ils n'entendirent que le silence. Kana était sur le point de dire à sa sœur de retourner se coucher quand tous deux entendirent des bruits de pas lourds, lents et décidés. Puis un son strident indiqua que quelqu'un avait sorti un couteau du manteau de la cheminée. Quelques instants plus tard, les marches craquèrent.

« BLOQUEZ LA PORTE ! hurla Kana. LIAM ! RÉVEILLE-TOI ! »

En une fraction de seconde, Kana et Marine se levèrent, traversèrent la pièce en courant et saisirent une commode placée à côté de la porte. Liam les rejoignit en hâte.

« Que se passe-t-il ? demanda-t-il.

— On a entendu des bruits de pas », répondit Marine.

Malgré son poids, ils parvinrent à bouger la commode et à la plaquer contre la porte. Les bruits de pas se rapprochèrent et s'arrêtèrent, puis on essaya de tourner la poignée. Marine, Kana et Liam s'appuyèrent contre la commode. La porte s'entrouvrit tout de même d'environ deux centimètres avant qu'ils arrivent à repousser le meuble.

« Qui êtes-vous ? cria Liam. Que voulez-vous ? »

Kana sentait la peur de Marine et de Liam. Il n'avait jamais remarqué que cette émotion avait une odeur particulière.

Quelques secondes plus tard, les gonds de la porte furent secoués et le meuble glissa sur le sol. Qui ou quoi que ce soit derrière la porte, il était extraordinairement fort. Les trois amis s'arc-boutèrent contre la commode pour tenter de la maintenir en place… La porte continua à s'ouvrir. Un grognement humide et rauque provint de l'autre côté.

« Allez ! hurla Liam. Plus fort ! »

Ils poussèrent de toutes leurs forces et la porte se claqua brutalement, comme si la personne ou la chose avait abandonné. Pendant une minute, tout fut calme. Ils entendaient leur adversaire respirer profondément en grognant. Bien vite, le bruit de la respiration se mêla à celui du crissement d'une lame tranchante dans le bois. Et soudain ce fut le silence et des pas lourds descendirent l'escalier.

Kana, Marine et Liam s'écroulèrent par terre. Ils restèrent assis là sans bouger, en état de choc.

« Que vient-il de se passer ? » murmura enfin Marine dans la pièce plongée dans le noir.

Les deux garçons ne répondirent pas.

« Qui était-cc ? insista Marine.

— Je dirais plutôt : qu'est-ce que c'était ? répliqua Liam. Vous avez entendu cette respiration ?

— Quoi que ce soit, il savait que nous étions ici, dit Marine. Il est venu nous chercher.

— Il faut dire, ajouta Kana, que nous n'étions pas exactement cachés avec la lampe allumée et tout. »

Marine pouffa. « Tu crois vraiment que c'est parce qu'on a allumé la lampe ?

— Bah, ça n'a aucune importance, trancha Liam. Ils savent que nous sommes là, donc nous avons un problème.

— *Ils* ? s'étonna Marine. Qu'est-ce qui te fait penser qu'ils sont plusieurs ?

— C'est juste une intuition, répondit Liam qui se leva et s'étira. S'il y a un de ces êtres dehors, ça paraît logique qu'il y en ait d'autres. La question est : Et maintenant, on fait quoi ? »

Kana se leva également. Il regarda la commode. « Je crois qu'il faut commencer par ouvrir la porte. »

Marine secoua la tête. « Pourquoi ? »

Kana se tourna vers Liam en quête de soutien. « Nous ne pouvons pas rester ici éternellement. Et puis je veux voir l'autre côté de la porte. Il a manifestement gravé quelque chose dans le bois.

— C'est vrai, approuva Liam. Jetons-y un coup d'œil.

— D'accord, dit Marine. Mais alors, faisons vite. »

CHAPITRE 24

Liam et Kana écartèrent la commode. Kana ouvrit la porte très lentement. Ils pénétrèrent dans le couloir sombre. Trois rainures étaient gravées dans le battant :

| | |

« Je ne vois rien, dit Liam.

— Il y a des entailles dans la porte, expliqua Kana. Donne-moi ta main. »

Kana passa les doigts de Liam sur les rainures.

« Trois entailles. C'est tout ? »

Kana fit un pas en arrière pour voir la porte dans son ensemble, puis il embrassa le couloir du regard.

« C'est tout, déclara-t-il avant de tapoter la porte. Je n'avais pas remarqué combien elle est épaisse… Si ça avait été une autre porte… »

Marine sortit dans le couloir. « Les trois entailles doivent nous représenter.

— Comment sait-il que nous sommes trois ? s'étonna Kana. Qui ou quoi que ce soit, il était de l'autre côté de la porte. Il ne pouvait pas nous voir. »

Marine parcourut le couloir jusqu'en haut de l'escalier. Elle écouta attentivement mais n'entendit rien. Soit la créature avait disparu soit elle était très discrète. Cette dernière idée lui donna la chair de poule et elle courut retrouver ses amis.

« Retournons à l'intérieur, dit-cllc. Nous n'cn saurons pas plus en restant dans le couloir. »

Ils remirent la commode en place. Marine alluma des bougies et ils s'assirent sur les canapés. Impossible de se rendormir. Au mur, une horloge indiquait six heures et demie. Marine la décrocha et la remonta. Le temps était un concept abstrait, mais Marine avait pour habitude de remonter les horloges et ne vit aucune raison de ne pas le faire.

Pendant une heure, ils parlèrent à voix basse tout en tendant l'oreille. Finalement, Marine se leva, s'étira et commença à faire les cent pas. « Nous devons manger, même si cela signifie sortir, déclara-t-elle.

— Je suis d'accord, acquiesça Liam qui alluma une bougie posée sur une table basse. Maintenant que tu le dis, je meurs de faim.

— Nous devons aussi trouver un moyen de quitter l'île, poursuivit Marine. Vous aviez raison à propos de… »

Kana s'assit dans un sursaut. « Je n'en crois pas mes oreilles !

— Et pourtant, elle l'a dit, renchérit Liam en riant.

— Si vous avez terminé de jubiler…, dit Marine. Le fait est que nous ne pouvons pas compter sur les secours. Notre problème, c'est la marée. La mer est censée descendre longtemps et loin. Jusqu'à des centaines de kilomètres. Donc ça ne rime à rien de marcher jusqu'à la mer puisqu'une fois qu'on l'aura rejointe, que ferons-nous ? Pour avoir la moindre chance de rejoindre les Terres désertiques, nous avons besoin de deux choses : d'un bateau et…

— D'un moyen de rejoindre la mer », finit Liam.

Marine se tourna vers lui et hocha la tête. « Exact. Donc qu'en est-il du fleuve Coil ? Ne prend-il pas sa source à l'est d'ici, quelque part dans la forêt ? »

Liam s'assit et appuya ses coudes sur ses genoux. « Si, répondit-il. Et il se jette dans la baie du Sud. Je l'ai déjà remonté. Il y a un petit entrepôt à deux ou trois kilomètres en amont. Les pêcheurs en eau douce s'en servent.

— Tout à fait, confirma Marine. Papa y allait pêcher. Il y a une cabane, non ? Il arrivait dans la baie en passant par Shiprock Point. »

Liam se leva et marcha jusqu'à la piscine. Il se pencha et mit sa main dans l'eau – elle était toujours chaude. Il se tourna vers Marine. « Et il y a toujours un bateau de secours. » Il réfléchit longuement. « Mais comment cela nous aide-t-il à quitter l'île ? L'eau s'est retirée. À l'heure qu'il est, la baie du Sud doit être un désert grouillant de poissons morts.

— Réfléchis, dit Marine. S'il y a un fleuve qui se jette dans la mer, il ne va pas arrêter de couler juste parce que la mer s'est retirée. »

Kana ne put s'empêcher de sourire. Marine avait raison.

Marine se tourna vers lui, les yeux brillants d'excitation. « Si nous parvenons jusqu'à l'entrepôt, nous pouvons prendre le bateau de secours jusqu'à la mer. De là, nous mettons le cap vers le sud-ouest. C'était peut-être le plan d'urgence dont le maire parlait. Il a mentionné le fleuve, vous vous souvenez ?

— Ça paraît prometteur, apprécia Kana. Liam, qu'en penses-tu ? Tu es le meilleur marin d'entre nous, crois-tu que l'on pourrait naviguer avec le bateau de secours ? »

Liam leva son bras blessé au-dessus de la tête et le laissa tomber. Il grimaça. « Même si ce bateau est petit, il a au moins une voile. Il ne sert qu'à faire le tour de Shiprock Point, mais si nous évitons les tempêtes, nous pouvons aller assez loin. Toutefois, ce dont nous avons vraiment besoin, c'est…

— … d'une pierre de soleil », finit Marine.

Ils se regardèrent droit dans les yeux tout en se remémorant cette journée au bord de l'étang, au fin fond de la forêt. Liam hocha la tête. « Pour rejoindre les Terres désertiques, les fourreurs naviguent vers le sud-ouest, à deux cent vingt et un degrés. Avec une pierre de soleil, ce serait facile de les suivre.

— Si c'est si facile, pourquoi allons-nous avec les fourreurs au lieu de construire nos propres bateaux ? demanda Kana. Ça paraît fou de dépendre d'eux.

— Je n'ai pas dit que c'était *facile*, corrigea Liam. C'est facile de les suivre pendant un certain temps. Dans les mers du Nord, la saison des tempêtes commence à la Tombée de la Nuit et les fourreurs ont des bateaux capables de les traverser. Il faudrait bénéficier d'une météo exceptionnelle et que nous ayons suffisamment de vivres et d'eau…

— Tu as peut-être raison, l'interrompit Marine en posant la main sur son épaule. Dans l'immédiat, ça ne sert à rien d'en parler. J'adorerais me soucier des tempêtes puisque ça voudrait dire que nous avons quitté l'île. Pour le moment, nous avons besoin d'une destination. Rassemblons le maximum de vivres et allons à l'entrepôt.

— Si nous avions une carte de l'île, nous pourrions l'atteindre plus rapidement, réfléchit Liam.

— J'en ai une accrochée dans ma chambre, annonça Kana. Je peux aller la chercher.

— Je viens avec toi, dit Marine. Je veux voir s'il reste de la nourriture chez l'épicier près du sablier.

— Et que faisons-nous de notre visiteur... de la créature ou je ne sais quoi ? demanda Liam. Peut-être devrions-nous tous y aller. »

Marine jeta un œil à son bras blessé. « Il faut que tu te reposes. Kana peut m'accompagner sur la route de la Maison de l'Ombre. J'irai à l'épicerie et je reviendrai aussitôt. »

Kana n'eut pas l'air convaincu. « Toute seule ?

— Je prendrai une bougie. De toute façon, la lampe de signalisation est toujours allumée et la lune est haute.

— En parlant de la lampe, dit Liam d'une voix lointaine. On fait quoi ? On la laisse allumée ?

— Pourquoi pas ? » répliqua Marine.

Elle s'avança jusqu'à une chaise et prit le ciré qu'elle avait trouvé en bas. « Ils pourraient revenir nous chercher. Tu es prêt, Kana ? »

Au lieu de répondre, ce dernier regarda Liam s'allonger sur le canapé le plus proche. Sa vue était tellement bonne qu'il voyait la sueur perler à la racine des cheveux de son ami malgré la fraîcheur de la pièce. « Liam ? Tu vas bien ? » demanda-t-il.

Liam ne l'entendit pas. Il était perdu dans ses pensées. Dans sa tête, il remontait le fil des événements qui l'avaient mené jusqu'ici : la perte de la pierre de soleil, l'abandon de Francis seul dans la maison, son aventure dans les bois *après* que la marée avait tourné, sa chute dans la fosse, le départ des bateaux. Il aurait pu parler de malchance, sauf que ce n'aurait pas été honnête de sa part. Il avait accumulé les erreurs.

« Liam ? » répéta Kana.

Liam utilisa le bas de son pull pour s'essuyer les joues. Après de longues secondes, il se tourna pour regarder Marine et Kana. Ses yeux humides brillaient dans la lumière des bougies.

« Je suis désolé, finit-il par dire. C'est mon frère… Je n'arrête pas de penser à lui. »

Marine s'assit au bord du canapé. « Francis est en sécurité », murmura-t-elle en passant les doigts dans les cheveux de Liam.

Ce dernier hocha légèrement la tête. *Évidemment, c'est ce qu'on dit dans ces moments-là, mais ça ne veut pas dire que c'est vrai.*

Kana s'assit à côté de Marine et secoua la tête. « Je me sens mal pour papa et maman aussi, dit-il. Je suis sûr que tout le monde pense que c'est leur faute. Qu'ils n'ont pas réussi à nous retrouver.

— Peut-être qu'ils s'occupent de Francis, soupira Liam.

— Tout le monde doit être en train de s'occuper de Francis, assura Marine. Nous atteindrons les Terres désertiques. Allez, Kana, en route ! »

CHAPITRE 25

Alors qu'ils quittaient la maison du Puits-Profond, Kana attira l'attention de Marine sur la coupole ornementée de la salle de réception. Le vent faisait battre l'une de ses quatre fenêtres.

Ils se dirigèrent vers le mur le plus proche de la coupole. Kana examina les boiseries sculptées qui, à cet endroit précis, représentaient une rivière. De petites marques parfaitement rondes étaient uniformément réparties sur le mur.

Marine ressentit un picotement dans le dos. Elle avait déjà vu ces marques, sous les tapis, chez ses parents. *D'une manière ou d'une autre, c'est important. Cela signifie quelque chose, mais quoi ?*

Ils quittèrent la maison et descendirent le sentier étroit menant vers la ville. La dernière fois que Marine et Kana l'avaient parcouru, ils rapportaient une brouette vide chez eux. Même si le chemin était le même, tout le reste était différent : la lune dans l'obscurité, la fine couche de givre sur l'herbe et une légère odeur de poussière et de boue froide. Marine tenait la main de Kana pour ne pas tomber. Ils s'arrêtèrent souvent pour écouter. Le seul bruit était celui de leurs pas sur le sentier.

Marine frissonna. « Quand tu passeras à la maison, chuchota-t-elle, regarde s'il y a des couvertures. Il fait très froid et quelque chose me dit que ça va empirer.

— OK », répondit Kana dans un murmure.

Il s'arrêta une minute plus tard à un embranchement. Il écouta et observa, mais ne perçut rien d'inhabituel. « Tu veux vraiment y aller toute seule ? Il fait très sombre et ça peut être terrifiant d'être aveugle. Je parle d'expérience. »

Marine hocha la tête et lui serra les mains. « Merci, mais tout va bien se passer. J'ai la bougie et la lampe de signalisation. »

Kana se tourna et jeta un œil vers la maison du Puits-Profond. La lampe de signalisation brillait autant qu'un phare. Il se retourna vers Marine. « D'accord. Prends le chemin de droite. Tu devrais atteindre l'épicerie dans moins de cinq minutes. Regarde où tu vas. »

Alors qu'il la regardait s'éloigner, Kana combattit l'envie de lui courir après. *Elle va s'en sortir. Marine s'en sort toujours.* Il se concentra sur la tâche qu'il devait accomplir. Elle était assez simple. *Récupérer la carte. Récupérer la carte et retourner chez le maire.* Alors qu'il suivait le sentier qui longeait les bois, ses pensées dérivèrent vers la femme de son rêve. C'était comme si elle se cachait dans les coins sombres de son cerveau et n'apparaissait que quand il était seul. Il se répéta son mantra habituel. *Ce n'est qu'un rêve. Ne fais pas une fixation. Reste concentré. Les rêves ne sont pas la réalité.*

À la vérité, il n'y avait pas que le rêve qui le dérangeait.

Ces derniers mois, alors que le ciel s'assombrissait, il avait parfois eu la sensation d'être suivi. Lorsqu'il courait à l'orée des bois, il aurait juré entendre des bruits de pas à côté de lui. Chaque fois, il pensait à sa grand-tante Malony.

Mais il n'écartait pas une autre possibilité : *Et s'il n'était pas en train de devenir fou ?*

Kana atteignit le sommet d'une petite colline offrant une vue panoramique jusqu'à la mer qui s'était retirée sur un kilomètre et demi, peut-être plus. La clarté lunaire scintillait sur le sable mouillé. Il fut surpris par la rapidité des événements. En effet, il avait l'impression que tout se passait plus vite qu'ils ne s'y attendaient – le coucher du soleil, la marée descendante, l'arrivée de l'obscurité et l'abandon de Bliss par sa population.

Il courut, ce qui l'aida à canaliser ses pensées. Bientôt, il vit sa maison. Elle était vide, et froide comme un cadavre. En approchant, il vit qu'elle était comme sa famille l'avait laissée. Les lumières éteintes, les rideaux tirés, la porte à peine entrouverte. Pendant un instant, il fut saisi par une violente envie de faire demi-tour. *C'est ridicule*, pensa-t-il. Il poussa la porte dans un long grincement qui retentit dans toute la maison.

« Y a quelqu'un ? » Dès qu'il ouvrit la bouche, il se sentit idiot. *J'attends vraiment qu'on me réponde ?* Malgré tout, il ne put s'empêcher d'appeler à nouveau. « Y a quelqu'un ? » Sa voix résonnait sur les murs. Elle était différente dans une maison vide. Il traversa le vestibule, puis parcourut le couloir jusqu'au salon. Il n'y avait plus de tapis pour étouffer ses pas. Il faisait très sombre. Il traversait le salon quand, comme s'il avait un sixième sens, il remarqua que quelque chose avait changé dans la pièce.

Il leva la tête. Le plafond était couvert de milliers de symboles peints à l'encre bleue phosphorescente. Au milieu, un objet rond était posé sur des nuages : la lune.

C'est alors que le plancher craqua au-dessus de sa tête. Kana réprima une envie infantile d'appeler ses parents. Puis il entendit un bruit un peu différent. Celui du bois grinçant selon un rythme régulier. Comme si, dans sa chambre, quelqu'un se balançait dans son vieux rocking-chair. Il perçut ensuite un murmure à peine audible, exactement comme dans son rêve.

« Y a quelqu'un ? » souffla-t-il.

La seule réponse fut le craquement du rocking-chair.

Kana se retint à grand-peine de partir en courant. Il avait besoin de la carte de l'île et elle se trouvait dans sa chambre. *Ces bruits sont le fruit de mon imagination*, se dit-il. Il avait besoin de la carte. Il devait monter à l'étage. Il commença donc à gravir l'escalier. Chaque marche grinça sous son poids.

Une fois en haut, il entendait toujours le vieux rocking-chair. Au bout du long couloir sombre, la porte de sa chambre était entrouverte, exactement comme il l'avait laissée. Il se dirigea droit vers elle. Une fois devant, le chuchotement s'arrêta. Il venait d'approcher sa main de la poignée quand il entendit un murmure dans l'obscurité.

« Tu ne devrais pas être ici. »

C'était une voix de femme. Celle de son rêve.

Kana se figea. Pendant un instant, il eut l'impression que ses genoux étaient trop faibles pour le porter.

« Qui êtes-vous ? demanda-t-il d'une voix tremblante.

— Je suis tout ce que tu as. »

Kana posa la main sur la poignée et poussa le battant. Il scruta la pièce. Elle était vide, mais la fenêtre qui avait été barricadée était ouverte et le rocking-chair se balançait tout doucement.

Il fonça jusqu'au mur d'en face et décrocha le cadre en bois. Il en sortit la carte qu'il roula et replaça le cadre vide au mur. En se retournant, il vit son faible reflet dans le miroir fixé à la porte de son placard. Il ne se reconnut pas. Ses épaules étaient plus larges, comme s'il avait soudain pris quelques kilos de muscles. Il toucha ses pommettes et son menton en essayant de se souvenir s'ils avaient toujours été aussi proéminents. Quelques secondes plus tard, il se rendit compte qu'il tremblait violemment. Ses pires craintes semblaient confirmées.

C'est en train de m'arriver. C'est en train de m'arriver, comme à grand-tante Malony.

« Il faut que je sorte d'ici, balbutia-t-il.

— En effet », dit la voix.

Kana se retourna. Rien. L'instant suivant, il dévalait l'escalier et sortait. S'il courait suffisamment vite, le bruit de sa respiration couvrirait tous les autres bruits, atténuerait le monde autour de lui et lui donnerait l'impression d'être dans un rêve.

Il était à mi-chemin de la maison du maire quand le monde extérieur fit intrusion. Quelque chose était sur le point d'arriver. Une odeur lourde et fétide provenait des bois, accompagnée de bruissements de plus en plus forts. Aussitôt, toute la forêt parut bouger. Des branches cassaient et le sol tremblait.

Kana regarda autour de lui : d'un côté les bois, de l'autre une pelouse. Se diriger vers la pelouse était totalement stupide. Il y serait à découvert, sans nulle part où se cacher. Aller dans la forêt était impensable. Soudain il sut ce qu'il devait faire. Il coinça la carte dans son pantalon, se précipita vers l'arbre le plus proche, attrapa une branche basse et se hissa. Il monta aussi haut qu'il le put, impressionné par sa rapidité et sa force. Il n'avait jamais été aussi agile.

Quelques instants plus tard, un groupe de sangliers sortit bruyamment des bois et se précipita sur la pelouse. Ils couraient en se poussant et en se donnant des coups avec leurs défenses. Quelques-uns se dirigèrent droit vers l'arbre où Kana se cachait et le contournèrent au dernier moment.

Kana était fasciné. Il n'avait jamais vu de sangliers. La plupart des gens pensaient qu'ils avaient disparu. Après avoir chargé, ils tournèrent en rond, perdus, en se donnant de petits coups. L'un d'entre eux gisait par terre, une entaille ensanglantée à l'épaule. Les bêtes finirent par disparaître dans de hauts buissons et Kana recommença à respirer. Il regarda le sanglier mort. Pourquoi avaient-ils fait ça ? Une seule explication était possible : quelque chose les avait suffisamment effrayés pour les faire sortir des bois.

CHAPITRE 26

Marine marchait d'un pas rapide mais calme. Même si elle se disait qu'elle contrôlait la situation, la bougie trahissait sa peur car ses bras ne cessaient pas de trembler. Puisqu'elle ne distinguait rien au-delà du petit cercle de lumière autour d'elle, elle ne quittait pas le sol des yeux. Soudain son esprit se représenta Liam entrant dans l'eau dans la maison du maire. Elle vit la courbe de ses épaules et la façon dont la lumière de la bougie mettait en valeur les muscles de son cou.

Elle accéléra l'allure. *De la nourriture*, pensa-t-elle. *Je dois me concentrer sur la nécessité de trouver de la nourriture. J'aimerais bien des carottes.* Elle essaya de visualiser les carottes orange, ce qui l'apaisa. De la nourriture. Voilà la principale raison pour laquelle elle avait quitté la sécurité relative de la maison du maire.

Tout d'abord, elle récupérerait de quoi manger. Ensuite, elle prendrait l'autre chose – si elle la trouvait. À vrai dire, c'était pour cela qu'elle avait insisté pour aller chercher des vivres elle-même. *Je dois retourner aux falaises. Il sera là, il le faut.*

En entrant dans la ville qu'elle connaissait si bien, elle sentit la colère monter en elle. Cela ne faisait aucun doute, on lui avait menti. Son père, les Okranas, le maire. Surtout le maire. *Quelle farce.* Kana et elle avaient trouvé la hache de combat dans la maison du maire qui, à l'évidence, savait ce qui se trouvait sur les étagères – elles étaient dans *sa* maison. *Il en savait plus que ce qu'il avait dit.*

Mais par-dessus tout, Marine était furieuse contre elle-même. Elle aurait dû exiger que son père ou le maire lui disent le peu qu'ils savaient des années de Nuit. Au lieu de cela, elle avait cédé et accepté une explication idiote sur ce que les gens disent quand ils éternuent. Elle repensa à la condescendance du maire. À l'évidence, il la considérait comme une enfant. Il aurait certainement été difficile d'obtenir plus d'informations de lui mais tout de même… Elle sourit en imaginant une reconstitution de la scène dans laquelle elle le prenait par le col et le secouait jusqu'à ce qu'il lui crache la vérité.

Elle traversait la ville en regardant les maisons. Elle y avait joué, mangé et elle s'était rendue dans l'une ou l'autre à la demande de sa mère pour emprunter du sucre ou une casserole. Elle arriva devant une bicoque d'une pièce au toit bas. C'était là que Kana et elle avait trouvé (et détaché) le chien la veille. Mais son attention fut attirée par la porte d'entrée. La lune éclairait une entaille faite d'un coup de hache dans le bois, identique à celles que la créature avait tracées dans la maison du maire. Celle-ci était barrée d'une ligne en son milieu. Marine entra sous le porche, écouta à la porte puis la poussa.

Elle leva la bougie sur une pièce exiguë, meublée d'une table et de quelques chaises branlantes. Elle baissa les yeux et vit une flaque sombre à ses pieds. Elle s'accroupit, lâcha un cri de surprise et se détourna. Ses pieds touchèrent quelque chose de lourd. C'était le corps sans vie du chien qu'ils avaient libéré, ses poils bruns maculés de sang collant.

Marine recula. Puis elle comprit. *Les entailles faites à coup de hache.* Sur cette porte, elles signifiaient qu'il y avait quelque chose dans la maison (dans ce cas, un chien) et la ligne qui barrait l'entaille signifiait qu'on s'en était occupé. *Qu'on l'avait tué.*

Elle sortit en titubant et se précipita dans la rue. Elle allait tellement vite que sa bougie s'éteignit. Elle s'en fichait. La lune brillait suffisamment pour voir et elle avait trop peur pour chercher des allumettes. Elle regarda frénétiquement autour d'elle. *Quelqu'un est-il en train de m'observer ?* Rien ne bougeait. La ville abandonnée était silencieuse. Marine secoua la tête. Se concentrer. Elle devait se concentrer.

Les carottes. Trouve les fichues carottes.

Elle courut à l'épicerie à deux rues de là et ralluma la bougie de ses doigts tremblants. L'échoppe n'était qu'une cabane dont le sol était jonché de nourriture. Un sac en tissu effiloché gisait dans la boue à côté de l'entrée.

Marine s'agenouilla pour examiner l'état des denrées. Elles étaient marron et à moitié pourries. À cause de la bruine, tout était mouillé. Elle entreprit de remplir le sac. Il était presque plein lorsqu'elle remarqua des trous dans la terre boueuse. Ils étaient petits, ronds et assez profonds – comme ceux dans la maison du maire et dans le sol de sa maison. Ils apparaissaient par groupes de cinq. Vingt-cinq centimètres derrière chaque groupe se trouvait une grosse empreinte de la taille d'un poing d'homme.

Elle s'aperçut soudain qu'il s'agissait d'empreintes de pieds. La grande empreinte ovale correspondait à un talon et les cinq trous à des orteils, sauf que c'étaient probablement des serres et non des orteils.

Elle attrapa le sac de nourriture et partit en courant. Il lui restait une dernière chose à faire avant de retourner à la maison du Puits-Profond. Elle fila vers les falaises. *Tu y es presque*, se dit-elle. *Tu le prends et tu repars à toute vitesse.*

Au bord des falaises, dans la zone d'embarquement, un vent froid et mordant soufflait. Le sol était couvert de valises à moitié ouvertes et de vêtements éparpillés partout. Dans l'obscurité, on aurait dit des rochers. Marine traversa le terrain vague avec précaution, effrayée à l'idée de ce qu'elle pourrait trouver. Elle songea à fouiller les valises à la recherche de plus de nourriture, mais l'image du chien ensanglanté l'emporta. De toute façon, elle n'avait rien à faire là, elle n'était venue que pour une seule chose.

Où était Feu de Nuit ? Elle devait trouver le drapeau bleu aux volutes rouges.

Elle passa devant une demi-douzaine de drapeaux. Puis, juste au moment où elle allait rebrousser chemin, elle le vit. Le motif était facilement reconnaissable. Elle fonça droit vers lui et fouilla par terre. Elle repéra d'abord le sac rouge de sa mère, puis son vieux coffre en cuir à côté. Elle secoua le fermoir. Son cœur battait si fort qu'elle avait du mal à réfléchir.

Elle plongea la main dans le désordre de vêtements, de papiers et de souvenirs qu'elle avait soigneusement choisis pour le voyage dans le désert. Elle tomba sur une longue écharpe de mousseline et un pull épais. Elle retira son ciré et passa le pull et l'écharpe.

Elle poursuivit ses recherches et finit par apercevoir la boîte en cuivre sous une paire de sandales. Les scalpels. Marine se souvint du visage triste de sa mère et de cet instant perdu – elle espérait pouvoir se rattraper sur le bateau. Elle glissa la boîte dans la poche de son pantalon. *Je reverrai ma mère*, se jura Marine. *Et à ce moment-là, j'aurai mon héritage familial avec moi.*

Enfin, elle trouva l'objet de sa quête : un petit sac de velours noir. Elle s'assit sur les talons et soupira de soulagement. Alors qu'elle caressait le sac du doigt, elle se demanda comment le dire à Liam et à Kana. Elle devrait leur révéler ce qu'il contenait. Elle sut alors qu'ils ne le lui pardonneraient jamais.

CHAPITRE 27

« Pourquoi as-tu mis autant de temps ? demanda Kana. On commençait à s'inquiéter. »

Liam et lui étaient confortablement assis sur un canapé dans l'appartement du maire. Après avoir marché jusqu'à la ville et jusqu'aux falaises dans le froid et le vent, la chaleur de la pièce éclairée à la bougie fut un choc pour Marine.

« Et si tu me disais plutôt merci ? rétorqua-t-elle en posant les carottes et les pommes par terre.

— Que s'est-il passé ? s'affola Liam en contemplant son pantalon trempé et taché de sang. C'est du sang sur ton pantalon ? »

Marine suivit son regard. Son pantalon était une vision d'horreur, un mélange de boue et de sang. « Ne t'inquiète pas, ce n'est pas le mien.

— Alors à qui appartient-il ? »

Elle jeta un coup d'œil vers Kana. « À un chien que Kana a détaché hier », expliqua-t-elle. Elle raconta rapidement ce qu'elle avait vu dans la petite maison, en particulier l'entaille barrée sur la porte.

« Donc ce qui a gravé les entailles sur notre porte essayait de nous tuer… comme le chien, déclara Kana. C'est bien ce que tu es en train de dire ?

— Peut-être. Vois-tu une autre explication ?

— Non, dit Kana en fronçant les sourcils. Où as-tu trouvé cette écharpe ? Et ce pull ? » Il marqua une pause et écarquilla les yeux. « Tu es allée jusqu'à la zone d'embarquement ? Pour des vêtements ?

— J'étais frigorifiée, dit Marine d'une petite voix. J'avais froid, d'accord ? Tu ne portes qu'une chemise et un pantalon. Tu n'as pas *froid* ? »

Kana baissa les yeux sur ses vêtements comme s'il les voyait pour la première fois. « Non… Enfin, je ne sais pas… Je ne crois pas. »

Marine se tourna vers Liam. « Et toi ?

— Ça va. J'ai pris un autre pull, ça suffira pour l'instant. À moins qu'il ne se mette à faire beaucoup plus froid. »

Marine hocha la tête et s'assit par terre à côté de la nourriture. Elle prit l'extrémité visqueuse d'une carotte, l'essuya sur son pantalon et mordit dedans. C'était dégoûtant mais elle se força à mâcher. Lorsqu'elle leva les yeux, elle constata que Liam et Kana n'avaient pas bougé.

« Joignez-vous à moi, dit-elle. Je crois que c'est comestible. »

Kana refusa en disant qu'il avait mal à l'estomac. Liam grimaça en s'asseyant à côté d'elle. Elle lui demanda comment allait son bras.

« Il est douloureux, mais je crois que c'est parce qu'il a dégonflé, la pommade est efficace.

— Crois-tu…

— Je serai en état de partir, l'interrompit-il. Laisse-moi juste manger. »

Marine se concentra sur les tâches à accomplir. Elle tria les pommes et Kana poussa la commode et un bureau contre la porte. Ensuite il retourna sur le canapé et regarda Liam et Marine manger en silence.

Liam finit par lever les yeux vers lui. « Tu ne lui pas encore annoncé la bonne nouvelle.

— C'est vrai, répondit Kana. J'ai senti une odeur de feu de bois sur le chemin en revenant de la maison. »

Marine réfléchit. « Qu'est-ce que c'était, d'après toi ?

— Eh bien, cela peut vouloir dire que quelqu'un utilise l'une des cheminées de la ville. Ce qui signifie que quelqu'un d'autre a été oublié ici, tout comme nous. Ça a l'air dingue, mais…

— Dis-lui d'où tu penses que provenait la fumée, le coupa Liam.

— De la cabane de l'ermite. »

Marine repensa au moment où ils étaient passés devant la cabane en allant chercher Liam. Elle n'avait rien senti et la bicoque avait l'air vide.

« C'est étrange, dit-elle. Toutefois, si l'ermite est là, c'est une *bonne* nouvelle. Enfin, pas pour l'ermite, mais pour nous. Cela voudrait dire que j'ai tort au sujet des marques faites à la hache, enfin vous savez, des maisons systématiquement vidées. On devrait jeter un œil chez lui en quittant la ville.

— As-tu vu autre chose ? s'enquit Liam en lui souriant. Je veux dire, mis à part le chien mort. »

Marine fronça les sourcils. « Inutile d'être aussi insensible.

— Je ne suis pas insensible, rétorqua Liam en regardant la pomme à moitié mangée dans sa main. J'énonce simplement un fait : le chien était mort, n'est-ce pas ? »

Sur le canapé, Kana se pencha. « Marine, qu'as-tu vu d'autre ? »

Elle leur raconta tout, y compris sa théorie selon laquelle les petites marques étaient des traces de griffes.

« J'ai déjà vu ces marques, dit Liam. Il y en a partout. Je me suis dit que c'était un truc décoratif comme les fioritures et les volutes gravées dans les lambris et les charpentes des maisons.

— Dans ce cas, ce serait des griffes très coupantes », remarqua Kana.

Liam se leva, animé par une énergie soudaine. « Sache, Kana, que si jamais l'une de ces créatures nous poursuit, nous aussi, nous avons des griffes acérées. » Il passa la main sous le canapé et sortit un grand couteau dont la lame brillait dans la lumière vacillante des bougies. Marine reconnut l'un des couteaux de la cheminée. « J'en ai pris un pour chacun d'entre nous. On dirait des armes de pirate, vous ne trouvez pas ? N'ai-je pas fière allure ? »

Marine eut un sourire inquiet.

« Oui, tu es terrifiant, dit-elle. Maintenant, pose-le. Il est trop coupant pour qu'on joue avec.

— Allons, ma jolie, j'aimerais un cuissot de chevreuil pour le dîner ! s'exclama Liam avec un accent caricatural. Je mangerai la viande sur l'os avec les griffes que j'ai coupées aux démons de la Nuit ! »

Il se pavana dans la pièce avec le couteau tout en parlant avec son drôle d'accent. Il se précipita sur Kana et fit semblant de l'attaquer.

« Liam ! s'exclama Marine. Baisse ce couteau avant d'embrocher mon frère. »

Liam se figea et baissa le couteau. Il hocha la tête puis s'affala à côté de Kana comme s'il était soudain épuisé. Il se tourna vers lui. « Prends-le. C'est le tien. »

Kana le prit et observa la lame. « Non merci, dit-il. Je n'ai jamais été à l'aise avec les couteaux. Je finirais par me blesser. »

Marine leva les yeux au ciel et sourit.

Liam remit le couteau sous le canapé, puis regarda autour de lui d'un air apeuré. Marine étudia la carte que Kana avait rapportée de la Maison de l'Ombre et qu'il avait posée sur une petite table près des canapés.

« N'y a-t-il pas un chemin qui traverse les bois vers le fleuve Coil ? » demanda-t-elle.

Liam la rejoignit. « Laisse-moi regarder.

— Viens voir, Kana », dit Marine.

Kana pointa la côte du doigt. « La mer s'est déjà retirée sur au moins un kilomètre et demi. Donc nous pourrions marcher sur l'estran, dépasser les îles aux Chênes-Nains, contourner Shiprock Point, passer par la baie du Sud et remonter le fleuve Coil.

— Mais Marine a raison, dit Liam. Il y a aussi un chemin à travers le bois.

— Où ça ?

— Ici. » Liam en marqua le tracé avec des gouttes de cire rouge. « Je ne sais pas exactement où il va. Les Okranas l'empruntent quand ils partent en montagne pour la chasse du solstice. Il commence près du cimetière. Puis il passe sous l'arche de pierre, traverse les bois et devrait aller droit vers le fleuve, juste en amont de l'entrepôt des pêcheurs. Il ne représente qu'un dixième de l'autre distance. Mais honnêtement, je préférerais ne pas retourner dans les bois. J'aimerais mieux marcher le long de l'estran, même avec ma cheville blessée.

— Tu as raison, approuva Kana. Évitons les bois. »

Ils étudièrent à nouveau la carte. Marine traça une ligne allant de Bliss à Shiprock Point puis le long de la côte jusqu'à l'embouchure du fleuve. « Très bien, dit-elle. Alors nous allons traverser l'estran jusqu'à l'entrepôt. » Elle se redressa et embrassa la pièce du regard. Ils avaient enfin un plan. Elle posa la main sur l'épaule de Kana. « On est d'accord ? »

Kana fixait la carte. « Je crois. À mon avis, c'est la meilleure option.

— Quand partons-nous ? demanda Liam. Moi, je suis prêt. Maintenant ?

— Bientôt, répondit Marine. Tu as besoin d'une attelle et Kana pourrait aller chercher plus de nourriture. Liam, es-tu sûr de ne pas avoir besoin de plus de vêtements ? »

Liam fit non de la tête. « Je suis bien comme ça, mais je vais essayer de trouver un chapeau. »

C'était un bon plan. Bien sûr, quelque chose pourrait mal tourner, mais cette décision leur permettait de reprendre le contrôle de leur destin… Pour la première fois depuis qu'on les avait abandonnés sur l'île, ils reprenaient espoir.

CHAPITRE 28

Il fallut plusieurs heures à Marine et à Kana pour réunir les matériaux nécessaires à la fabrication d'une bonne attelle. Ils utilisèrent les lattes en bois d'une chaise, le fil de métal d'un fouet trouvé dans la cuisine et le rembourrage de coussins du maire. Mais une fois terminé, le résultat en valait la peine. À présent, Liam était bien plus à l'aise.

« Nous devrions partir, dit-il. Ça ne sert à rien de rester ici et j'en ai assez d'attendre. »

Marine regarda l'horloge qu'elle avait remontée plusieurs heures plus tôt. Il était huit heures passées de quelques minutes : presque l'heure du dîner. Plus important encore, c'était un rappel qu'ils étaient debout depuis une éternité.

Elle regarda Liam. « Combien de temps as-tu dormi ici ? »

Il réfléchit. « Je ne sais pas. Quelques heures.

— Et avant ?

— Avant ça… Je ne sais pas…

— Et tu es resté éveillé pendant au moins vingt-quatre heures dans la fosse, dit-elle en secouant la tête. Kana et moi n'avons pas beaucoup dormi non plus. Dehors il fait un froid terrible et nous ne pourrons probablement pas nous arrêter avant d'arriver à l'entrepôt. Ça va être un trajet difficile. Et ensuite nous serons sur un petit bateau en pleine mer. » Elle marqua une pause pour que les garçons comprennent bien son idée. « Moi aussi je veux partir, cependant je crois qu'il serait plus avisé de nous reposer quelques heures.

— Et la créature ? demanda Kana. On va se contenter d'attendre qu'elle revienne ? Peut-être devrions-nous aller dans une autre maison. Peut-être chez nous ou chez Liam. »

Marine se tourna vers Liam. « Qu'en dis-tu ? »

Liam fit un signe de tête en direction de la porte. « C'est la porte la plus lourde de la ville, dit-il. Je ne crois pas que nous serions plus à l'abri ailleurs.

— Et la lampe de signalisation ? demanda Kana.

— Éteignons-la, soupira Marine. Elle ne fera qu'attirer l'attention.

— Tu te rends compte de ce que ça signifie, n'est-ce pas ? Si nous l'éteignons, nous devons être très clairs ; cela revient à dire : *Personne ne viendra nous secourir*. Nous devons nous débrouiller tout seuls. Tous les trois. »

Pendant un instant, Marine eut le souffle court. Elle avait l'impression de se tenir, chancelante, au bord d'un gouffre sans fond.

« Nous pouvons y arriver », murmura-t-elle.

La pièce était silencieuse. Elle fixa Kana, puis Liam. Ils hochèrent la tête.

Elle sortit en sentant le regard des garçons sur elle. Elle traversa la maison plongée dans le noir, entra dans le placard du garde-manger, gravit l'escalier et la longue échelle, passa devant les mystérieuses et lourdes boîtes jusqu'à la lampe. Cette dernière était chaude. Elle regarda la bande de lumière qu'elle projetait sur Bliss. En un sens, l'éteindre était un acte de capitulation. Elle inspira à fond à plusieurs reprises. *Ça se tient*, se dit-elle. *Tu le fais pour protéger les trois dernières personnes sur cette île. Fais-le.* Elle tendit le bras et tourna le bouton. La ville fut plongée dans l'obscurité.

Quand elle redescendit, elle vit que Liam et Kana avaient déplacé les deux canapés l'un en face de l'autre afin de créer un espace assez grand pour y dormir tous les trois. Ils avaient rassemblé des draps, des couvertures et des serviettes pour se couvrir. À son entrée, les garçons se levèrent sans un mot et tous ensemble ils poussèrent une énorme armoire, une commode et un bureau devant la porte.

Marine fut la dernière à se faufiler sous la couverture. Elle souffla la bougie, se blottit près de Liam et essaya de se détendre. Liam prit sa main dans la sienne et tourna la tête pour la regarder. Ils étaient très près, si près que Marine sentait le souffle du garçon sur ses joues.

« Merci de m'avoir sauvé, chuchota-t-il.

— Je ne t'ai pas encore sauvé », murmura-t-elle.

Elle glissa la main dans sa poche et tâta le petit sac en velours qu'elle avait récupéré sur la falaise. Ses doigts touchèrent la longue chaîne en argent et la grosse pierre de soleil. Le simple fait d'effleurer le collier la remplit de culpabilité et elle se détesta. Voilà pourquoi ils étaient restés coincés ici. Et elle l'avait toujours eu en sa possession.

Quand elle était rentrée de son escapade dans les bois avec Liam et Kana, elle avait regardé dans sa sacoche en cuir et ne l'avait pas trouvé. Elle avait alors été furieuse contre Liam de l'avoir oublié au bord de l'étang. Puis, quelques jours plus tard, elle s'était rendu compte que la sacoche était trop lourde pour être vide. Le collier était tombé dans un trou de la doublure du sac.

Marine avait été à la fois soulagée et horrifiée. Elle avait tout de suite voulu le dire à Liam, mais l'occasion ne s'était jamais présentée. Et puis Liam était allé le chercher, ce qui était incroyablement idiot. En vérité, c'était sa faute *à elle*. Sa fierté mal placée les avait menés à une impasse et maintenant leurs vies étaient en danger.

À l'évidence, il faudrait bien qu'elle finisse par le leur dire. Peut-être valait-il mieux attendre qu'ils aient trouvé le bateau et soient en train de naviguer sur le fleuve. À ce moment-là, ils seraient si heureux d'avoir une pierre de soleil qu'ils passeraient l'éponge. C'était ce qu'elle espérait. De toute façon, leur dire maintenant n'apporterait rien de bon. Tout le monde était déjà très tendu. Marine caressait la pierre de soleil comme si cela pouvait effacer le problème. Elle fut finalement prise d'une grande torpeur et tomba dans un profond sommeil.

Bien plus tard, elle fut réveillée par un son perçant. Elle pensa alors aux couteaux et à l'aiguisoir à l'étage en dessous. Elle jura. *Les couteaux. Nous aurions dû tous les sortir de la cheminée.*

Des bruits de pas lents et lourds provinrent de l'escalier. Ils étaient plus forts que la dernière fois.

« LA CRÉATURE EST DE RETOUR ! » hurla-t-elle. Elle n'osa pas dire ce qu'elle pensait : il semblait qu'il y en avait plus d'une.

En un clin d'œil, Marine, Liam et Kana étaient debout. Ils se plaquèrent contre les meubles qui barricadaient la porte. Puis les coups commencèrent : BOUM ! BOUM ! BOUM ! Cela ne faisait aucun doute, plusieurs créatures essayaient d'entrer de force. Sans la barricade, la porte se serait ouverte. Les meubles tremblaient sous la violence des coups : cette fois-ci, les *choses* de l'autre côté de la porte étaient déterminées à entrer.

« Tenez bon ! cria Liam qui poussait de toutes ses forces contre l'armoire. TENEZ BON ! »

Ils concentrèrent leurs efforts sur l'énorme armoire. Si elle glissait, la commode et le bureau ne feraient pas le poids pour maintenir la porte fermée. Ils s'aplatirent contre l'armoire, enfoncèrent leurs talons dans le sol et poussèrent avec l'énergie du désespoir. L'armoire glissa d'un centimètre. Ils la repoussèrent et ainsi de suite.

Les gonds qui fixaient le haut de la porte au mur commencèrent à se décrocher. On arrachait les vis. Dans peu de temps, le haut de la porte serait complètement détaché du mur. Ils ne pouvaient rien y faire.

Les coups continuèrent pendant plusieurs minutes jusqu'à ce que, soudain, Kana glisse pile au moment où la porte cédait. Il fut projeté en avant, s'effondra par terre et l'armoire recula de plusieurs centimètres. La porte s'ouvrit dans un grincement. Marine hurla. Des grognements provinrent du couloir suivis de nouveaux coups. Kana se jeta contre l'armoire. Il poussa de façon presque surhumaine et, étonnamment, il parvint à la repousser d'une vingtaine de centimètres et la porte se referma.

Peu après les coups cessèrent. L'une des créatures rugit et il y eut un craquement.

« C'est juste un coup de couteau, la porte tient le coup », dit Kana, essoufflé.

Ils entendirent le plancher grincer alors que les *choses* descendaient l'escalier. Et ce fut le silence. Un long silence inquiétant. Une minute s'écoula. Puis une autre. Kana, Liam et Marine s'écroulèrent, haletants. Les minutes passèrent. Ils finirent par se lever et par dégager la barricade. Ils collèrent l'oreille au battant.

Silence.

Liam posa la main sur la poignée. « Prêts ? chuchota-t-il.

— Vas-y », répondit Marine.

Il ouvrit la porte d'un geste fluide. Kana, le premier dehors, confirma que le couloir était vide. La porte était fendue en plusieurs endroits. Juste au-dessus des trois entailles faites à la hache un couteau avait été enfoncé dans le bois. Liam tenta sans succès de le déloger.

Marine se posta en haut de l'escalier. Kana la rejoignit.

« Ils sont partis, dit-il. Ou tout du moins, ils ne sont plus dans la maison.

— Ils reviendront. »

Marine regarda autour d'elle l'obscurité persistante, la rampe, les murs, le sol et le plafond immaculés. Elle eut soudain le sentiment d'y voir clair.

« Ne comprenez-vous pas ? Ils ont construit cette maison. Ils ont construit tout ça.

— Elle a raison, dit tout bas Kana.

— Crois-tu que le maire savait ? demanda Liam, les yeux rivés au sol.

— Au point où nous en sommes, peu importe, répliqua Marine qui se baissa pour lacer ses bottes. Ce qui compte, c'est que la ville leur appartient et qu'ils veulent la récupérer. »

CHAPITRE 29

Ils mirent leurs affaires dans le sac que Marine avait trouvé à l'épicerie. Ils n'avaient pas grand-chose : une poignée de bougies, quelques mètres de corde, une boîte d'allumettes presque vide, une pierre à feu déjà bien usée et le reste de la nourriture rapportée par Marine. Liam et elle transportaient chacun un couteau pris sur la cheminée et Marine avait en plus la boîte en cuivre contenant les scalpels. Dans le noir, ils marchaient rapidement et en silence vers la maison de l'ermite. Il pleuvait et, en quelques minutes, ils furent trempés. La pluie était gelée. Marine était heureuse de porter un ciré et quelques vêtements supplémentaires.

Le ciel retentissait des cris et des battements d'ailes de milliers de chauves-souris. Elles étaient arrivées au cours des douze derniers mois, avec la Nuit, et leur nombre avait remarquablement augmenté chaque semaine. Elles vivaient dans la forêt, mais elles venaient près de la côte pour se nourrir. La pluie semblait les enrager et elles piquaient vers le sol, fondant littéralement sur eux tant et si bien qu'ils devaient se protéger le visage.

Puis, aussi soudainement qu'elles étaient apparues, elles disparurent. De petites boules de glace se mirent à tomber du ciel. La grêle dura à peine plus d'une minute, mais ce fut assez pour leur cingler la figure et les mains avant qu'elle se transforme en pluie. Le temps finit par s'éclaircir et, soulagés, ils ralentirent l'allure. Ils approchaient de la maison de l'ermite.

Depuis leur départ de la maison du maire, Marine n'avait pensé qu'au sentier sombre en face d'elle. Elle s'attendait à ce que quelque chose leur saute dessus et elle serrait le couteau si fort qu'elle commençait à avoir mal à la main. Lorsqu'elle relâcha sa prise, d'autres pensées s'insinuèrent dans son esprit. Elle songea à ses parents. *Où étaient-ils ?*

« C'était idiot de croire qu'il reviendrait nous chercher, dit-elle finalement.

— Qui ? demanda Kana.

— Papa. »

Kana ralentit en réfléchissant aux paroles de sa sœur, puis finit par déclarer : « Je suis sûr que s'il l'avait pu, il serait revenu.

— J'aimerais te croire, répondit-elle. Cependant…

— Tu n'as pas assez confiance en lui. Je sais que tu penses à ce qui est arrivé avec le fourreur, mais que voulais-tu qu'il fasse ? Qu'il hurle ? Qu'il le frappe ? Non, ce qu'il voulait, c'était nous assurer une place sur le bateau ; même si cela signifiait se faire insulter.

— Tu as raison. La vérité, c'est que j'ai détesté voir papa comme ça : je n'avais jamais imaginé qu'il laisserait quiconque le traiter de la sorte. Il avait l'air si… impuissant. »

Liam marchait à côté d'eux en écoutant la conversation. Il n'avait pas vu les fourreurs, mais il pensa à Francis. *Qui prend soin de lui, là, à cet instant ?*

« S'il y avait la moindre possibilité, papa reviendrait, dit Kana. J'en suis sûr.

— Oui, dit Marine. *S'il y avait la moindre possibilité.* »

Liam se réjouit d'entendre Marine parler ainsi. S'il ne blâmait pas les adultes, il n'attendait rien d'eux non plus. À la mort de sa mère, il avait imaginé que les habitants de la ville prendraient soin de son frère et de lui. Ce qu'ils avaient fait… pendant trois jours. Après ça, on les avait peu à peu oubliés. Il n'était pas amer. Plus maintenant. Mais il avait compris : *À un moment, quand les choses vont mal, on doit se débrouiller seul.*

Ils continuèrent à marcher en silence. Quelques minutes plus tard, ils sentirent une odeur de fumée.

« Qu'en pensez-vous ? » demanda Liam.

Marine regarda autour d'elle et huma l'air. « C'est la seule maison dans le coin. Ce serait un sacré coup de pot s'il était toujours là.

— Ça paraît un peu fou qu'il soit resté, à moins qu'il déteste vraiment les Terres désertiques. Vous croyez qu'il glande en buvant du vin de pissenlit et en faisant du pop-corn et qu'il nous attend ? » gloussa Liam.

Marine lui lança un regard malicieux. « Du vin de pissenlit ? Du pop-corn ?

— Franchement, je ne dirais pas non. Et puis l'ermite n'est pas aussi cinglé que le pensent les gens de la ville. Je lui ai parlé plusieurs fois. »

Marine était sur le point de répondre quand elle remarqua l'étrange démarche de Kana, comme s'il avait un caillou dans sa chaussure.

« Ça va ? » demanda-t-elle à son frère.

Kana s'arrêta et la regarda. « Oui. Pourquoi ?

— J'ai eu l'impression que tu boitais un peu. »

Kana fit non de la tête. Ils continuèrent à marcher et l'odeur de fumée devint de plus en plus intense. Au sortir d'un virage, ils tombèrent sur la maison délabrée de l'ermite. De la fumée sortait de la cheminée. Ce n'était pas celle d'un feu en train de s'éteindre. Une faible lueur vacillait à la fenêtre.

« On frappe à la porte ? demanda Kana.

— Non, répondit Liam. Il y en a une autre derrière. »

Ils firent le tour de la maison. Les lieux étaient dans un état lamentable. Plusieurs fenêtres étaient cassées, les murs penchaient, les gouttières étaient presque par terre et le toit était sur le point de s'effondrer. Marine colla l'oreille contre le battant.

« Je n'entends rien, chuchota-t-elle. Euh, qu'est-ce que c'est que cette odeur ? » Soudain, elle comprit qu'elle était seule.

La voix de Kana sortit de l'obscurité. « Nous sommes derrière toi. Frappe. »

Marine s'exécuta. Aucune réponse. Elle frappa à nouveau, puis saisit la vieille poignée de cuivre et poussa la porte. Elle entra dans la maison et fut immédiatement saisie par une odeur putride. Le rez-de-chaussée consistait en une grande pièce partiellement illuminée par les flammes de la flambée qui brûlait dans la cheminée en pierre.

« Y a quelqu'un ? »

Silence.

« Y a quelqu'un ? »

Toujours rien. Kana et Liam la rejoignirent.

« Je ne crois pas qu'il soit là, dit-elle.

— Alors qui a allumé le feu ? demanda Kana, soudain affamé.

— Probablement l'ermite, répondit Liam. Mais il passait beaucoup de temps dans la forêt. Regardez cet endroit. Vous auriez vraiment envie de traîner *ici* ?

— Que peut-il bien cuisiner ? s'étonna Marine. Cette odeur est abominable. »

Ils humèrent l'air tous les trois en même temps.

« Ce n'est pas si horrible, déclara Kana. Et pourtant, de tous les gens que je connais, je suis celui qui a l'estomac le plus sensible. »

Ils inspectèrent la pièce. C'était un vrai carphanaüm. Il y avait des cageots partout, certains vides, d'autres remplis de restes de nourriture. Il y avait également du matériel de pêche : des filets, des lignes, des hameçons et des flotteurs étaient éparpillés sur une table bancale. Au-dessus de leurs têtes, des herbes séchées, des peaux sentant le moisi, des cannes à pêche, des pièges rouillés, des bouteilles vides et des bobines de fil effiloché étaient pendus au plafond.

Dans un coin au fond de la pièce, un petit espace ressemblait à une cuisine. Les murs lambrissés étaient noirs de suie. Il y avait un évier, des casseroles en fer, des ustensiles ayant déjà bien servi et des bocaux d'épices. Liam fouilla rapidement l'endroit dans l'espoir de trouver de la nourriture. Rien. En revanche, il repéra une trappe dans le sol. Quand il la souleva, il découvrit une sorte de vide-ordures d'où s'exhalait une odeur nauséabonde.

Une marmite fumante était suspendue à un crochet au-dessus du feu. À première vue, Marine pensa que ce n'était qu'un ragoût ordinaire avec quelques gros morceaux de viande jusqu'à ce qu'elle se rende compte que les morceaux en question étaient en fait des tendons et des ailes de chauves-souris.

Elle blêmit et recula. « Pas étonnant qu'il soit ermite, murmura-t-elle.

— Qu'est-ce que c'est ? demanda Liam en venant jeter un œil.

— Des chauves-souris.

— Marine ! Liam ! Venez ici ! cria soudain Kana qui venait d'ouvrir la porte de devant.

— Qu'y a-t-il ? » demanda Liam en le rejoignant.

Une marque gravée dans le bois avec une hache avait été barrée.

Kana pointa du doigt dans le noir, au-delà de la maison. « Il y a pire encore. »

Marine n'avait absolument aucune envie de sortir, mais elle alluma une bougie et prit Liam par la main. Au début, ils ne virent rien. Puis Liam buta contre quelque chose, baissa les yeux et vit les doigts sales, le long bras plié et le corps de l'ermite, face contre terre. Il s'accroupit, le prit par l'épaule et, au prix de gros efforts, le retourna.

« Liam ! s'écria Kana. Tu ne devrais pas... »

Mais c'était trop tard.

Liam fit un bond en arrière. Le torse de l'ermite était maculé de sang, celui que Liam avait maintenant sur les mains. Un filet de sang dégoulinait toujours de la tête et du cou qui étaient marqués par des blessures parfaitement rondes. Inutile de prendre le pouls de l'ermite. Il était mort.

CHAPITRE 30

Ils retournèrent vite fait dans la cabane. Kana verrouilla immédiatement les deux portes. Apparemment, personne n'avait dit à l'ermite de retirer les solides verrous – ou peut-être s'en fichait-il. Liam se passa les mains à l'eau dans l'évier puis les frotta avec du savon. Le sang partit facilement, mais il continua à frotter pendant plusieurs minutes en essayant d'effacer l'image de l'ermite de son esprit. Il ne pouvait pas s'appesantir là-dessus. Ce n'était pas une information utile. Ça ne l'aiderait pas à quitter l'île. *C'est ça. C'est la clé. Chaque information, chaque fait, chaque pensée, tout doit être classé en deux catégories. J'aurais dû m'en rendre compte plus tôt, dans la fosse. Il y a des pensées qui nous aideront à nous échapper, d'autres non. Et toutes les pensées centrées sur des chiens morts, des ermites morts, des proches morts et des frères disparus doivent être placées dans la catégorie « d'aucun secours ». Elles n'existent pas.*

Marine se dirigea vers lui et posa la main sur son épaule. Il était penché en avant, totalement concentré sur ses mains. « Tu vas bien ?

— Bien sûr, dit Liam, toujours en train de frotter.

— Je suis sérieuse. Est-ce que tu vas bien ?

— Je vais bien, dit-il, impassible.

— Tu n'en as pas l'air, marmonna-t-elle en lançant un regard inquiet à Kana à côté d'elle.

— Tu voudrais que j'aie l'air comment ? demanda Liam sans lever les yeux. L'ermite a des *trous* dans le corps. Ce devait probablement être aussi le cas du chien. »

Ni Marine ni Kana ne répondirent. Liam avait raison : se retrouver confrontés à une chose pareille était épouvantable. Mais ils n'avaient pas le temps d'y penser. Qui ou quoi que ce soit qui avait fait ça rôdait dans les parages. Il fallait que Liam mesure l'urgence de la situation. Finalement, quelques minutes plus tard, il cessa de se laver les mains, les sécha puis contempla le feu.

« Nous devrions partir, dit Marine.

— Oui, dit-il. C'est une bonne…

— Chut ! C'était quoi ? » murmura Kana.

Cette fois, ils entendirent tous un cliquetis : le bruit du métal contre du métal. Ils embrassèrent rapidement la maison du regard. C'était la poignée de la porte de derrière qu'on essayait d'ouvrir. Quelques instants après, la porte de devant se mit également à vibrer.

« Qu'est-ce qu'on fait ? » souffla Marine.

Liam avait une longueur d'avance sur elle. Une pensée lui était venue en tête. Une pensée utile. *La trappe. Le vide-ordures.* Il mit un doigt devant sa bouche, retourna dans la cuisine et fit signe à ses amis de le suivre. Il s'agenouilla à côté de la trappe, la souleva et se glissa à l'intérieur. Marine hésita. Mais le cliquetis s'était à présent transformé en martèlement.

« Vite ! » la pressa Kana.

Marine passa ses jambes dans la trappe et suivit Liam dans le trou. Kana rabattit la trappe derrière lui, les plongeant dans le noir le plus complet. Ils essayèrent de rester immobiles malgré les piles de têtes et d'arrêtes de poissons pourris qui les piquaient. Plus bas coulait un flot régulier d'eau, de vase ou de boue.

Au-dessus de leur tête, ils entendirent le bruit caractéristique du bois qui vole en éclats. Liam se mit à fouiller dans les poubelles. *Nous avons besoin d'une issue. Tout le reste est une distraction. Ignore les choses en train d'enfoncer les portes. C'est hors de propos. En fait, ça n'existe même pas. Il n'y a qu'un seul fait intéressant. L'eau qui coule ici va quelque part.*

« Aidez-moi ! murmura-t-il. Il y a de l'eau qui coule. Ça veut dire qu'il y a une ouverture. »

Deux détonations assourdissantes retentirent au-dessus d'eux. On aurait dit des coups de fusil. Les portes de devant et de derrière heurtèrent le sol. Un mélange de poussière et de suie tomba du plancher et Kana dut réprimer une quinte de toux. Liam continuait à creuser, à présent plus rapidement, comme s'il avait trouvé quelque chose. Ils entendirent ensuite des bruits de pas, des pas lourds et lents. Marine serra la jambe de Liam pour qu'il cesse de creuser. Les pas étaient juste au-dessus de leur tête. Le plancher grinçait sous le poids de la chose. Pendant un instant, les pas s'arrêtèrent. Marine, Kana et Liam retinrent leur souffle. Puis les pas reprirent et montèrent l'escalier menant à l'étage.

« L'eau va dans un tunnel, chuchota Liam. Il est étroit mais je crois qu'on peut s'y glisser. J'y vais le premier. »

Marine l'attrapa par son pull. « Mais où mène-t-il ?

— Je ne sais pas, mais je sens l'air frais. »

Liam se mit à ramper. Il s'érafla les genoux et le dos sur la roche, mais il parvint à passer. Kana le suivit puis ce fut au tour de Marine. Les bruits de pas se firent de plus en plus forts. La créature était revenue au rez-de-chaussée. Marine se hâta et sentit quelque chose lui couper la jambe. Elle cria. Au-dessus, la réaction fut immédiate. Les pas grondèrent et ce fut comme si toute la maison tremblait.

« Marine ! appela Kana. Dépêche-toi ! »

Il tendit la main, attrapa celle de sa sœur et la tira vers lui. Au-dessus d'eux, la trappe s'ouvrit en grinçant et un faible rayon de lumière éclaira le vide-ordures. Marine se jeta dans le tunnel. Après quelques mètres, elle arriva dans une grotte à peine assez grande pour s'y asseoir. Au bout, elle vit une pâle lueur, sentit l'odeur de la mer et entendit le battement d'ailes de chauves-souris.

Liam et elle rampèrent vers la sortie de la grotte. Kana resta là où il était. Malgré son envie de fuir, il voulait voir ce qui les poursuivait. La chose s'agitait dans tous les sens et essayait de passer par la trappe. Mais elle était trop grosse.

L'espace d'une seconde, Kana crut voir un pied, ou plutôt une griffe tordue et verdâtre avec cinq serres crochues. Sans demander son reste, il rejoignit Marine et Liam.

CHAPITRE 31

« Vite ! Vite ! hurla Kana qui surgit du tunnel et rampa jusqu'à Liam et Marine.

— Est-ce que la chose est derrière toi ? cria Marine.

— Je ne crois pas, dit-il en jetant un œil derrière lui. Elle est probablement trop grosse pour passer.

— N'attendons pas de le découvrir, dit Liam. Kana, vois-tu un moyen de descendre la falaise ? »

Kana avança prudemment jusqu'au bord et regarda en bas de l'à-pic où, à une trentaine de mètres, s'étendait une plage rocailleuse. La pluie avait cessé et le ciel était plus clair. La lune perçait à travers les nuages. Il scruta l'horizon. La mer s'était retirée très loin et avait laissé de nombreux rochers couverts d'algues dans son sillage. C'était un paysage spectaculaire, comme appartenant à un autre monde, composé de grosses formations rocheuses, de canyons, de coraux et de carcasses de milliers de poissons.

Le plus urgent était de descendre la falaise. Il examina le bord et vit une grosse protubérance rocheuse. Aussi agile qu'un chat, il balança ses jambes, s'accrocha à la saillie et disparut de l'autre côté du rebord. Il resta suspendu quelques secondes à réfléchir à son prochain mouvement, heureux de constater l'aisance avec laquelle il se déplaçait le long de la paroi. Il n'avait jamais été aussi bon grimpeur que Marine, mais là il se sentait totalement sûr de lui.

À sa droite, à environ un mètre cinquante, il vit une fissure qui descendait jusqu'au littoral. On trouvait parfois ce genre de voie dans les falaises et, pour les grimpeurs expérimentés, cela facilitait l'ascension ou la descente. Cette fissure s'élargissait au point de devenir une cheminée, assez grande pour qu'on s'y introduise. Ce serait une aubaine pour Marine, même dans le noir. Liam aurait plus de mal à cause de sa cheville, mais l'attelle l'aiderait. Sur une île comme la leur, avec ses hautes falaises, la plupart des gens savaient escalader les parois les plus abruptes. La seule complication était qu'il avait plu et que la paroi était mouillée.

« Il y a un moyen de descendre ! dit Kana. Juste au-dessus du précipice, il y a une saillie dans la roche. Une fois dessus, marchez en crabe jusqu'à la fissure à droite. Plus bas, elle devient une cheminée. Avancez lentement, la roche est mouillée, voire gelée à certains endroits. »

Liam fit signe à Marine d'y aller la première.

« Non, toi vas-y, dit Marine. Tu dois faire attention à ta cheville et à ton bras.

— Non, vas-y, s'il te plaît. Si je passe devant, je vais te ralentir. Aucune créature n'arrive… Si c'était le cas, elle serait déjà là. »

Marine hésita avant de s'avancer vers lui et de le serrer dans ses bras. « Fais attention à toi », chuchota-t-elle. Puis elle rejoignit le bord de la falaise et passa de l'autre côté avec une grande facilité.

Liam jeta un coup d'œil vers l'entrée de la grotte. Il devait patienter. Il était blessé. S'il glissait ou tombait, il ne voulait pas être juste au-dessus de Marine. Il décida de laisser passer une minute entière pour se donner une marge de manœuvre. Au bout de trente secondes, il bouillait d'impatience. Il n'arrêtait pas de regarder derrière lui, craignant ce qu'il risquait de voir ou d'entendre.

Cinquante-huit, cinquante-neuf, soixante.

Au moment où Liam entamait sa descente, les pieds de Kana touchèrent le sol rocailleux en bas de la falaise. Il avait été incroyablement rapide, plus rapide que prudent. Ses bras et ses doigts lui faisaient mal. Il recula de quelques pas et observa Marine et Liam. Marine serait bientôt en bas. Liam était plus lent et ses mouvements saccadés inquiétaient Kana.

« Allez, murmura-t-il. Allez, Liam. »

Soudain, au sommet de la falaise, une ombre attira son attention. *Ai-je vraiment vu quelque chose ou est-ce mon esprit qui me joue des tours ?* Non. Elle était à nouveau là. Quelque chose dévalait la falaise en direction de Liam.

Kana cria aussi fort qu'il le pouvait. « LIAM ! LIAM ! AU-DESSUS DE TOI ! »

Surpris, Liam rata sa prise puis se rattrapa. Sur le coup, il ne comprit pas pourquoi Kana criait. Puis il l'aperçut. Quelque chose descendait la falaise. Il n'avait pas encore atteint la cheminée. Il se figea contre la paroi. Il avait besoin de trouver une meilleure position défensive, mais où ? La cheminée, bien sûr. Elle était encore à deux bons mètres. Au-dessus de lui, le bruit devenait plus fort. Il n'avait plus le temps.

Son instinct prit le relais. Il sauta, pédala dans le vide et agrippa un rocher qui dépassait. Quelques secondes plus tard, il s'était hissé contre la cheminée.

Son cœur battait à tout rompre, ses sens étaient en alerte, et pour la première fois depuis ce qui lui semblait une éternité, il se sentit pleinement en vie. Les autres pensées et les peurs s'évanouirent. Francis, le maire, les bateaux, la pierre de soleil, l'entrepôt des pêcheurs, tout fut remplacé par l'immédiateté du moment. La chose approchait rapidement.

Elle était presque sur lui.

Liam fouilla dans le sac de légumes et y prit son couteau. Sa respiration ralentit et il eut l'impression de sortir de son corps, comme s'il était un observateur. *Attends*, se dit-il. *La patience est la clé. Attends.*

Il se figea complètement. Un pied griffu apparut à un mètre au-dessus de sa tête. Il réprima l'envie de le taillader. *Attends. Attends.* Il fut vite récompensé par l'apparition de deux jambes qui avançaient lentement dans la cheminée. Elles n'étaient qu'à une cinquantaine de centimètres de lui.

Maintenant. Liam plongea la lame dans la cuisse de la créature.

Celle-ci hurla et tenta de s'éloigner, mais Liam fut plus rapide. Il enfonça le couteau jusqu'à la garde, déchirant les muscles et les ligaments.

La créature poussa un cri strident. Elle se redressa et battit en retraite. Liam lâcha le couteau et s'agrippa à la cheminée. Ses bras et ses jambes tremblaient. *Doucement*, se dit-il. Il se força à détacher ses doigts de la roche l'un après l'autre. Ils lui faisaient mal. Il entendit vaguement Marine et Kana crier. Tout s'était passé dans un flou fébrile. Il descendit aussi vite qu'il le pouvait et une fois parvenu à destination, il s'écroula, épuisé.

Marine s'agenouilla à côté de lui. L'inquiétude se lisait sur son visage. « Liam ?

— Je l'ai tuée ? demanda-t-il.

— Je ne sais pas.

— Alors je ne l'ai pas tuée. Sinon elle serait tombée. »

Liam regarda ses mains couvertes de sang, une fois de plus. Il s'accroupit au bord d'une flaque d'eau de mer stagnante et les lava. L'eau était glacée. Ensuite il s'aspergea le visage. Il rejoua la scène dans sa tête puis s'obligea à arrêter. *Pas utile.*

Il leva les yeux vers la falaise. « Il y en a d'autres ? »

Kana observa la roche avec soin. « Je ne vois rien », finit-il par dire.

Soulagé, Liam hocha la tête. « Tu as vu mon couteau ?

— Non, répondit Kana en secouant la tête. J'étais occupé à te regarder, toi. » Il se tourna vers Marine. « Tu l'as vu tomber ?

— Non. Tiens, prends le mien. »

Liam examina la lame. « Garde-le, finit-il par dire. Mon bras me fait trop mal pour que je puisse l'utiliser correctement. »

C'était difficile à admettre, mais c'était un fait. *Seuls les faits t'aideront à t'échapper, pas les espoirs, les peurs et les souhaits.*

Quelque chose sur l'estran attira l'attention de Kana. Il fit quelques pas au milieu des algues et des rochers glissants.

« Qu'est-ce que c'est ? cria Marine.

— Une statue de femme. Et il y en a une autre un peu plus loin. »

Marine regarda Liam. « La statue de Palan. *La vieille sorcière* ? Y a-t-il des choses écrites dessus ?

— Oui, répondit Kana en haussant la voix pour se faire entendre. On dirait une liste de règles. »

CHAPITRE 32

Kana, Liam et Marine traversèrent l'estran jusqu'à la statue de la vieille sorcière. Perchée sur un socle de trois mètres, elle mesurait près de deux mètres cinquante. Elle représentait une vieille femme aux cheveux longs et au visage émacié. Elle était entourée de deux autres statues. Toutes trois tournaient le dos à l'île.

Kana s'approcha pour déchiffrer ce qui était écrit sur le long bouclier tapissé d'algues.

LES MAISONS DOIVENT ÊTRE IMMACULÉES.
LAISSEZ-LES DANS L'ÉTAT
OÙ VOUS LES AVEZ TROUVÉES.
DISSIMULEZ VOTRE ODEUR.
FUYEZ LA NUIT
OU NOUS VOUS POURCHASSERONS.

Kana se tourna vers ses amis. « Ce sont des avertissements, dit-il. Probablement à l'adresse de ceux qui arrivent sur l'île avec la Marée du Matin.

— *Laissez-les dans l'état où vous les avez trouvées*, répéta Marine. J'imagine que cela fait référence à tous les rituels absurdes du genre fermer cette porte, ne pas fermer celle-là, Museau ici, Dents là…

— La dernière règle est très claire, dit Liam. Et nous sommes en train de la violer. »

La dernière ligne le fit réfléchir : *Fuyez la Nuit ou nous vous pourchasserons*. Son esprit était enfiévré. *Nous vous pourchasserons*. Était-ce un fait utile ou quelque chose qu'il devrait ignorer ? Il était inquiet et le tremblement niché au fond de son estomac se propagea dans ses bras et ses doigts.

« Nous devrions partir, dit-il. Le chemin est long jusqu'à l'embouchure du fleuve Coil et je pense que ces choses vont se lancer à nos trousses. »

Ils se mirent en route vers le sud-est en suivant la côte vers Shiprock Point. Le seul bruit était le claquement de leurs chaussures sur la boue et le sable. Kana ouvrait la marche. Il était si agile qu'il oublia de ralentir pour Marine et Liam. Soudain, celui-ci glissa et tomba. Marine l'aida à se relever en le tirant par le bras. C'est alors que Kana les appela. Sa voix paraissait lointaine. Il les rejoignit peu après.

« Vous ne le croirez jamais, commença-t-il, puis il s'interrompit en voyant les deux visages crispés face à lui. Que s'est-il passé ?

— Tout va bien », répondit Marine.

Elle enfonça ses mains dans les poches de son ciré. Le froid semblait plus mordant d'heure en heure. « Qu'est-ce que tu as vu ?

— En se retirant, la mer a mis au jour quelque chose d'incroyable. Venez, je vais vous montrer », s'exclama-t-il, excité comme une puce, ce qui aiguisa la curiosité de Marine.

Kana les fit marcher une vingtaine de minutes jusqu'en haut d'un rocher où ils avaient une meilleure vue. À environ quatre ou cinq kilomètres de là, deux tours de pierre surgissaient des fonds marins, reliées en leur milieu par un pont. À leur base se trouvait une structure de pierre elle aussi ressemblant à une forteresse. Les tours étaient fines et longues, mais au lieu de se terminer en pointe ou en tourelle comme les châteaux des livres de contes, leur sommet consistait en un jardin composé de rochers, d'arbres et de pelouses.

Liam se frotta la figure, autant pour se reprendre après avoir marché si vite que parce qu'il n'arrivait pas à croire ce qu'il voyait. Il attrapa Kana par l'épaule. « Je n'aurais jamais imaginé ça. Jamais. »

Kana acquiesça.

« C'es dingue, dit Liam. Mais je crois… » Il secoua la tête. « Non, ce n'est pas possible.

— Quoi ? »

Liam étudia les deux tours, puis son regard revint vers l'île comme s'il essayait de résoudre une énigme. « Serait-ce les îles aux Chênes-Nains ? Je veux dire, le sommet des tours. Je crois que je reconnais ces arbres. J'ai déjà navigué dans le coin.

— Les îles aux Chênes-Nains, dit lentement Marine alors qu'elle les reconnaissait. D'après le maire, c'est là que se trouverait la citadelle. En un sens, il avait raison. La citadelle se situe bien *sous* les îles.

— Tu crois que ce sont les nôtres qui ont construit ça ? dit Liam en fronçant les sourcils.

— Impossible, répliqua-t-elle. Comment auraient-ils fait ? Ces tours sont immenses. Il a fallu des années pour les édifier. Et elles sont restées sous l'eau pendant le Jour.

Elles ont dû être bâties par les créatures, c'est la seule explication.

— Dans ce cas, peut-être devrions-nous les éviter. Les créatures n'ont pas l'air d'aimer qu'on pénètre chez elles.

— Mais nous devons aller dans cette direction, objecta Kana qui pointa du doigt la côte boisée au-delà des tours. C'est le seul moyen de contourner Shiprock Point et d'arriver jusqu'au fleuve.

— C'est juste… », acquiesça Liam, l'air peu convaincu.

Soudain Kana se retourna et regarda vers les falaises.

« Qu'est-ce qu'il y a ? » demanda Liam.

Kana se tenait totalement immobile. Sa posture rappelait à Marine celle d'un chat sauvage chassant des oiseaux. « Rien. Je reste sur mes gardes, c'est tout. »

Le simple fait qu'il ait regardé derrière avait suffi à raviver la panique qu'ils avaient ressentie en descendant la falaise. Kana reprit la route d'un pas rapide et Marine et Liam firent de leur mieux pour le suivre. Au bout d'une heure, Liam commença à ralentir. Marine et lui firent une pause pendant que Kana partait en éclaireur.

« J'aurais préféré que Kana ne parte pas, dit Marine en écartant ses cheveux de ses yeux. Je me fiche de ce qu'il est en train de faire. Nous devrions rester ensemble.

— C'est drôle. N'est-ce pas ce que Kana a dit quand tu voulais aller chercher les légumes toute seule ? rétorqua Liam en souriant.

— C'est vrai. Tu crois qu'il va bien ? Je ne l'ai pas vu manger depuis… Eh bien… Un bon moment. »

Liam serra Marine contre lui. « Il va bien. Il est en meilleure forme que nous. Tu l'as vu quand on essayait de maintenir la porte fermée ? Elle a commencé à s'ouvrir et il l'a refermée pratiquement tout seul.

— J'espère que tu as raison », répondit Marine d'un ton dubitatif.

Ils continuèrent à se frayer un chemin au milieu des rochers glissants. Au loin, le tonnerre grondait. C'était étrange de marcher ici. Ils sentaient l'odeur du sel et des embruns mais, à l'exception de quelques flaques d'eau dans lesquelles des étoiles de mer s'attardaient, il n'y avait pas d'eau de mer. Une heure passa, puis une autre et Kana n'était toujours pas de retour.

Au bout d'un moment, Marine vit que Liam tenait son bras blessé. Ce dernier sentit son regard sur lui et leva les yeux au ciel. « Je vais très bien. Cesse de t'inquiéter.

— Et ton bras ? »

Liam le bougea avec précaution. « Il va mieux, je crois. Ou tout au moins, pas plus mal.

— Bien, finit-elle par dire. Nous demanderons plus de lekar à Kana quand nous le retrouverons.

— Il repère la route. Il va revenir. Il fonctionne comme ça. Il faisait la même chose quand nous allions cueillir des champignons. » Il eut un rire triste. « Et s'il était bel et bien parti, pourrais-tu le blâmer de nous avoir abandonnés ?

— Ce n'est pas drôle.

— Désolé. Tout ce que je dis c'est qu'il serait sur un bateau si vous n'étiez pas venus à ma rescousse.

— Tu as raison, répondit-elle sèchement. Nous aurions dû te laisser là. »

Ils continuèrent à marcher au milieu des flaques de la mer disparue. Bientôt, ils sentirent l'odeur plus prononcée de l'eau salée. Ils se rapprochaient du littoral.

« Parfois, je me dis que tu as été trop gentille avec moi, dit Liam, l'air pensif.

— S'il te plaît, ne dis pas ça, se récria Marine en lui prenant la main.

— Pourquoi ? »

Elle accéléra le pas et creusa la distance entre eux. « Ne dis pas ça, c'est tout. » Liam força l'allure pour la rattraper. « Tout ce que je devais faire, c'était monter sur le bateau avec mon frère, poursuivit-il. Rien de plus. Et j'ai tout fait foirer. Et si tu n'étais pas revenue pour moi…

— Arrête, dit Marine en regardant ses pieds. Peut-être… Peut-être que je ne suis pas une aussi bonne personne que tu le crois. »

Elle glissa la main dans sa poche et serra le collier de ses doigts froids.

Liam leva les mains vers le ciel. « Qu'est-ce que ça veut dire ?

— Eh bien, c'est juste que… »

Liam s'approcha d'elle. « Je ne comprends pas.

— Tu devrais revoir tes attentes à la baisse, c'est tout. »

CHAPITRE 33

En approchant de la citadelle, ils virent enfin Kana. Il était assis, si immobile que, sur le coup, Marine le confondit avec un rocher. Puis il bougea et elle poussa un petit cri.

« Kana ! Te voilà !

— Je vous attendais. »

Il sauta de son promontoire et contempla la citadelle. « Je crois que j'ai trouvé une entrée.

— Là-dedans ? demanda Liam en suivant son regard.

— De quoi veux-tu que je parle ? dit Kana en se dirigeant nonchalamment vers la citadelle. Ça ne devrait pas être difficile. Tu ne veux pas entrer ? »

Pendant un moment, ils fixèrent la citadelle en silence. L'idée d'avoir un toit sur la tête était indéniablement séduisante. Le bâtiment ne se trouvait qu'à quelques mètres. Il était entouré d'eau, pas trop profonde à première vue.

Ils virent les arbres sur les toits des tours. Ils ne se seraient jamais doutés que les îles aux Chênes-Nains étaient en fait le sommet de deux tours en pierre, dont les parois étaient recouvertes d'une épaisse couche de mollusques et d'algues.

Ils ne virent pas de fenêtres et il semblait possible (mais très improbable) qu'à l'intérieur certaines parties soient sèches.

« Ça n'a aucun sens, dit Liam en secouant la tête. Notre plan est de trouver l'entrepôt des pêcheurs et de partir. À quoi cela sert-il d'entrer ?

— Nous pourrions y trouver quelque chose d'utile, rétorqua Kana. Et puis j'aimerais escalader l'une des tours et avoir une vue d'ensemble pour mieux définir notre route vers l'entrepôt. »

Liam plissa les yeux.

« Restez ici, dit Kana en leur faisant signe de s'asseoir. Je vais jeter un coup d'œil. »

Marine claqua des dents. Attendre sous un toit l'attirait plus que rester dehors, d'autant qu'une pluie glaciale commençait à tomber.

Elle se protégea la tête avec son ciré. « Nous ne pouvons pas rester ici, cria-t-elle à Liam. Kana, tu as trouvé un moyen d'entrer ? »

Kana désigna des eaux peu profondes près de la citadelle. « On peut passer à gué sur ces rochers. »

La pluie se transforma en grésil. Marine regarda Liam qui avait mis son pull sur sa tête. Il acquiesça : *Allons-y.*

Ils suivirent Kana qui marchait avec précaution sur les rochers. De près, il ne paraissait pas possible d'escalader la citadelle ; la pierre était glissante et lisse. Mais Kana avait une autre idée en tête. Il contourna discrètement la tour jusqu'à ce qu'il trouve une gargouille de pierre sortant du mur. Juste au-dessus se trouvait une ouverture étroite.

Kana prit appui sur la gargouille et passa le bras dans la trouée à la recherche d'une prise. À l'intérieur, le mur de la citadelle était moins poli et il parvint à s'agripper. Il se hissa à l'intérieur. Il eut du mal à se faufiler dans l'ouverture, surtout au niveau des épaules. Il lui fallut quelques secondes de plus pour se tortiller et tomber lourdement sur le sol de pierre humide. Il avait mal au bras et était hors d'haleine, mais il était en sécurité. L'ouverture était exiguë, plus encore que le vide-ordures de l'ermite. Kana fut rassuré : rien de gros ne pourrait entrer.

Peu après, Marine et Liam le rejoignirent. Celui-ci sortit une bougie de son sac et l'alluma. Elle émit une lumière faible, quoique relativement diffuse. Le sol était jonché de morceaux de coraux, de coquillages brisés et de cailloux brillants dans une fine pellicule d'eau de mer.

« Peut-être trouverons-nous quelque chose à l'étage, dit Kana.

— À ton avis, quelles chances avons-nous de dénicher une boîte de biscuits ou un tonneau de cidre ? demanda Marine dont la voix résonna faiblement.

— Si seulement ! dit Liam. Mais je parierais plutôt sur des poissons morts.

— Comment monte-t-on ? »

Kana les mena jusqu'à un escalier en colimaçon qui s'enfonçait dans l'obscurité. Les marches de pierre étaient en très mauvais état. Certaines étaient encore solides, d'autres en revanche étaient fragilisées par des années passées sous l'eau. À mi-parcours, quelque chose leur fonça dessus en battant des ailes, effleurant au passage le visage et les cheveux de Marine. Surprise, elle bascula en arrière. Liam la rattrapa, mais laissa tomber la bougie. Tout devint noir.

« C'était quoi ? demanda Kana.

— Des chauves-souris, marmonna Liam, plus dégoûté qu'énervé. Nous avons fait tomber la bougie.

— Nous la récupérerons plus tard, en partant. Prends ma main, dit Kana qui tendait le bras vers Marine. On y est presque. »

Quelques instants plus tard, ils mirent le pied sur un sol solide. Marine sortit une autre bougie et l'alluma. Ils pénétrèrent dans une grande pièce voûtée à peu près de la taille de la salle à manger du maire. Elle avait probablement été utilisée comme chapelle. Il y avait une cheminée à chaque bout, quelques rangs de bancs de pierre, une estrade et une chaire. Les murs étaient décorés de volutes, de fioritures et de marques ressemblant étrangement aux rinceaux des maisons de Bliss.

Le sol était jonché de débris : des poutres gorgées d'eau, des poteries cassées, des tessons de verre et trois portes de fer rouillées. Il y avait une pile d'os dans un coin. Kana fouilla l'endroit pendant que Marine et Liam se tenaient l'un près de l'autre dans la lumière de la bougie.

Liam sautait d'un pied sur l'autre pour tenter de se réchauffer. Même s'ils étaient à l'abri de la pluie, il faisait un froid polaire. « *Fuyez la Nuit ou nous vous pourchasserons*, dit-il en fixant les os.

— Crois-tu qu'ils étaient des nôtres ? demanda Marine.

— Probablement.

— Ils se seraient cachés ici en pensant y être en sécurité ? »

Liam fronça les sourcils et s'approcha des os pour les examiner. « Peut-être. J'imagine que leur plan n'a pas fonctionné. »

Kana émergea de l'obscurité, la main en visière pour se protéger de la lueur de la bougie. Il brandit une assiette rouillée et la montra à Marine. Elle écarquilla les yeux. Elle était identique à celles de chez eux.

Voilà qui règle la question, pensa-t-elle. *Les créatures utilisent cet endroit, ou en tout cas elles l'ont fait par le passé.*

« Kana, il n'y a rien ici, déclara-t-elle. Liam a raison. Nous devons aller à l'entrepôt. »

Kana posa l'assiette sur un banc en pierre. « Donnez-moi quelques minutes. J'aimerais faire le tour des lieux.

— D'accord. Mais fais vite. »

CHAPITRE 34

L'escalier en colimaçon devint progressivement plus étroit et oppressant malgré les quelques rayons de lune qui perçaient à travers de petites fenêtres. Des gouttes d'eau froide évoquant des larmes ruisselaient le long des murs. Kana poursuivit son ascension jusqu'à ce que l'escalier débouche sur un plafond en pierre grossière. Une trappe rouillée et couverte de mollusques était la seule issue. À côté, Kana aperçut un levier en fer. Il le tira, mais il ne bougea pas. Il posa son pied dessus et pesa de tout son poids. Après un long grincement, la trappe métallique s'ouvrit. L'odeur des embruns envahit l'escalier.

En sortant, il vit que la face extérieure de la trappe était un trompe-l'œil ; elle avait l'apparence d'un rocher. C'était très bien fait. Quiconque le verrait ou même s'assiérait dessus ne se douterait jamais qu'il dissimulait un escalier.

Kana fit lentement le tour de l'île. Il n'y avait pas grand-chose : de la pelouse, des rochers, les traces d'un vieux feu de camp, une corniche qui était une ancienne plage de galets et quelques petits chênes dont les branches s'agitaient dans la brise. Kana se souvenait avoir campé ici une fois avec sa famille quand il avait 6 ans. Marine et lui avaient attrapé des poissons et les avaient fait cuire sur des bouts de bois au-dessus du feu. Leurs parents avaient ri et plaisanté et une légère brise avait rafraîchi l'atmosphère étouffante. Ils ne s'imaginaient pas alors être assis au sommet de la citadelle.

Ce souvenir semblait appartenir à une autre vie.

Kana marcha jusqu'à la côte sud-ouest de l'île et scruta l'horizon. Selon toute vraisemblance, les bateaux des fourreurs étaient à des centaines de kilomètres. Il s'en doutait, mais voir l'immensité vide rendait les choses plus réelles.

Il traversa jusqu'à l'autre côté, celui qui faisait face au nord et où ils avaient vécu. Il fixa la large étendue de l'estran qu'ils avaient parcourue pour rejoindre la citadelle. Il resta à l'affût pendant plusieurs minutes, puis il se concentra sur le sommet des falaises. Il crut voir du mouvement, mais il était trop loin pour en être sûr. Quant à l'estran, il était vide.

Enfin, il marcha jusqu'au coin sud-est de l'île. De là, il pouvait voir Shiprock Point et l'embouchure du fleuve Coil. C'était le trajet qu'ils avaient prévu de suivre jusqu'à l'entrepôt. Il pressentit aussitôt que ce serait mission impossible. L'estran était très irrégulier, composé de canyons abrupts et de sommets dentelés. Mieux valait opter pour une voie terrestre… mais cela signifiait retourner sur l'île. *Comment vais-je l'annoncer à Liam ? Quelque chose me dit qu'il va adorer cette nouvelle.*

Kana retourna à la trappe et s'assit dessus. Il fixa ses bottes. Pendant une seconde, il imagina Liam et Marine en train de le regarder, témoins de ce qu'il s'apprêtait à faire. L'idée le fit frémir et il l'écarta de son esprit.

Lentement, méthodiquement, il défit ses lacets. Il s'arrêta un instant, comme s'il avait peur de retirer ses bottes. Une partie de lui voulait faire comme si rien ne se passait, mais cela avait déjà trop duré. Tous les indices étaient réunis : l'amélioration de sa vue, les cauchemars, les maux de tête, les nausées, même sa force et son endurance nouvelles. Il avait vécu dans le déni. C'était terminé.

Serrant les dents, il retroussa son pantalon jusqu'aux genoux et ôta ses bottes d'un coup sec. Ses pieds, si l'on pouvait encore les qualifier de tels, étaient ensanglantés. Cinq longues serres acérées avaient remplacé ses orteils. Une sixième avait poussé derrière sa cheville, juste au-dessus de sa botte. Ses pieds s'étaient contractés et les serres s'étaient enfoncées dans sa chair. La peau était devenue semblable à celle d'un reptile, vert foncé et couverte d'écailles à l'exception des plaies d'où suintait du sang.

Kana considéra ses pieds en essayant d'appréhender l'horrible réalité. Ces serres avaient poussé en quelques heures. Elles n'étaient pas là quand il s'était baigné dans la piscine du maire. Dès la disparition complète du soleil, sa transformation s'était accélérée. Il passa la main sur ses mollets. Les muscles se crispèrent. Ils semblaient deux fois plus gros que la normale et la peau était tendue, transformée en écailles humides.

Il ne pourrait plus le cacher à Marine et à Liam bien longtemps. Son visage et ses oreilles le chatouillaient. Il les toucha sans constater de changement. Cela dit, ce n'était qu'une question de temps avant que le reste de son corps se transforme.

Se transforme en quoi ?

Très prudemment, il marcha jusqu'au bord de l'île et observa les rochers plus bas. S'il tombait, il se briserait certainement le dos dessus. Avant il aurait eu peur de se tenir si près du bord ; à présent, il n'avait plus le vertige. La peur avait disparu au profit de quelque chose de radicalement différent, presque primaire – un instinct animal. En fixant le mur à pic de la citadelle, il sut qu'il pouvait marcher dessus. Il l'enjamba et l'agrippa avec ses griffes. Il fit un pas et trébucha. Il se stabilisa à l'aide de ses mains.

Il recouvra son sang-froid et réessaya. Il passa les jambes dans le précipice et testa la prise de ses griffes contre la pierre. Il commença à descendre en faisant très attention. Il comptait principalement sur ses pieds, à la fois pour supporter son poids et maintenir sa prise, mais il se servit aussi de ses doigts pour garder l'équilibre. C'était plus facile qu'il ne le pensait – et bien plus aisé que ses séances d'escalade précédentes.

Il remonta jusqu'au sommet de la citadelle et contempla son île natale. Il huma une odeur musquée en provenance de la forêt et sut aussitôt que c'était celle d'un animal à sang chaud. Cette nourriture lui mit tant l'eau à la bouche qu'il en fut effrayé. C'était comme si une force naissait dans son estomac et montait jusque dans sa gorge. Kana aurait voulu hurler d'horreur à l'idée de ce qu'il devenait car cela signifiait que ces changements – les griffes, les écailles, son appétit pour les bêtes sauvages – étaient les symptômes d'une bactérie étrangère qui l'avait infecté. Or ce n'était pas ce qu'il ressentait. Ce qui s'était emparé de lui provenait du plus profond de son être, comme si cela avait toujours été là.

Il se sentait *bien*.

Kana, le garçon timide et faible de Bliss, appartenait au passé. Il devenait quelqu'un ou *quelque chose* d'autre. Il comprit ce qu'il devait faire dans les jours à venir.

Il serra les dents et remit ses bottes. Il sentit de nouvelles plaies se former, mais ignora la douleur. Marine et Liam ne devaient rien savoir. En tout cas, pas tout de suite. Sa priorité était d'arriver jusqu'au fleuve et de les mettre sur un bateau afin qu'ils quittent Bliss. Peu importait le calme actuel. Les créatures seraient bientôt là.

Il en était certain.

CHAPITRE 35

La patience n'avait jamais été le fort de Marine. Tandis qu'elle faisait les cent pas dans la chapelle, elle remarqua une petite porte qui donnait sur un escalier.

« Il y a un escalier, annonça-t-elle à Liam assis sur un tas de pierres. Je devrais peut-être aller jeter un coup d'œil. »

Liam secoua la tête. « Mauvaise idée.

— Je ne m'éloignerai pas. »

Il se leva et la rejoignit. Tous deux scrutèrent l'obscurité à leurs pieds. « Ça n'a pas l'air très prometteur, dit-il. Attendons ici. Kana ne va plus tarder.

— Peut-être qu'il y a un garde-manger. »

Liam haussa un sourcil. « J'en doute. »

Marine lui tendit la bougie. « J'y vais, OK ?

— Garde la bougie.

— Non. C'est la seule qu'on a. Du moins, tant que nous n'avons pas retrouvé celle que j'ai fait tomber. Ne t'inquiète pas.

— Attends une seconde. »

Liam prit un morceau de bois détrempé, enroula des tiges d'algues sèches autour et l'alluma à la bougie. La torche de fortune dégagea une épaisse fumée, mais produisit une petite flamme.

Il la tendit à Marine.

« Fais vite. Je ne pense pas qu'elle tiendra longtemps. »

Marine commença à descendre lentement, s'assurant à chaque marche qu'elle ne céderait pas. De petits cailloux et du sable roulaient sous ses semelles. Non loin, de l'eau gouttait et les murs étaient froids et humides.

Au bout de quelques mètres, elle s'arrêta. Elle ne voyait presque rien. Son cœur battait si fort que ses oreilles bourdonnaient. Le bruit de l'eau s'intensifiait, semblant provenir à présent de quelque part sous ses pieds.

« Marine ? Tout va bien ? l'appela Liam.

— Je remonte bientôt. »

Dans le silence qui suivit, les gouttes d'eau parurent de plus en plus proches. Marine tendit la main en direction du bruit et sentit la surface froide du mur se terminer par un angle. Elle devina qu'elle était tombée sur un autre escalier, plus petit et plus étroit. *Descend-il jusqu'à la mer ?* Peut-être menait-il à une pièce remplie de vivres.

Elle entama la descente sous une pluie de gouttelettes. La torche crachota et s'éteignit. Il faisait complètement noir, mais cela n'avait aucune importance. Elle savait comment retourner sur ses pas. Elle jeta la torche et descendit quelques marches sur la pointe des pieds en faisant des pauses régulières pour palper les murs. Ils étaient humides mais pas effrités.

Le bruit des gouttes se transforma en ruissellement. L'air avait une odeur âcre de moisi. Puis l'escalier se termina. En tâtonnant, Marine découvrit une barrière métallique qui obstruait le passage. En son centre, une porte entrouverte grinça lorsqu'elle la poussa.

Tout en se disant qu'elle ferait mieux d'aller retrouver Liam, elle s'attarda en imaginant ce que cet endroit pouvait bien être. Une grande réserve, un couloir, un sous-sol ou… C'était excitant.

Elle fit un pas en avant et se rendit compte que le bruit de l'eau s'était arrêté. *Quand s'était-il arrêté ?* Elle ressentit un certain malaise et repassa la barrière.

« Oui… Tu ferais mieux de partir. »

Elle se retourna brusquement. La voix, douce, un peu rauque et teintée d'un étrange accent, venait de quelque part dans la pièce. C'était une voix de femme.

« Dans la forêt, beaucoup de choses s'éveillent et elles veulent que vous partiez. Comprends-tu ? »

Il fallut plusieurs secondes à Marine pour saisir ce que la voix venait de dire. Elle avait l'impression d'être sous l'eau.

« Allez-vous-en et suivez le ruisseau qui traverse un ravin. Prenez le sentier de l'autre côté des vieux murs. Ensuite le chemin dans la forêt qui part de l'arche de pierre blanche. Le connais-tu ? »

Marine acquiesça.

« Vous trouverez une rivière et une grotte. À l'intérieur est caché un navire. Prenez-le et partez.

— Qui êtes-vous ? demanda Marine. Parlez-vous de l'entrepôt des pêcheurs ?

— Tais-toi. »

L'eau se remit à goutter, mais il y avait quelque chose d'autre, le bruit du crissement du gravier.

« Partez, dit la voix. Ils ont senti votre odeur et ils viennent vous chercher. »

CHAPITRE 36

Dans la chapelle, Liam se massait les tempes. La pression le soulageait. Il fermait les yeux si fort que les muscles de son visage lui faisaient mal. Lorsqu'il se décontracta enfin, il crut entendre la petite voix de Francis au loin.

« Francis ? » appela-t-il.

Il imaginait son frère roulé en boule, pleurant jusqu'à ce qu'il s'endorme, comme après la mort de leur mère.

Arrête. C'est inutile. Liam se leva et secoua la tête violemment. Puis il remua ses jambes pour essayer de détendre ses mollets et ses cuisses. *Ressaisis-toi.*

Ce fut la douleur dans son bras qui lui fit reprendre ses esprits. Sa cheville allait mieux, mais l'état de son bras avait empiré. Il l'élançait atrocement. Il avait besoin de lekar.

Soudain il leva les yeux.

Il pensait avoir entendu un bruit au-dessus de lui. Il marcha jusqu'à l'escalier menant au toit et appela Kana. Aucune réponse. Il gravit quelques marches, appela de nouveau et revint sur ses pas. Cela arrivait souvent à Kana de partir de son côté pendant un long moment. *Bon sang, Kana n'avait pas son pareil pour trouver des champignons.*

Ses yeux repéraient tout malgré l'obscurité. Et dernièrement, ses facultés remarquables ne se limitaient pas à ses yeux. Il repensa au moment où Kana avait refermé la porte dans la maison du maire.

Il bougea son membre blessé et poussa un cri. La douleur le transperça jusque dans l'épaule et le cou. Il regarda son bras. *Gangrène.* L'espace d'un instant, il visualisa le moignon de Palan et commença à s'affoler. De petits signes montraient que quelque chose n'allait pas : ses orteils se recroquevillaient et, malgré le froid, il transpirait. *Du calme. Ne panique pas.*

Afin de se concentrer sur autre chose, il prit la bougie et fit méthodiquement le tour de la pièce. Au fond, il monta sur l'estrade. Alors qu'il examinait la chaire en pierre, il trébucha et atterrit sur un tas d'algues froides et mouillées. Il eut la sensation que son bras était perforé par des aiguilles chauffées à blanc. Il jura. Il était sur le point de se relever quand il remarqua un cadenas attaché à un petit tiroir métallique enchâssé dans la chaire.

Au terme de patients efforts, le tiroir céda dans un bruit de succion, comme le ferait un bocal hermétiquement fermé. Il était bordé de caoutchouc. Liam avait déjà vu ce type de joint. Souvent, dans les villes en bord de mer, les gens conservaient leurs papiers importants dans des tiroirs comme celui-ci pour les protéger de l'humidité ; sa propre mère avait mis ses papiers et ses bijoux dans une boîte de ce genre. Liam glissa la main dans la boîte et en sortit une feuille de papier, si fine et si vieille que, dans la lumière de la bougie, elle était presque translucide. C'était un plan de la citadelle sur lequel apparaissaient l'escalier principal, la chapelle et le toit avec ses pelouses et ses arbres. On voyait également le deuxième escalier, celui que Marine explorait en ce moment même, qui semblait mener à un sous-sol sous la tour.

Le croquis était dessiné à l'encre noire passée mais quelqu'un avait tracé trois X à l'encre bleue le long du second escalier. Une flèche partait du pied de l'escalier et pointait vers le sous-sol. Liam étudia le schéma avec attention, sans réussir à comprendre ce que les X et la flèche indiquaient.

À cet instant, Kana émergea silencieusement de l'ombre.

« Ce n'est pas trop tôt, dit Liam. Il me faudrait un peu plus de lekar. »

Il n'en restait pas beaucoup. Liam en étala sur son avant-bras. Même si, sur le coup, la plaie le démangea, il ne ressentit bien vite plus qu'un petit picotement avant que le bras entier soit anesthésié. Il rendit le flacon à Kana.

« Où est Marine ? » demanda Kana.

Ses yeux étaient brillants et ses joues rouges. Il avait l'air en meilleure santé que Liam et Marine. La bougie éclaira ses jambes musclées et Liam remarqua une tache sur sa botte droite.

« Elle est allée jeter un coup d'œil dans cet escalier, dit-il. Qu'est-il arrivé à ton pied ? C'est du sang ?

— J'ai glissé. J'ai eu de la chance, ce n'est qu'une égratignure. »

Il regarda la porte sombre.

« Elle ne va pas tarder, déclara Liam. Comment étaient les îles aux Chênes-Nains ? »

Kana secoua tristement la tête. « Pas de bateau de secours à l'horizon, mais au moins je n'ai vu personne rôder dans les parages. Qu'as-tu trouvé ? ajouta-t-il en désignant la feuille.

— Un schéma du sous-sol. C'était dans un tiroir étanche aménagé dans la chaire », répondit Liam en la lui tendant.

Quelques secondes plus tard, un rat traversa le sol de la chapelle en courant. Kana et Liam le regardèrent avec curiosité. Ils en avaient vu quelques-uns du côté des docks, mais il y en avait très peu à Bliss. Puis ils en virent un second et un troisième. Ils venaient de la cage d'escalier que Marine avait empruntée. Au moins une dizaine d'autres rats déboulèrent.

« Qu'est-ce que c'est que ces rats ? » murmura Liam. Il regarda le schéma que Kana tenait entre les mains puis lorgna les trois portails en fer rouillé empilés sur le sol.

« Attends une minute ! Les trois X représentent les trois portails.

— Hein ?

— Les gens qui s'étaient planqués ici. Ils allaient les utiliser pour empêcher quiconque de monter. Regarde la flèche. Elle doit indiquer un moyen d'entrer dans le sous-sol de l'extérieur et les gens qui étaient ici allaient utiliser ces portails pour bloquer tout accès à la tour. Mais ils ne l'ont jamais fait.

— Pourquoi ?

— Qui sait ? Mais cela signifie qu'on peut accéder à la tour du sous-sol. »

La peur déforma le visage de Kana.

« Marine ! hurla-t-il en se précipitant vers la porte. MARINE ! »

CHAPITRE 37

Marine entendit Kana l'appeler, déjà consciente que quelque chose la poursuivait, remuant et grondant dans l'obscurité. Et cette chose n'était pas seule. Marine grimpa l'escalier quatre à quatre. Plus bas, elle distingua les bruits d'une lutte à mort : des grognements, une course, des corps projetés sur le sol, puis un râle d'agonie. *Était-ce la femme ?* Elle faillit faire demi-tour, mais son désir de fuir l'emporta. Soudain elle heurta son frère.

Elle faillit basculer en arrière, mais Kana la rattrapa par le bras et la tira vers lui. « Marine ! Que se passe-t-il ?

— Ils arrivent ! dit-elle, à bout de souffle. Cours ! »

Quand ils déboulèrent dans la chapelle, Marine prit Liam par la main et tous trois traversèrent la pièce à toute vitesse avant de dévaler l'escalier principal.

Au loin, le tonnerre retentit.

Arrivés au rez-de-chaussée, ils se faufilèrent par l'ouverture, sautèrent de pierre en pierre et rejoignirent rapidement l'estran. Ce n'est qu'alors qu'ils firent une pause pour reprendre leur souffle. Les nuages s'étaient éloignés et la lune était aussi blanche que de la mousseline.

« Les créatures sont-elles derrière nous ? » demanda Marine.

Kana secoua la tête.

Liam mit le sac contenant leurs effets sur son épaule. Il était terriblement léger. *Les bougies.* Les deux seules qu'ils possédaient étaient restées dans la citadelle. Le sac ne contenait désormais plus que quelques pommes à moitié pourries, une boîte d'allumettes, de la corde et une pierre à feu.

Le tonnerre gronda de nouveau, juste au-dessus de l'île. Il grondait toutes les dix secondes. L'orage semblait stationnaire. Au-dessus d'eux, le ciel était clair.

« Qu'as-tu vu en bas ? demanda Liam, les mains appuyées sur ses genoux.

— Je… Je n'ai rien vu, dit Marine. Mais je les ai entendues. Elles étaient nombreuses.

— Combien ?

— Je ne sais pas… Il y avait aussi une femme. »

Kana se tourna vers la citadelle. « Une femme ? Comment était-elle ?

— Je ne sais pas. Il faisait trop sombre. Elle m'a dit que nous devrions suivre le chemin partant de l'arche en pierre.

— Tu as discuté avec elle ?

— Pas vraiment. Elle a précisé qu'au bout du chemin il y aurait une grotte et un navire. » Marine vit l'expression sur le visage de Kana et leva les mains en l'air. « Je ne sais pas quoi te dire d'autre. Ce qui compte, c'est que c'est le chemin dont tu parlais. N'est-ce pas, Liam ? »

Celui-ci visualisa la carte. « Je crois. Mais qu'est-ce que ça peut faire ? Je croyais qu'on était d'accord pour ne pas retourner dans les bois. »

Kana enfonça son pied dans le sable humide et posa doucement la main sur l'épaule de son ami. « Nous n'avons pas le choix.

— Pourquoi ? » s'écria Liam.

Kana désigna les îles aux Chênes-Nains. « Quand j'étais tout en haut, j'ai jeté un coup d'œil aux alentours. L'estran est bien trop accidenté pour que nous le traversions. C'est trop dangereux. »

Liam secoua vigoureusement la tête. « Plus dangereux que retourner dans les bois ? Tu rigoles !

— De toute façon, intervint Marine, nous ne pouvons pas rester ici. »

Liam grimaça. *Elle a raison. Nous ne pouvons pas traîner ici.* « OK, dit-il. Nous reprendrons cette conversation plus tard. »

Ils traversèrent rapidement le mélange de sable, de cailloux, d'algues et de boue, puis s'arrêtèrent pour se repérer. Marine pointa du doigt un ruisseau peu profond qui coulait vers la citadelle. Le reflet de la lune lui donnait l'air d'un serpent.

Au bout de ce qui leur sembla des heures, ils atteignirent enfin les falaises. Là, le ruisseau continuait sa course dans les terres le long d'un ravin étroit.

Marine le leur indiqua d'un geste et personne ne discuta. Cela faisait plusieurs heures qu'ils avaient quitté la citadelle et rien ne montrait qu'ils étaient suivis. La peur les avait quittés et leurs forces avec. Liam, en particulier, avait l'air exténué, le visage rouge, le front couvert de sueur et les yeux brûlants.

« On dirait bien que tu as de la fièvre », lui dit Marine.

Elle posa le dos de sa main sur son cou et fut surprise par la chaleur de sa peau. Parfois, les infections tenaces nécessitaient des doses massives de lekar. Était-ce ce dont Liam avait besoin ? Elle jeta un œil vers Kana et lut l'inquiétude sur son visage.

De son côté, Liam ne se rendait pas compte de leur anxiété. Il se concentrait sur chaque souffle et chaque pas.

« Je vais bien, dit-il. Trouvons un abri. »

En entrant dans le ravin, ils formèrent une file indienne dont Kana prit la tête. Ils devaient marcher contre le courant. En quelques secondes, ils furent trempés jusqu'aux genoux. La pluie avait créé des dizaines de petites chutes d'eau qui tombaient de chaque côté et inondaient le chemin qu'ils suivaient, tant et si bien que le ruisseau grossit et le courant devint plus fort. Ils étaient engloutis par la brume et le bruit des cascades. Le chemin devint plus étroit.

« Parle-moi de la voix », chuchota Liam.

Marine décrivit au mieux sa rencontre dans le sous-sol de la citadelle. Une fois qu'elle eut terminé, Liam secoua la tête. « C'est étrange.

— Qu'est-ce qui est étrange ?

— Quand j'étais dans la fosse, j'ai cru voir quelqu'un. J'étais à peine conscient, mais j'aurais juré que c'était une femme. »

Surpris, Kana ouvrit la bouche. *Donc nous l'avons tous les trois rencontrée. Je ne suis pas fou. Elle existe.*

« Cette femme, dit-il. Répète-moi ce qu'elle a dit à propos du bateau. »

Marine essuya des gouttes d'eau froide sur son visage. « *Vous trouverez le fleuve et une grotte. À l'intérieur est caché un navire*, répondit-elle en soupirant. Elle n'a pas parlé de bateau, mais de navire. Si c'est bien le cas, il peut naviguer en haute mer. C'est mieux que ce qu'on trouverait dans l'entrepôt, non ?

— J'ai navigué sur le fleuve Coil des dizaines de fois, dit Liam. Je n'ai *jamais* vu de grotte.

— Mais tu as vu la cabane et le bateau de pêche. Donc si elle a tort, nous pouvons toujours rejoindre l'entrepôt. Le chemin nous mènera jusqu'au fleuve, ce qui signifie que les deux options sont possibles.

— C'est juste », répondit Liam qui trébucha et tomba à genoux.

Marine et Kana l'aidèrent à se relever. Il avait la peau moite et claquait des dents. « Nous devons nous reposer, dit Marine. Son état empire. »

CHAPITRE 38

Le ravin s'élargit suffisamment pour leur éviter de marcher dans le ruisseau glacé. Grâce à leurs bottes, leurs pieds étaient relativement au sec, ce qui ne les empêcha pas de continuer à souffrir du froid. Le sol était à présent composé de sable et de cailloux, facilitant leur marche. À la sortie d'un virage, ils aperçurent une protubérance rocheuse assez basse formant une sorte de grotte.

Ils rampèrent sous le surplomb et s'écroulèrent sur le sable. Marine s'approcha de Liam et posa sa main sur son front. « Tu es brûlant, dit-elle. Comment te sens-tu ? »

Liam grogna et ferma les yeux.

« Kana, je ne vois rien, dit Marine. Tu veux bien examiner son bras ? »

Kana se faufila jusqu'à Liam.

« Ça n'est pas très beau à voir, dit-il en soupirant. Le bras est très enflé, couvert de cloques et de pus.

— Tu crois que c'est la gangrène ? s'écria Marine, le ventre noué.

— Je ne sais pas. Mais nous devons utiliser tout le lekar qui nous reste. »

Avec beaucoup de précautions, Kana étala la pommade sur la plaie. Liam grimaça. « Assieds-toi, dit Kana gentiment. Il faut aussi que tu en manges un peu. »

Liam se rallongea. « Je veux que vous sachiez que, le cas échéant, je manierai le couteau moi-même. »

Il fallut à Marine plusieurs secondes pour comprendre ce dont il parlait. Puis elle en eut le souffle coupé. « Tout ira bien. Le lekar va te soulager.

— Je dis juste… Je le ferai moi-même », répéta Liam.

Il ferma les yeux. Kana regarda ses traits se détendre alors qu'il s'endormait.

Marine se frotta les yeux. Elle était fatiguée. Tout cela était trop difficile. Elle se tourna vers Kana. « Combien de temps avant que le lekar agisse ?

— Maintenant qu'il en a mangé, l'effet devrait être immédiat.

— Lui en faudra-t-il plus ? »

Kana détourna le regard. Il ne voulait pas lui donner de faux espoirs, mais il ne voulait pas non plus qu'elle panique. « Je ne sais pas. Chacun réagit différemment. Ma blessure a guéri vite, c'est pour ça il m'en restait autant. » Il toucha la cicatrice sur son visage. Il y avait juste assez de lumière pour que Marine le voie faire.

« Tu crois qu'on pourra en trouver plus ?

— J'en doute. Liam et moi en avons cherché en vain. Laissons-le dormir quelques heures. Ça pourrait suffire. »

Marine frissonna. Il faisait très froid. Elle avait l'impression que son esprit était anesthésié. Elle n'arrivait pas à trouver de position confortable. Elle finit par ramper à côté de son frère.

« Je n'arrive même pas à te voir, dit-elle en se rapprochant.

— Attention, dit Kana en écartant brusquement sa jambe.

— Oh ! s'écria Marine. Quelque chose vient de me griffer. »

Kana se figea. « Ça va ? demanda-t-il en tâchant de masquer son inquiétude. Qu'est-ce que c'était ?

— Je ne sais pas, répondit Marine, sous le choc. Kana…

— Oui ?

— Tu sais, au début, je ne voulais pas quitter l'île. À présent je donnerais tout pour être sur un bateau. Jusqu'à ce que je sois dans la citadelle, dans l'escalier, dans le noir le plus complet, je n'avais pas mesuré à quel point c'était difficile pour toi de ne pas voir. »

Kana enfonça ses mains dans le sable sec et frais. Cela l'apaisa. « Comment l'aurais-tu pu ?

— Tu avais peur d'aller dans le désert ?

— Un peu, admit-il.

— Parce que tu serais de nouveau aveugle ? Ce ne sera pas aussi dur que les années de soleil de Midi à Bliss.

— Je sais. Toutefois, ce n'était pas seulement le fait d'être aveugle. Cette île a quelque chose… Je m'y sens bien. Et je doute que ce serait le cas dans les Terres désertiques. »

Marine réfléchit. « Je comprends. » Pendant un instant, elle se remémora les moments où elle escaladait les falaises avec Liam et le jour où ils avaient découvert la statue de la vieille sorcière. Elle avait l'impression que cela remontait à des années. « Vraiment, je comprends. »

Non, tu ne comprends pas, pensa Kana. *Et comprendras-tu quand je te dirai tout ?* Kana fixa ses pieds. Il sentait ses griffes compressées dans ses bottes. C'était de plus en plus douloureux. Si la forêt était assez obscure, il pourrait peut-être se déchausser sans que ses compagnons s'en rendent compte.

« Je n'arrive pas trouver une position confortable, se plaignit Marine qui ne cessait de gigoter. Mon cœur bat à toute allure…

— Marine ?

— Oui ?

— Tu te rappelles quand papa m'envoyait nourrir les moutons dans le pâturage derrière la maison ?

— Oui.

— Je détestais ça. C'était bien avant que j'aie des lunettes et je suppliais papa de…

— Me laisser venir avec toi.

— Exactement, mais il m'obligeait à y aller seul. Pour m'endurcir, j'imagine. » Il marqua une pause avant de reprendre. « C'était horrible. Je ne voyais rien et j'étais terrifié à l'idée de me perdre. Une fois je me suis caché sous ton lit et tu m'as trouvé. Tu te souviens de ce que tu m'as dit ?

— Comme si c'était hier, assura-t-elle en revoyant les épaules tremblantes de son frère et la manière dont il avait serré sa main.

— Eh bien, aujourd'hui c'est pareil, sauf que je suis celui qui voit. Je serai vos yeux, à Liam et à toi. »

C'est alors que Liam gémit dans son sommeil et se retourna.

Kana jura. *C'est inévitable. Liam va avoir besoin de plus de lekar.*

« Marine, as-tu toujours le couteau ? Celui que nous avons pris dans la maison du maire. »

Marine se redressa si rapidement qu'elle se cogna la tête contre la roche. « Oui, mais, Kana, tu n'as pas l'intention de…

— Non, en tout cas pas pour l'instant. Laissons-le se reposer. »

CHAPITRE 39

Quelques heures plus tard, la fièvre de Liam tomba. Profondément endormis, Marine et Kana furent réveillés par le tonnerre. Marine ne réalisa pas que Liam était réveillé et en meilleure forme jusqu'à ce qu'il parle.

« Il fait vraiment sombre ici.

— Liam ! » s'écria Marine, l'excitation perçant dans sa voix.

Elle rampa jusqu'à lui et posa la main sur son front. Il n'était plus chaud. « Comment va ton bras ?

— J'ai l'impression de l'avoir laissé sur un feu de camp pendant toute la nuit, mais ça va mieux.

— Kana, tu peux y jeter un œil ? »

Kana rampa sur le sable. Son pantalon et son pull étaient couverts de boue et de morceaux d'algues. Il regarda le bras de Liam attentivement. « Il a désenflé.

— Enfin une bonne nouvelle », se réjouit Marine en ébouriffant les cheveux de Liam.

Le tonnerre gronda et fut suivi d'un autre coup.

« Nous devrions y aller, déclara Marine. Liam, tu es capable de marcher ?

— Je crois, oui.

— Il ne pleut pas et la lune luit dans le ciel, reprit-elle après avoir rampé jusqu'à l'entrée de la grotte. Vous ne trouvez pas ça bizarre ?

— Vraiment ? dit Kana. Même avec ce tonnerre ?

— Ça ne peut pas être le tonnerre, annonça Liam qui sortit de la grotte pour aller près du ruisseau. Il n'y a pas d'éclairs. Et puis le tonnerre débute toujours par un roulement lointain avant de devenir plus fort, comme un craquement. Et ainsi que l'a dit Marine, il ne pleut même pas. »

Il fronça les sourcils. Quand il s'était réveillé de son sommeil fiévreux, le tonnerre était le premier bruit qu'il avait entendu. Il était constant, comme si un orage terrible rôdait.

« Alors qu'est-ce que c'est ? demanda Kana.

— C'est ce que j'essaie de comprendre, répondit Liam. Le bruit revient toutes les dix secondes, n'est-ce pas ? Comme si c'était mécanique. Kana, tu te souviens des blocs construits dans la paroi du canyon ?

— Oui ?

— Selon toi, à quoi ressemblaient-ils ?

— Je ne sais pas. À quoi penses-tu ?

— À des portes. On dirait d'énormes portes en pierre. Il y en a beaucoup. Et si le tonnerre était le bruit des portes s'ouvrant l'une après l'autre ?

— Pourquoi s'ouvriraient-elles aussi régulièrement ? demanda Marine en sortant son nez de son ciré dans lequel elle s'était blottie pour avoir chaud. En général, les portes s'ouvrent quand les gens vont et viennent.

— Peut-être s'ouvrent-elles à la Tombée de la Nuit. Dans un ordre précis. Peut-être que tout est minuté. Enfin, je n'en sais rien. Ce que je veux dire, c'est que ce n'est pas le tonnerre.

— Nous ferions mieux de nous mettre en route », conclut Kana.

Après s'être élargi sur plusieurs centaines de mètres, le ravin se rétrécit de nouveau au point de les enserrer entre ses parois. Au bout d'une vingtaine de minutes, il se termina en cul-de-sac. L'eau s'insinuait entre les rochers qui le fermaient et tombait dans une mare noire et profonde. La lune brillait faiblement, comme si des couches de nuages translucides l'obscurcissaient. Marine marcha jusqu'à la mare et but. L'eau était âcre et fraîche. Une brume de vapeur tournoyait autour de leurs pieds. C'était un endroit mélancolique.

« Et maintenant ? demanda Liam.

— Quittons le ravin et allons à l'arche de pierre blanche, dit Marine. La femme a dit qu'elle se trouvait juste derrière les vieux murs.

— Hum, marmonna Liam. Nous ne savons pas qui t'a parlé. Pourquoi pars-tu du principe que cette femme essaie de nous aider ?

— Quel autre choix avons-nous ?

— Et si la voix que tu as entendue était celle de l'une de ces créatures ?

— Si les créatures pouvaient parler, elles auraient dit quelque chose dans la maison du maire, non ? objecta Marine.

— Comment était la voix ? intervint Kana. Ressemblait-elle à celle d'une habitante de Bliss ?

— Non, mais je n'ai eu aucun problème pour la comprendre. Par moments, elle était dure, mais soudain elle devenait douce.

— Elle m'a déjà parlé, murmura Kana. Je pensais que c'était un rêve.

— Quand ? demanda Liam.

— Peu importe », répliqua Kana.

Liam eut brutalement une étrange sensation. *Que nous cache Kana ?* Il se tourna vers Marine. « J'ai un mauvais pressentiment. Surtout parce qu'elle nous dit de retourner dans la forêt. Nous pourrions y courir un danger mortel.

— Écoute, si tu veux rester ici et mourir de froid en débattant de cette question, libre à toi. Je suis d'avis de trouver un bateau. Et vite. C'est risqué, mais c'est notre meilleure option, s'énerva-t-elle.

— Du calme, dit Liam. Nous essayons juste de réfléchir.

— Nous ne pouvons pas passer notre temps à réfléchir ! Ça ne nous fera pas quitter l'île ! »

Marine contourna la mare et sauta sur les rochers. Derrière, elle découvrit un sentier menant jusqu'à une prairie. « Je vais trouver cette arche, d'accord ? »

Peu après, elle était hors de vue.

Liam observa Kana : son visage était plus pâle et sa mâchoire plus proéminente que dans ses souvenirs. Il plongea la main dans le sac, en sortit l'une des dernières pommes et la lui tendit.

Kana eut un mouvement de recul et envoya la pomme par terre d'un revers de main.

« Kana ! protesta Liam, sous le choc, qui se pencha pour ramasser le fruit.

— Je ne veux pas de tes pommes, dit Kana qui paraissait prêt à se battre. Alors ne me les mets pas sous le nez.

— OK. Tu veux bien me dire pourquoi tu es en colère ? »

Kana lui lança un regard noir, puis ses traits et ses épaules se détendirent. « Je suis désolé, dit-il en secouant la tête. Je… Je ne suis pas moi-même. »

En son for intérieur, Liam sentit la panique monter en lui. Ils étaient tous épuisés, physiquement et moralement. Pour ne rien arranger, leur plan s'écroulait. Il avait peut-être peu de chances d'aboutir, mais au moins il était raisonnable, basé sur des faits. Il y avait bien un entrepôt de pêcheurs le long du fleuve. Et un bateau. Ils s'étaient mis d'accord pour y aller et ce consensus avait fait d'eux une équipe. Mais maintenant, Marine était partie et Kana piquait une crise.

« Kana, ce que tu dis n'a aucun sens. Que t'arrive-t-il ? »

Kana resta silencieux pendant un bon moment. Quand enfin il parla, des larmes coulaient sur ses joues et sa voix tremblait. « Liam, bien que nous soyons amis depuis très longtemps, je ne peux pas en parler… Pas pour l'instant.

— Pourquoi ?

— Écoute. Vous deux, vous devez quitter l'île.

— Pardon ? Tu veux dire nous trois.

— Oui, bien sûr », acquiesça Kana.

Et sans ajouter un mot, il se mit en route sur le sentier qu'avait pris Marine.

CHAPITRE 40

En file indienne, ils suivirent le sentier étroit qui longeait la falaise et se poursuivait dans la prairie. Ils traversèrent des bosquets et des taillis, des haies et des buissons envahis de liseron épineux. Ici, Marine et Liam voyaient relativement bien. Malgré des nuages parsemés, la clarté de la lune leur permettait de discerner les contours du paysage.

Kana, lui, se guidait aussi à l'odeur. Il l'avait d'abord sentie dans le ravin et depuis elle n'avait fait que s'amplifier. Elle attisait une faim si dévorante qu'il avait peur de devoir la satisfaire. *Attention. Ne te trahis pas. Pas tout de suite.* Il pensa à son explosion de colère contre Liam. *Par quoi avait-elle été provoquée ?* C'était comme s'il perdait le contrôle de son corps *et* de ses émotions. Il devait rester l'ancien Kana un peu plus longtemps. *Arriver au bateau. Voilà l'objectif. Le bateau. Y arriver avant que les autres se réveillent.*

Au bout d'une heure, la pluie se remit à tomber. Au début légère, elle devint rapidement plus forte et les gouttes de plus en plus froides au point de se transformer en neige fondue. Trempés et tremblants de froid, ils fixaient le sol à l'affût du moindre obstacle. Leur seule consolation était que la pluie effaçait leurs traces et, avec un peu de chance, leur odeur.

Ils s'accroupirent sous d'énormes rochers qui leur offrirent une maigre protection. Devant eux, le sentier descendait en pente raide. Le paysage évoquait un bol géant enfoncé dans la terre. Kana voyait un quadrillage de lignes droites : des murs. Ils touchaient au but.

Il regarda Liam et Marine. Pâles, frigorifiés, affamés, ils faisaient peine à voir. Puis au loin, quelque chose attira son attention. Il se leva et posa la main sur l'épaule de Marine qui se disposait à le suivre.

« Attends », dit-il. Il fixa l'orée de la forêt à quelques centaines de mètres d'eux. Après une longue pause, il secoua la tête. « Ce n'était rien.

— Tu es sûr ? demanda Marine. Nous ne devrions pas bouger tant que tu ne seras pas certain. »

Kana continua à scruter les bois. Pas le moindre mouvement. Ils reprirent leur marche vers le fond de la cuvette, se frayant un chemin parmi des fourrés et des ronciers et s'efforçant d'éviter des flaques boueuses. L'eau gouttait de partout : des feuilles, des branches, des épines. Bientôt, ils se retrouvèrent face à un embranchement. Le sentier principal continuait de descendre alors qu'un plus petit se dirigeait vers les falaises et l'estran.

Liam s'arrêta.

« Je préfère remonter plutôt que descendre dans ce truc », cria-t-il sous la pluie.

Marine hocha la tête. Elle ressentait la même chose mais était réticente à quitter le sentier principal. Elle se tourna vers Kana. « Qu'en penses-tu ?

— Le cimetière est par là, dit-il en pointant la cuvette. Je crois que ce sont les vieux murs dont parlait la femme. Si nous avons décidé de suivre ses instructions, alors nous devons passer par le cimetière. »

Marine regarda Liam. « Ça te convient ? »

Il haussa les épaules. « J'imagine que je n'ai pas le choix. »

Ils arrivèrent au fond de la cuvette en quelques minutes. Kana avait raison. C'étaient bien les murs du cimetière. Ils étaient organisés selon un quadrillage précis, comme un labyrinthe tentaculaire s'étendant à l'infini. Seules certaines parties étaient utilisées comme cimetière ; d'autres étaient délabrées. Des portiques vétustes mais imposants servaient de porte d'entrée aux différentes parties du quadrillage.

La dernière fois que Liam était venu remontait à deux ans, pour l'enterrement de sa mère. C'était pendant les années de Crépuscule, alors que le soleil était bas dans le ciel, à l'ouest. Il s'en souvenait parfaitement : les ombres longues, la fraîcheur dans l'air, le bruit des pelles creusant la terre, l'odeur de l'encens… Le pasteur qui avait prononcé l'éloge funèbre avait éclairé la pierre tombale avec une torche. Liam se rappelait à peine ce que l'homme d'Église avait dit. Il s'était occupé de Francis qui n'avait pas cessé de pleurer.

Il s'avança à pas prudents à travers les fourrés dégoulinants de pluie, s'approcha d'un portique et s'arrêta net. Marine le rejoignit. Malgré la pluie, elle distinguait les contours des pierres tombales. Kana et elle avaient aussi assisté à l'inhumation, ainsi que tous les habitants de Bliss. Elle revoyait Liam dans son grand manteau noir, tenant Francis par la main. Cette image lui avait brisé le cœur.

Kana les rejoignit. Il se sentait un peu faible, mais se força à concentrer son attention sur les murs. Deux fois plus hauts qu'un homme, ils étaient épais, assez robustes pour supporter le poids d'un toit ou contenir une attaque. Et, à l'évidence, on ne les avait pas construits pour entourer un cimetière.

« Ils utilisent cet endroit, murmura-t-il.

— Que veux-tu dire ? rétorqua Liam, perplexe.

— Nous utilisons cet endroit pendant le Jour et eux pendant la Nuit. C'est un cycle. Il en va de même pour les maisons, les bois, tout.

— Mais pourquoi ce lieu ? C'est *notre* cimetière. »

Kana avait une idée, qu'il préféra garder pour lui. Il franchit le portique et s'avança vers le mur le plus proche. Malgré la pluie, l'odeur était si forte que la tête lui tourna tant il avait faim.

« Je reviens tout de suite », dit-il.

Il escalada le mur tapissé de mousse. Il devait voir. Quelques secondes plus tard, il entendit quelqu'un derrière lui. C'était Marine. Elle avait l'air déterminée. *Je viens avec toi. Moi aussi, je veux voir.*

Une fois en haut du mur, Marine et Kana regardèrent le quadrillage de murs. Ils formaient des carrés d'environ cinq mètres de long et autant de large. Les premiers abritaient des tombes. Mais les suivants étaient remplis d'un liquide laiteux dont la surface bouillonnait et ondulait. À deux reprises, Kana entraperçut quelque chose de bossu et d'assez gros à la surface. Il sentait leur graisse et leurs muscles. *Qu'est-ce que c'est ?* De la nourriture. Et il ne pouvait pas se passer de nourriture éternellement.

Il jeta un coup d'œil à Marine. *Sait-elle ?* Sentant son regard sur elle, Marine se tourna vers lui.

« Kana, qu'est-ce que c'est ?

— Je ne sais pas », dit-il en faisant de son mieux pour cacher son mensonge.

CHAPITRE 41

Kana observa les créatures dans les carrés remplis de liquide. Il sentait leur odeur âcre et forte et il dut faire appel à tout son sang-froid pour feindre le dégoût.

Heureusement, l'attention de Marine était attirée par autre chose. Elle agrippa le bras de Kana et pointa du doigt quelque chose au loin, vers la forêt. La pluie avait diminué et la lune était apparue. Une arche de pierre se dressait à l'orée des bois.

« La voilà, chuchota Marine.

— Allons-y, dit Kana. Ils ne vont pas tarder à arriver. »

Ils descendirent du mur et rejoignirent Liam.

« Qu'avez-vous vu ?

— Des tombes, répondit Kana. Et ensuite, des carrés remplis d'eau. »

Liam ne leur posa pas de questions, surtout parce qu'il avait hâte de quitter l'endroit. Ils repartirent en direction de l'arche.

La pluie avait transformé le chemin en sentier boueux et le bord des flaques commençait à geler. Des vers sortaient de terre en se tortillant.

Lorsqu'ils sortirent de la vallée, Kana s'arrêta pour que Liam et Marine puissent reprendre leur souffle. La végétation était toujours constituée d'un mélange d'arbustes épineux et d'herbe battue par le vent. La forêt était à deux pas. Les arbres étaient enveloppés de plantes grimpantes.

« Baissez-vous ! dit Kana.

— Que se passe-t-il ? chuchota Marine.

— Là », répondit Kana en désignant de vieux arbres rabougris à flanc de colline à une quinzaine de mètres d'eux.

Dans l'obscurité, les objets immobiles étaient impossibles à voir, mais le moindre mouvement était facile à repérer. Quelque chose rampait au milieu des arbres et, alors qu'ils observaient, la chose se transforma en plusieurs dizaines de formes longues et fines qui se faufilaient vers les murs de pierre.

« Ils sortent des bois », chuchota Liam qui, dans un mouvement de panique, se jeta à terre.

Kana l'attrapa par son pull et le tira. « Debout. Nous devons partir. »

Ils progressèrent à pas de loup pendant plusieurs minutes et ne coururent qu'une fois sortis de la zone à risque. Le chemin serpentait vers les falaises avant de retourner vers la forêt. L'arche se trouvait droit devant eux. Haute de six mètres, plantée à l'orée de la forêt, elle semblait taillée dans un seul bloc de pierre. Ils s'approchèrent et l'observèrent avec circonspection. Derrière, un petit sentier s'enfonçait dans l'obscurité parmi les arbres.

Liam jeta un coup d'œil dans la forêt puis se retourna vers les falaises. « Ça n'a aucun sens », affirma-t-il.

Marine suivit son regard. « Que veux-tu dire ?

— Le sentier file apparemment droit vers le nord, à l'opposé du fleuve, vers le centre de l'île. »

Kana secoua la tête. « Nous n'en savons rien, répliqua-t-il sur un ton à la fois patient et exaspéré. Ce n'est que le début du sentier. »

Les yeux de Liam allaient de gauche à droite. « Ce que je veux dire, c'est que si nous suivons ce chemin, nous allons nous retrouver au beau milieu de la forêt. C'est de là que viennent ces créatures.

— Liam, nous ne pouvons pas passer notre temps à remettre nos décisions en question, soupira Marine. Si le sentier ne mène pas au fleuve Coil, nous pourrons toujours faire demi-tour. »

Liam scruta la forêt en plissant les yeux. « C'est suicidaire. Nous n'avons même pas de bougie. »

Marine désigna son frère d'un signe de tête. « Kana voit.

— Mais toi et moi serons aveugles.

— Pour l'instant, tout ce que cette femme a dit s'est vérifié. Elle avait dit de suivre la rivière puis le ravin, de dépasser les murs et de marcher jusqu'à l'arche. Et il y aura un bateau dans la grotte. Je le sais.

— Même s'il y a un bateau, il ne nous servira à rien sans pierre de soleil. Je ne connais pas suffisamment bien le ciel pour me repérer par rapport aux étoiles. Et avec toute cette pluie et les nuages…

— Trouvons d'abord le bateau, conclut Marine. Nous nous inquiéterons de la pierre de soleil plus tard. »

Liam bougea son bras blessé et le regretta immédiatement. C'était comme s'il était écorché. Son cou et ses épaules lui faisaient également mal et la douleur irradiait dans son dos.

« C'est important, dit-il tout bas. Je préférerais mourir sur cette île plutôt que de périr de soif au milieu de l'océan. Ici, s'il le faut, nous pouvons nous jeter du haut des falaises. Au moins, ce sera notre décision.

— Non, Liam ! s'exclama Marine. Pourquoi parles-tu ainsi ?

— Tu ne comprends donc pas ? hurla-t-il. Même si réussissons à traverser la forêt et à trouver le bateau, nous naviguerons sans but si nous n'avons pas la pierre de soleil. Ce n'est pas un plan, c'est juste une autre façon de mourir. »

Marine se mordit la lèvre. *C'est le moment*, pensa-t-elle. *Je ne peux pas le retarder davantage.*

« Liam, écoute, c'est de la folie, s'écria Kana.

— Non, s'obstina Liam qui leva la main pour le réduire au silence. J'ai raison et tu le sais. Si je dois mourir, je veux choisir où et quand.

— LIAM ! vociféra Marine. Liam, continua-t-elle plus doucement. Écoute ! *Nous avons cette fichue pierre de soleil !* J'ai cette fichue pierre de soleil. »

Kana et Liam se penchèrent vers elle. Marine fourra la main dans sa poche, en sortit la pierre de soleil et la posa sur la paume de Liam. Il s'agissait d'une petite pierre ovale dans un pendentif en or bordé de trois cent soixante petites marques – chacune correspondant au degré d'une boussole.

« Je l'ai trouvée dans mon sac quelque jours après notre excursion dans les bois. J'avais trop honte pour en parler. Je sais. Tout est ma faute. Mais maintenant nous avons la pierre de soleil, alors s'il vous plaît, pouvons-nous partir à la recherche du bateau ? »

Liam resta impassible pendant plusieurs secondes avant que tout son corps se mette à trembler. « Je suis retourné dans les bois pour chercher cette pierre ! J'ai *abandonné mon frère* pour cette pierre ! Et en fait, pendant tout ce temps tu l'avais avec toi ! hurla-t-il en serrant les poings si fort que ses jointures blanchirent.

— Je ne voulais pas que tu le fasses, murmura Marine dont les yeux s'emplirent de larmes. Je ne t'ai jamais demandé d'aller la chercher.

— Tu n'as *rien* dit ! »

Il se tut, regarda autour de lui et reprit d'une voix plus basse : « Et pendant tout ce temps, je culpabilisais ! »

Kana posa la main sur son épaule. « Nous n'avons pas le temps. » Il parlait lentement et calmement, en pesant chaque mot. « Je ne défends pas Marine. Je dis juste que nous devons partir. Nous avons une pierre de soleil, il ne nous manque qu'un bateau.

— D'accord », acquiesça Liam.

Il inspira à fond, cracha par terre et s'éloigna vers la forêt.

Marine courut après lui et tendit le bras pour le toucher. Il se retourna et lui jeta le collier à la figure. « Prends-le. Je ne veux pas être à nouveau accusé de l'avoir perdu. »

Sa voix était si amère qu'à cet instant Marine se demanda s'ils retrouveraient un jour leur relation d'avant. Elle mit le collier au fond d'une de ses poches.

Ils passèrent sous l'arche en pierre blanche et pénétrèrent dans les bois. Le vent forcit ; ils l'entendaient siffler dans les branches et souffler en rafales sur les cimes. Cependant, au niveau du sol, rien ne bougeait.

Furieux, Liam marchait silencieusement et ressassait l'incident. Il aurait dû se fier à sa mémoire. Il pensait bien avoir remis le collier dans le sac de Marine. Il n'aurait jamais dû aller le chercher dans les bois. Il aurait dû embarquer sur un bateau comme tout le monde et en ce moment même il naviguerait vers le désert avec Francis.

Il était difficile de conserver la notion du temps tout en suivant le sentier sinueux. Liam se dit qu'une heure était passée, puis se demanda s'il ne s'agissait pas en fait de plus longtemps. Son bras l'élançait.

Kana s'arrêta et leur fit signe de faire de même.

« Qu'y a-t-il ? demanda Marine.

— Nous sommes suivis. »

Liam se retourna. « Comment ça ?

— Celui qui nous suit n'est pas derrière nous, mais devant. »

Marine scruta l'obscurité. « Comment fait-il pour nous suivre, alors ?

— Il marche à la même vitesse que nous et reste hors de vue. Quand nous ralentissons, il ralentit.

— Mais *qu'est-ce* qui nous suit ? demanda Liam.

— Je ne sais pas. »

Kana regarda Liam et Marine. Ils étaient à bout de souffle, épuisés et frigorifiés. Liam grimaçait de douleur et se tenait le bras. Il avait cruellement besoin de lekar. « Je vais partir devant. Vous, restez ici et reposez-vous. »

Marine secoua la tête. « C'est une mauvaise idée de nous séparer, surtout parce que tu es le seul à voir.

— Je ne serai pas long. Nous avons besoin de savoir ce qu'il y a plus haut et peut-être que je trouverai le fleuve. Et il nous faut du lekar, ajouta Kana en désignant le bras de Liam.

— Donc tu veux qu'on t'attende ici ? insista Liam qui s'appuya sur Marine avant de se souvenir de la pierre de soleil et de s'écarter.

— Ici, les arbres sont immenses, dit Kana. Vous pouvez monter sur les branches les plus hautes et vous reposer jusqu'à mon retour.

— Comment veux-tu que Liam grimpe aux arbres dans son état ? marmonna Marine.

— J'en suis capable, rétorqua Liam avec irritation. Ce n'est pas le problème. Le problème est que nous serons coincés ici. Kana, et s'il t'arrivait quelque chose ? Que ferions-nous ?

— Je ne serai pas long, répéta Kana. En plus, je veux anticiper les difficultés à venir. »

Marine posa la main sur l'épaule de Liam. « Tu peux me passer le sac ? »

Liam le lui tendit. Elle l'ouvrit et en sortit une pierre à feu qu'elle donna à Kana.

« Tiens, dit-elle. Tu n'as peut-être pas besoin de lumière, mais tu pourrais avoir besoin de feu. »

Kana hocha la tête.

« Une heure, dit Liam. Pas plus.

— Je sais », répondit Kana.

CHAPITRE 42

Kana progressa à grandes enjambées jusqu'à ce qu'il ait l'impression que ses pieds touchaient à peine le sol. Il avait retiré ses chaussures pendant que Marine et Liam escaladaient un arbre à grand-peine et les avait laissées au bord du chemin.

Tout en courant, il s'émerveillait de constater à quel point son instinct s'était développé au cours des dernières heures. Il savait où marcher sans même regarder, comme s'il avait sillonné ces bois sombres toute sa vie. Les sons étaient amplifiés – le balancement des branches, le bruissement des aiguilles de pin, le cri des chauves-souris – et étoffaient la présence de la forêt. Par-dessus le vacarme des bois en train de s'éveiller, il entendait la créature qui se trouvait devant lui. Elle filait comme le vent, Kana à ses trousses.

Ce qu'il pourchassait était la même créature, ou la même femme, que celle qui avait parlé à Marine dans la citadelle. En fait, il avait l'intuition que cette *chose* le suivait depuis un bon bout de temps. Peut-être depuis des semaines, bien avant l'arrivée des bateaux des fourreurs. *La chose* était là, tapie dans l'ombre, jusque dans sa chambre. *Elle* l'avait attendu. *Elle* avait même pénétré ses rêves qui, bien sûr, n'étaient en fait ni des rêves ni un signe quelconque qu'il devenait fou. En fait, *cette chose* avait certainement su ce qu'était Kana bien avant qu'il le sache lui-même.

Dans l'immédiat, il n'avait qu'un seul but : attraper cette chose. Ce n'était pas exactement un plan. Il ne faisait qu'obéir à son instinct. Il sentait s'effacer à la vitesse grand V son ancienne vie de garçon faible et aveugle.

Il finit par repérer une trouée dans la forêt. On aurait dit qu'un incendie avait décimé une partie des arbres avant de s'éteindre rapidement. Les restes des troncs calcinés étaient éparpillés au milieu d'une étendue d'herbes hautes. Il entendait les chauves-souris voler dans la forêt. Soudain il se rendit compte que la créature avait disparu. Peut-être était-elle retournée vers Marine et Liam. C'était toutefois une possibilité assez mince. La chose le suivait, lui.

Il inspira à fond. L'air semblait parcouru de courants tantôt chauds tantôt froids, comme quand il nageait dans l'océan près de la côte. Même s'il était enfoncé dans les bois, il savait qu'il n'était pas loin de la mer. Le fleuve Coil devait être plus proche qu'il ne le pensait.

Le sentier déboucha dans la grande clairière et bifurqua aussitôt pour se perdre de nouveau dans les bois. L'autre voie, un sentier secondaire à peine visible, traversait la clairière et descendait vers une prairie. L'espace d'un instant, Kana fut tenté de le suivre pour voir où il menait, puis il se rappela ce que la voix avait dit à Marine : pour trouver le bateau, ils devaient suivre le sentier principal.

Le simple fait de penser au bateau le ramena à ce qu'il était avant – Kana, le garçon avec une famille et une sœur jumelle, le garçon qui essayait de fuir l'île. Il devait trouver le bateau. Il devait le trouver pour Marine et Liam. Pour eux. Parce que lui ne quitterait *pas* cette île.

Voilà. C'était une vérité indéniable. Pendant longtemps, il avait refusé de l'admettre. Pendant tous ces mois où la ville s'était préparée au départ, Kana s'était senti plus déchiré que jamais. Pour lui la forêt prenait vie et, alors que tous les autres se plaignaient de l'obscurité grandissante, Kana se sentait plus que jamais dans son élément. Il repensa à ce moment sur les îles aux Chênes-Nains où il avait cédé à ce qu'il devenait. *Voilà qui je suis. Voilà quelle est ma place.*

Il retourna dans les bois au pas de course. Alors qu'il gravissait la pente, des croassements lointains brisèrent le silence. Ils devinrent de plus en plus forts jusqu'à ce qu'il ait l'impression que les corbeaux volaient juste au-dessus de lui.

Une fois au sommet de la colline, il s'arrêta au bord d'une falaise descendant à pic dans la forêt. Et au-delà, de l'eau. Il la sentait. Il s'obligea à se représenter le visage de Marine. *Ma sœur m'attend*, se dit-il. *Depuis combien de temps suis-je parti ?* Il l'ignorait. Il avait perdu toute notion du temps. *Je dois retourner à l'arbre où je les ai laissés.* Il fit demi-tour. Tout à coup, un craquement provint des arbres alentour. Surpris, il leva la tête et entendit un grognement rauque. Machinalement, il recula de quelques pas et tomba au milieu de cailloux et de buissons avant de trébucher et de dégringoler dans la pente derrière lui. Il tenta de freiner sa chute, puis comprit que c'était le moyen le plus rapide de s'éloigner de ce qui était en haut de la colline.

Quand il s'immobilisa enfin, il était couvert de boue. Le cœur battant, il se retourna avec nervosité vers la pente. Il ne perçut aucun mouvement. *Qu'est-ce qui avait grogné ? La créature était-elle toujours là ?* Puis il entendit l'eau. Elle était proche, très proche. Kana se remit en route et découvrit bientôt un ruisseau au courant rapide mais peu profond.

Il le descendit sur quelques centaines de mètres, s'agenouilla et but l'eau froide et rafraîchissante. Il reprit sa marche. Au bout d'un certain temps, les arbres s'ouvrirent et le ruisseau se mêla à un long fleuve. Sans aucun doute le fleuve Coil.

Alors qu'il se tenait là, il se souvint de Marine dans le ravin répétant les mots de la femme : *Vous trouverez le fleuve et une grotte. À l'intérieur est caché un navire.* « J'ai trouvé le fleuve », murmura-t-il d'une voix étrange et rauque qu'il ne reconnut pas.

Un peu plus loin, un autre cours d'eau se jetait dans le fleuve. Là, l'eau coulait sur des rochers plats parsemés de minéraux rouges et noirs et se répandait dans une fosse profonde avant de continuer sa course. Kana marcha jusqu'à la fosse et inspecta les lieux. De vieux pommiers à l'écorce arrachée se dressaient à proximité.

Une brise froide soufflait au milieu des arbres. L'air était lourd et sentait la moisissure, comme si des poignées de terre étaient jetées dans l'air. Il repéra des touffes d'herbes hautes et s'approcha. C'est alors qu'il vit qu'elles cachaient une large ouverture sombre.

L'entrée de la grotte.

CHAPITRE 43

Il fallut plusieurs minutes à Marine et à Liam pour grimper en haut de l'arbre et s'installer confortablement. De là, ils surplombaient la canopée et pouvaient voir le ciel. La lumière argentée de la lune illuminait un océan de cimes qui ondulait à l'infini. Ils avaient tous deux entendu parler de l'influence malfaisante de l'astre nocturne et de la folie qu'il déclenchait chez les hommes. Pourtant cette lune ne paraissait pas effrayante. Elle était magnifique, telle une divinité sereine posant son regard sur eux. Partout les étoiles scintillaient. Sans le froid vif, cela aurait été un moment de repos agréable.

Ils admirèrent les constellations pendant un moment jusqu'à ce que Marine prenne enfin la parole.

« Je n'ai jamais pensé que tu irais chercher la pierre de soleil. »

Liam la regarda d'un air absent. Il grogna et se retourna.
« Est-ce que c'est censé être une excuse ?

— Quand j'ai trouvé le collier…

— Tu aurais dû me le dire sur-le-champ, l'interrompit Liam. Rien de tout cela n'était nécessaire. Et pourquoi ? Parce que tu étais trop fière pour dire : *Désolée. En fait, j'ai retrouvé mon collier*. Et maintenant, regarde où nous sommes. » Liam désigna les cimes des arbres d'un large geste de son bras valide. « Marine… Je ne sais pas quoi dire. »

Elle changea de position pour soulager ses jambes. « Tu as raison, j'aurais dû te le dire, finit-elle par admettre.

— Mais tu ne l'as pas fait. Tu m'as laissé croire pendant des mois que j'avais perdu ton héritage. Je voulais me rattraper. » Il la fixa droit dans les yeux, les traits tirés. « Je ne sais pas à quoi je pensais. »

Marine hocha la tête et se concentra sur une branche en face d'elle qui luisait, peut-être à cause de la lumière de la lune ou de la glace. Elle n'arrivait pas à regarder Liam.

« À l'époque, ça me paraissait sans importance, dit-elle d'une petite voix. Je ne savais pas que ça nous mènerait à… tout ça.

— J'ai voulu retrouver le collier parce que je tenais à ce que tu aies la pierre de soleil dans les Terres désertiques, murmura Liam. Je voulais que tu l'aies dans le Cloître, quand tu serais toute seule. Je voulais que tu penses à moi. »

Marine le dévisagea. Il était si sincère, si triste. Elle sentit ses yeux s'emplir de larmes.

« J'aurais dû faire preuve de plus de jugeote, collier ou pas », conclut-il en secouant la tête.

Une minute passa, puis deux. Doucement, Marine tendit le bras et posa la main sur son épaule. Il ne se déroba pas.

Ils essayèrent de se reposer. Que ce soit illusoire ou non, ils se sentaient plus en sécurité là-haut – d'autant que la lune leur dispensait un peu de lumière. Marine s'appuya contre le tronc froid.

Une fois, ses yeux se fermèrent et elle se rattrapa de justesse. Près d'elle, Liam tremblait. Elle lui toucha le front. « Ta fièvre remonte », dit-elle.

Liam écarta sa main. « Je vais bien.

— Liam… Tu es malade. Nous devrions redescendre.

— Non. Il faut seulement que je me repose. »

Marine passa une corde autour du tronc, puis l'enroula autour de Liam et d'elle. Elle ferma les yeux.

Elle fut réveillée par Liam qui était en train de jurer, penché en avant, les jambes pendant dans le vide.

« Que s'est-il passé ? demanda-t-elle en tâchant de voir ce qu'il regardait.

— Bon sang, le couteau est tombé.

— Quoi ? Nous n'en avons pas d'autre !

— Je sais, s'énerva Liam. Il a dû glisser de ma poche.

— Peut-être qu'il est toujours sur la branche. Regarde bien.

— Non, je l'ai entendu tomber. »

Marine resta muette. Ils avaient perdu leur seule arme et Kana n'était toujours pas revenu.

Tout autour, les cimes des arbres ondulaient dans le vent. Des volutes de brouillard et de brume passaient au-dessus d'eux.

« Je dois aller le récupérer, marmonna Liam.

— Tu es fou ? protesta Marine, incrédule. Tu es trop mal en point. »

Liam s'agrippa au tronc de sa main valide. La rugosité de l'écorce l'aida à s'éclaircir les idées. « Il doit être au pied de l'arbre.

— Tu n'es pas en état !

— C'est exactement pour ça que je dois y aller. Je pourrais bien en avoir besoin.

— Attends ! »

Mais il descendait déjà en ignorant ses murmures inquiets. Marine se demanda si elle devrait le suivre.

Elle décida que non. Chacun ne ferait que gêner l'autre.

CHAPITRE 44

L'entrée de la grotte était basse et étroite. À mesure que Kana s'aventurait à l'intérieur, les parois s'évasaient et le plafond fut bientôt assez haut pour qu'il se tienne debout. Le sol était sec, mais les parois suintaient d'humidité. Au loin, il entendait ruisseler de l'eau.

Il avançait avec prudence. L'air, quoique étouffant et lourd, ne le gênait pas : les lieux clos l'apaisaient, lui donnaient plus d'assurance. Il tendit le bras pour s'agripper à une saillie rocheuse. À sa grande surprise, la paroi bougea. Il s'accroupit pour l'examiner. Ce n'était pas une paroi de roche mais une toile habilement peinte qui se fondait à celle-ci. Il tâtonna, trouva le bord et l'écarta. Derrière se trouvait une longue forme concave en bois. *Le bateau.* La coque était faite de planches lisses et une quille était posée dessus, telle une nageoire dorsale.

Kana inspira un grand coup. Enfin.

L'embarcation, qui mesurait moins de dix mètres de long, était sans doute plus grande et plus solide que la barque de l'entrepôt de pêche. La toile était probablement la voile et sous la coque il aperçut un gréement, une ancre et des pagaies. Il n'était pas un marin aguerri. Marine et

Liam sauraient se débrouiller, eux. Ce bateau pouvait naviguer en haute mer. Liam et Marine auraient une bonne chance de s'en sortir, surtout avec la pierre de soleil.

Pendant un instant, Kana les vit sillonner la mer sans lui. Il laissa l'image imprégner son esprit. Puis il s'imagina retournant seul dans les bois, dans la Nuit. Bien que l'idée de quitter Marine et ses parents l'attristât, cela semblait inéluctable, une prédiction divine. *C'est à ce moment que nos vies se séparent.*

Il passa la main sur la coque. Elle était chaude, presque vivante. Il s'enfonça dans la grotte et sentit le sol devenir froid et humide. Un profond sillon d'eau glaciale le creusait. Il y plongea la main sans toutefois toucher le fond et la porta à ses lèvres. Elle avait un goût minéral, comme si elle provenait du centre de la terre. Kana suivit la rigole pendant plusieurs mètres jusqu'à ce qu'elle disparaisse dans la roche. Elle devait sûrement se jeter dans le fleuve. Grâce à une réserve d'eau fraîche, on pouvait rester longtemps caché ici.

Il revint vers l'entrée et distingua un tas de cendres et de petits morceaux de bois, les restes d'un feu depuis longtemps éteint. À en juger par son apparence, la grotte était inoccupée depuis des années. Kana aperçut alors des dessins qui recouvraient une des parois.

Il s'avança pour les étudier de près. Ils étaient incroyablement réalistes. À côté de l'entrée, on avait représenté des bateaux traversant l'océan, toutes voiles dehors, rames levées au-dessus des vagues. On sentait leur mouvement rien qu'en les regardant. La couleur jaunâtre, presque safran des voiles indiquait que c'était des bateaux de fourreurs, peut-être en pleine attaque ou en pleine fuite. Des poissons semblaient sauter des parois dans une tentative désespérée de leur échapper.

Plus loin, les dessins avaient pour sujet la forêt. L'artiste avait reproduit à la perfection les pommiers qui gardaient l'entrée de la grotte.

Ses yeux passèrent des pommiers à deux personnes debout côte à côte, main dans la main, leurs visages de profil. Elles fixaient quelque chose qui n'était pas représenté. Kana aurait aimé poursuivre son exploration, mais sachant que Marine et Liam l'attendaient, il se força à partir.

Dehors, il remarqua un monticule de terre rectangulaire qu'il n'avait pas vu à son arrivée, ainsi qu'un jeune cerisier aux branches nues dont les plus basses étaient recouvertes de glace. La forêt serait bientôt méconnaissable.

Il devait se dépêcher. Le temps filait.

CHAPITRE 45

Très prudemment, Liam descendit de l'arbre. Avec une seule main, ce n'était pas une partie de plaisir. Sa fièvre était revenue, mais elle était supportable. Pour le moment, du moins. Cependant, son retour ne présageait rien de bon. Si Kana ne dénichait pas de lekar, il devrait…

Non. Ce n'est pas une pensée constructive. Ou bien si ?

Le besoin de vérité prenait maintenant le dessus sur le déni. Il en arriverait peut-être *là*. Et s'il devait se couper le bras, il lui faudrait enrayer l'hémorragie, cautériser la plaie. Et s'il perdait connaissance, il reviendrait à Marine ou à Kana de ramasser le couteau et de terminer le travail.

Liam secoua la tête. C'était assez de vérité dans l'immédiat.

Il n'en était pas encore là. Et peut-être qu'il n'aurait jamais à le faire. Kana trouverait peut-être le fleuve Coil. Et puisque les fougères poussaient souvent près de l'eau, peut-être aussi du lekar. Liam essuya son front trempé de sueur. *Fini d'espérer.* Trop d'espoir pouvait rendre la réalité plus difficile à accepter l'instant venu.

Il devait récupérer son couteau. *Ça*, c'était utile. Il descendit de l'arbre branche après branche. Parvenu sur le sol, il se figea et tendit l'oreille.

Rien.

Pas même un gazouillis. La forêt était anormalement silencieuse. Il s'accroupit et palpa la terre autour de lui. Il fallait simplement qu'il repère le couteau, le prenne et remonte dans l'arbre. Il fouilla parmi des feuilles mortes, des aiguilles de pin, de l'humus et de la mousse. En vain. Il faisait assez froid pour qu'une fine pellicule de givre tapisse le sol. Pourtant, il avait chaud et s'attendait presque à voir de la vapeur s'échapper de son corps.

Il élargit son périmètre de recherche. Deux pas en avant, puis deux à gauche et deux à droite et pareil de l'autre côté de l'arbre, en faisant des pauses de temps à autre pour écouter. Le vent souffla, les feuilles tourbillonnèrent, les branches s'agitèrent, permettant au clair de lune de traverser la canopée. Quelque chose brilla sur le sol, à environ six mètres. Liam, craignant de s'égarer, hésita avant d'avancer à quatre pattes dans sa direction.

Il se cogna contre un arbre. Il tâta le tronc pour essayer d'évaluer sa dimension et perçut une ouverture. Il ôta vivement la main, peu désireux de savoir ce qui vivait à l'intérieur. Alors qu'il continuait à avancer, il sentit quelque chose de dur sous ses pieds : un morceau de bois poli. Le manche du couteau.

Il soupira de soulagement et passa l'index sur le plat de la lame.

Crac.

Liam se figea. Le craquement d'une branche était en soi un bruit tout à fait normal… sauf qu'il signifiait aussi que quelque chose était là. Puis il entendit des bruits de pas précipités. Aucun être humain ne pouvait se mouvoir aussi vite au cœur d'une forêt plongée dans le noir. C'était autre chose. Et cela se dirigeait vers lui.

Son premier réflexe fut de se réfugier dans l'arbre. Il se ravisa, ne voulant pas révéler la cachette de Marine. Il se glissa dans le tronc creux. Il n'avait pas d'autre choix.

Le trou était juste assez grand. Des toiles d'araignée se collèrent sur son visage. Même après les avoir enlevées, il sentait toujours les fils sur sa peau. Il attendit et écouta, tous ses sens en alerte. Un insecte bizarre se mit à ramper sur son bras. Il s'apprêtait à l'écraser quand quelque chose passa devant l'arbre. Il sentit le déplacement d'air provoqué par la créature et son odeur. Il retint son souffle.

La créature poursuivit son chemin et s'arrêta à deux pas de l'arbre de Marine. Liam distingua un léger bruit de grattement, comme si la créature grimpait. Peut-être escaladait-elle l'arbre de Marine, peut-être pas.

Liam devait intervenir. Surtout maintenant qu'il avait le couteau.

Il sortit de sa cachette, inspira à fond et fonça. Quelques secondes plus tard, il se cogna contre la créature. Il hurla de douleur car son bras blessé avait absorbé le choc. La créature chancela en arrière et Liam lui sauta dessus. Il empoigna sa jambe à la peau froide et tannée, mais lâcha prise quand une protubérance coupante au niveau de la cheville lui cisailla l'épaule. La chose se jeta sur lui, le plaqua au sol et le prit par le cou.

Les larmes aux yeux, suffoquant, il repoussa violemment son agresseur et se releva d'un bond. Il appuya son genou sur la poitrine de la créature, prêt à lui asséner un coup mortel.

« Non ! C'est moi ! »

Enragé, Liam entendit à peine la voix, mais arrêta net son mouvement.

« LIAM ! NON ! »

Cette fois, il entendit distinctement le cri. C'était la voix de Kana. Il lui toucha le visage. C'était bien lui. Il baissa lentement son couteau.

« Tu allais…

— J'ai cru que tu étais l'un d'entre eux ! s'exclama Liam, haletant.

— Je sais, dit Kana, lui aussi à bout de souffle.

— Je me suis coupé sur ta jambe. » Liam écarquilla les yeux. « Ta jambe. C'est… »

Une serre sortait bel et bien de sa cheville.

D'abord sidéré, Liam comprit peu à peu. La force de Kana, sa vision nocturne, ses pieds griffus…

Kana était l'un d'entre *eux*.

« Ne dis rien à Marine, l'implora son ami. Écoute… J'ai trouvé le bateau. Je vous y mènerai. Et après, vous ne me reverrez plus jamais. »

CHAPITRE 46

Kana, Marine et Liam traversaient une partie peu boisée de la forêt que baignait la clarté laiteuse de la lune. Ils avançaient vite et, pendant un bon moment, aucun d'entre eux ne parla.

Tout en marchant, Marine guettait le moindre signe de lekar. Plus d'une fois, elle combattit la tentation de s'arrêter et de fouiller les lieux plus minutieusement. Sans lekar, Liam risquait de mourir bientôt, mais tous pouvaient mourir s'ils s'arrêtaient pour en chercher.

« Quel genre de bateau est-ce ? » finit-elle par demander, autant pour briser le silence pesant que pour satisfaire sa curiosité.

— On dirait une ancienne chaloupe de fourreur », répondit Kana d'une voix fatiguée.

Marine se tourna vers Liam avec un petit sourire forcé.

« Et tu as retrouvé le couteau. Bravo ! »

Liam, sans mot dire, échangea un regard avec Kana. À l'évidence, il s'était passé quelque chose entre eux, dont aucun des deux ne souhaitait parler.

« Quelle taille mesure le bateau ? » demanda encore Marine.

Elle se frictionna le visage pour réchauffer son nez et sa bouche, puis resserra l'écharpe autour de son cou.

Kana, qui l'observait, toucha son propre visage. Sa peau n'était pas froide, bien au contraire. « Je ne sais pas, dix ou douze mètres, répliqua-t-il.

— Plutôt dix ou plutôt douze ? s'écria Liam. Deux mètres représentent une grosse différence quand on navigue en haute mer. »

Kana lui lança un regard noir. « Je ne sais pas. Je n'avais pas de mètre à ruban sur moi.

— Qu'est-ce que ça peut faire ? intervint Marine. Ce n'est pas comme si nous avions le choix entre plusieurs bateaux. »

Ils poursuivirent leur chemin en silence. Il commença à pleuvoir et la pluie se transforma en neige fondue. Les flocons grossirent de plus en plus jusqu'à devenir des petits cailloux de glace qui leur piquaient la peau.

« Que se passe-t-il ? s'affola Marine, au bord de la panique.

— Je ne sais pas, cria Liam. Avancez. Restez sous les arbres. »

Puis, aussi brutalement qu'elle avait commencé, la grêle cessa.

Ils accélèrent le pas et arrivèrent dans la grande prairie qui avait été ravagée par le feu de forêt. Kana s'arrêta à l'embranchement. Le chemin principal revenait dans les bois et formait une pente raide au pied de laquelle se trouvait la grotte. L'autre sentier, moins visible, traversait la prairie. Au-delà, l'estran brillait au clair de lune. Ils s'attardèrent quelques secondes dans l'ombre, à l'orée de la prairie. Kana et Marine s'engagèrent sur le chemin principal et s'aperçurent que Liam ne les suivait pas.

« Liam, viens, dit Kana. Nous sommes tout près. »

Liam, le visage impassible, le dos bien droit, se tenait presque au garde-à-vous. « Dis-moi pourquoi tu retournes dans les bois.

— Parce que c'est la direction que prend le chemin », rétorqua Kana, crispé.

Il était clair que leur entrevue en bas de l'arbre y était pour quelque chose. Pouvait-il repousser l'inévitable jusqu'à ce qu'ils trouvent le bateau ? *Pas sûr.*

« L'autre sentier mène à la mer, reprit Liam, les yeux plissés. Même moi, je le sais.

— C'est vrai, acquiesça Kana en tâchant de maîtriser sa voix pour paraître le plus rassurant possible. J'ai failli suivre cette route, mais je te dis que le bateau est par là. S'il te plaît, Liam, allons-y. »

Liam ne bougea pas. « Non », dit-il fermement.

Marine fit un pas en avant. Cette discussion était devenue une confrontation. *Pourquoi Liam se comportait-il ainsi ?* Ils n'avaient pas de temps à perdre. Pas alors que Kana avait découvert le bateau et qu'ils étaient sur le point de quitter l'île.

« Liam, dit-elle avec calme, nous devons suivre Kana. »

Liam l'ignora. Il se dressa face à Kana. « Je te suivrai, à condition que tu *lui* révèles la vérité. Je ne vais pas faire comme s'il ne s'était rien passé.

— Quelle vérité ? s'exclama Marine. LIAM ?

— Pour l'instant, la seule chose qu'il importe de savoir est que j'ai trouvé le bateau, répliqua Kana en levant la main pour apaiser Liam. Rien d'autre ne compte. Rien. »

Lentement, Liam désigna son épaule ensanglantée. « Pourquoi mon épaule saigne-t-elle ? demanda-t-il. Parce que tu m'as coupé avec ta… Allez, dis-lui. »

Kana ne cilla pas ; toutefois, il pinça les lèvres.

« Nous n'avons pas le temps pour ça, dit Marine.

— Kana. C'est fini. Plus de secrets.

— J'en ai assez de toi », explosa Kana.

Il avança vers Liam en serrant les poings. Sa mâchoire tremblait. Ils étaient à peine à un mètre l'un de l'autre. Marine s'affola. Kana lui faisait peur, elle ne l'avait jamais vu comme ça.

« Ce n'est pas possible ! explosa-t-elle. Ça suffit, tous les deux ! En route !

— Je bougerai, finit par dire Liam, dès que Kana t'aura montré ce qu'il m'a montré. »

Marine le prit par l'épaule. « *Quelqu'un* va-t-il me dire ce qui se passe ? Tout de suite !

— Très bien ! dit Kana, la voix tremblante de rage. J'en ai marre. »

Il s'assit sur un rocher et entreprit de défaire les lacets de ses bottes. Quand il en eut terminé, tous contemplèrent ses pieds. Ils étaient maculés de sang. À l'évidence, ils étaient devenus trop grands pour ses bottes et se terminaient par des serres longues, épaisses et incurvées. Une couche de corne protégeait la peau. Des tendons et des muscles élargissaient ses chevilles, munies chacune d'un ergot. On aurait dit les pattes d'un immense oiseau de proie.

Marine, le souffle coupé, lança un regard à Liam, impassible.

« Tu es content ? » lui demanda Kana en le fixant.

Le visage de Liam était un masque. Certes, Kana avait été son ami ; désormais, pourtant, il constituait une menace.

Marine étudia son frère. Soudain, elle nota d'autres changements. *Comment n'ai-je rien remarqué avant ?* Sa peau était plus rêche. Il avait toujours été maigre, mais à présent ses épaules et ses bras étaient forts. *Même ses oreilles sont différentes – sont-elles plus grandes que dans mes souvenirs ?* Son esprit s'emballa et elle essaya de se rappeler quand ces transformations s'étaient produites.

« Je voulais te le dire, déclara Kana qui se leva et s'avança vers elle. Je sais que j'aurais dû te le dire, mais tu dois me croire pour le bateau. Je ne mens pas. »

Marine recula et s'enfonça dans l'ombre des arbres. Son esprit était confus. « Je ne comprends pas… Qu'est-ce que… Qui… ?

— Chut, l'interrompit Kana. Il y a un bateau. Je le jure. Pour vous deux. »

Marine plaqua sa main sur sa bouche. « Nous deux…, murmura-t-elle.

— Oui, dit Kana. Liam et toi.

— Tu es mon frère. Pourquoi cela t'arrive-t-il ? »

Kana grimaça. Il voulait simplement les mettre dans le bateau, et séance tenante. C'était tout ce qui importait. « Je ne comprends pas non plus. Cependant, je sais que Liam et toi devez quitter cette île.

— Pas sans toi. »

Les joues ruisselantes de larmes, elle regarda à nouveau ses serres. Elles étaient monstrueuses.

« Tu dois me faire confiance », insista Kana.

Il fit encore un pas vers elle. Instinctivement, elle recula, trébucha dans une racine et tomba. Kana se précipita pour l'aider.

« Laisse-la tranquille », s'écria Liam.

Il posa fermement la main sur l'épaule de Kana. Son message était sans équivoque : *Tu ne la toucheras pas.*

« Lâche-moi », dit Kana en le repoussant.

Liam le poussa à son tour. Kana ne bougea pas d'un pouce. Soudain il attrapa Liam par son bras valide et le tordit puis le catapulta dans la prairie. Liam heurta une souche et s'effondra dans les herbes hautes. Kana combla la distance entre eux d'un seul saut et agrippa Liam par sa chemise. Ce dernier se contorsionnait tel un poisson pris à l'hameçon. Du sang coulait d'une blessure à son front.

« Lâche-le, hurla Marine. Arrête ! »

Kana se tourna vers elle, l'écarta et reporta son attention sur Liam. Leurs visages n'étaient qu'à quelques centimètres l'un de l'autre. Aveuglé par la colère, il saisit Liam par le cou et serra.

Quelques secondes plus tard, il ressentit une douleur atroce à la tête qui se diffusa jusque dans son dos. Il lâcha Liam et s'écroula à genoux. Il palpa sa nuque en grognant et constata que ses doigts étaient maculés de sang. Pris de vertiges, il se mit à ramper. *Rejoins les arbres.* Cette injonction provenait du fin fond de son subconscient. Il s'arrêta quand il sentit les buissons autour de lui.

« KANA ! »

Marine se tenait au-dessus de lui, brandissant une branche d'arbre noueuse.

« Si tu lui fais encore du mal, je te frapperai plus fort. Tu as compris ? » vociféra-t-elle. Ses yeux lançaient des éclairs de colère.

Kana se leva tant bien que mal. Ses lèvres bougeaient, mais il lui fallut plusieurs secondes avant de pouvoir parler.

« Marine, je suis désolé », chuchota-t-il. Il tendit les mains vers elle. Alors qu'il la fixait, il eut la sensation fugace de recouvrer la raison, d'être celui qu'il avait été. Au loin, il vit Liam par terre, le visage ensanglanté. Il frémit. *Ai-je vraiment fait ça ?*

« Le bateau…, reprit-il.

— Va-t'en ! » hurla-t-elle.

Kana hocha la tête avec lassitude. Il chancelait, comme si son corps était ballotté par un vent violent. Sa vision se brouilla et, l'espace d'un instant, il vit les dessins de la grotte prendre vie. Il tendit la main vers eux, trébucha et dévala une pente abrupte. Il griffa la terre, mais ça ne servit à rien. Il prit de la vitesse et glissa dans un puits de ténèbres.

CHAPITRE 47

Marine fixait la forêt sans ciller. Elle baissa les yeux et, sous le coup d'une horreur soudaine, lâcha la branche qu'elle tenait. *Mais que vient-il de se passer ? Qu'ai-je fait ? Où est mon frère ?* Elle recouvra ses esprits et fut prise de remords. Elle repensa au moment où Kana était tombé dans le canyon près de l'étang. À cet instant, elle avait eu peur de le perdre pour toujours. Là, le même danger et la même peur semblaient s'être matérialisés.

« Kana ? » appela-t-elle.

Aucune réponse.

« Kana ? Je t'en prie, réponds-moi. »

Toujours rien.

« Marine », murmura Liam.

Il avait l'air sonné mais pas sérieusement blessé malgré le sang sur son visage qui lui donnait un air macabre.

« Je l'ai vu dévaler cette pente, dit Marine en pointant la forêt du doigt. Je ne sais pas où il est. »

Liam hésita pendant plusieurs secondes. « Que veux-tu dire ? s'enquit-il, désorienté. Où… Où est-il parti ?

— Je ne sais pas, répondit Marine d'une voix tremblante. KANA ! Reviens ! » Elle regarda autour d'elle comme si elle était perdue. « Nous devons retrouver mon frère », chuchota-t-elle.

Pourquoi ai-je mis tant de temps à me rendre compte que quelque chose n'allait pas ? Les indices étaient là depuis des mois : sa force soudaine, sa vision nocturne, sa perte d'appétit, ses cauchemars… Elle avait tout vu mais ne s'était posé aucune question.

Tout à coup, une énorme branche tomba non loin. Marine sursauta. Puis une seconde, dans un craquement assourdissant, qui sembla exploser en heurtant le sol.

Marine courut jusqu'à la prairie et aida Liam à se relever. Un autre craquement résonna dans la forêt. Cette fois, il était plus proche – c'était comme si la canopée s'était cassée en deux.

« Quelque chose approche », dit Liam.

Il se tourna vers le plus petit sentier qui traversait la prairie ; c'était celui qui allait dans la direction opposée à la grotte, celui que Kana leur avait recommandé de ne pas prendre.

Marine l'attrapa par le bras. « Stop ! chuchota-t-elle. Et la grotte ? Et le bateau ? Et Kana ? »

Brusquement, la forêt ne fut plus qu'une explosion de bruits : un mélange de grognements d'animaux, de branches arrachées et de rochers qui se fracassaient les uns contre les autres. Tout cela provenait du chemin principal, celui menant à la grotte. Liam la tira par le bras, mais c'était inutile, Marine fonçait déjà sur le sentier à travers la prairie. La prairie descendait en pente avant de s'arrêter devant une épaisse rangée d'arbres. Liam jura.

Le sentier continuait dans les bois et ils n'avaient d'autre choix que le suivre. Très vite, cependant, il devint de moins en moins visible. Des branches leurs griffaient le visage et les bras, ils trébuchaient sur des racines. Marine supportait tout : la sensation de brûlure dans ses poumons, le picotement douloureux dans ses doigts, la chaleur se diffusant dans son cou et son crâne. Des sensations simples et primaires. Elle courut jusqu'à ce que ses jambes se dérobent sous elle.

Puis ce fut le noir complet.

Elle fut réveillée par ses propres halètements. Elle entendit progressivement d'autres bruits : le vent, le craquement des arbres morts… et autre chose. Une voix. Celle de Liam.

« Lève-toi, Marine. Lève-toi. »

Elle leva la tête. Elle avait de la terre et des aiguilles de pin collées aux lèvres. Elle s'essuya du revers de la main et se mit à genoux en tremblant. Liam l'aida à se lever.

« Que s'est-il passé ? demanda-t-elle.

— Je crois que tu t'es évanouie.

— Où sommes…

— Chuut. » Liam essayait de voir ou d'entendre quelque chose. Ils se tenaient au milieu d'arbres bas, ce qui permettait à la lumière de la lune de leur parvenir. Des ombres de feuilles et de branches dansaient sur leurs visages effrayés. Sentant une présence, Liam se retourna et perçut du mouvement ; une chose puissante se déplaçait lentement. Il tira Marine derrière lui.

La bête avançait, prudente mais curieuse. Deux yeux jaunes et mornes s'ouvrirent. La créature, aussi grande qu'un homme et aussi longue qu'un cheval, avait quatre pattes et son corps trapu était couvert d'écailles noires. Son museau charnu était bordé de défenses hérissées de pointes d'une trentaine de centimètres qui ressemblaient à des bouquets de dagues.

« Le rat », chuchota Liam.

Il reconnut la tête empaillée qu'il avait déballée. Mais la créature accrochée sur son mur était plus petite que celle qui se tenait devant eux et n'avait pas de pointes.

La créature avançait vers eux en reniflant l'air et en faisant de grands mouvements de tête d'avant en arrière. Les défenses et les pointes brillaient dans le clair de lune. Ses petits yeux restaient fixés sur Liam et Marine. *Avait-elle une bonne vue ?* Difficile à dire.

« Y a-t-il un arbre auquel grimper ? » murmura Liam.

Marine chercha autour d'elle. Les arbres étaient trop petits pour supporter leur poids.

« Pas dans les environs. »

Liam acquiesça alors qu'ils reculaient lentement. « Alors on va devoir courir.

— On l'a déjà fait et il nous a suivis. »

Marine se demanda si leur chance avait finalement tourné. Ils n'avaient pas d'autre choix qu'affronter cette chose.

« Tu as le couteau ? » chuchota-t-elle en tendant la main.

Liam le sortit lentement du sac. Il l'avait emballé dans des feuilles et de la vigne vierge pour éviter de se couper.

« Que vas-tu faire ?

— Tu vas voir. Donne-le-moi. Le sac aussi. »

Liam les lui passa. Marine souffla.

« Liam… Il faut que tu coures, peu importe dans quelle direction. *Maintenant.* »

Marine fit un pas en arrière, ce qui attira l'attention de la créature. Toutefois, quand Liam détala à toutes jambes, la bête oublia Marine et le suivit dans les bois. Le rat géant se mouvait bizarrement et détruisait les branches et les arbustes qui avaient le malheur de se trouver sur son chemin en donnant des coups de museau.

C'était maintenant à Marine de jouer.

Elle s'élança à la poursuite du rat. Si le timing était important, la visibilité l'était encore plus. Elle devait agir vite, tant que la lune brillait. Elle progressait aussi discrètement que possible. Ce n'était pas difficile, ils faisaient assez de raffut pour couvrir tous les autres bruits.

Elle pressa l'allure et ne fut bientôt plus qu'à quelques centimètres du rat. À ce stade, son plan n'était que pure improvisation. La créature n'était pas un coq qu'on pouvait fourrer dans un sac en toile. Elle avait une longue queue semblable à un fouet, qui fort heureusement n'était constituée que de muscles et de peau. Marine sauta sur son dos et agrippa ses écailles alors que la bête s'agitait en tous sens pour tenter de se débarrasser de l'intruse. Marine était ballottée mais tenait bon, en appui sur la tête du rat dont la queue lui fouettait le dos. Il rejeta son museau en arrière juste au moment où, de sa main gauche, Marine lui enfonçait le couteau dans l'œil et le crâne.

Le rat siffla, hurla, rua. Marine perdit prise et tomba. La créature agita aveuglement ses défenses d'un côté et de l'autre et lui érafla le dos. Marine s'éloigna à quatre pattes. La bête s'écroula, se contorsionnant de douleur et déchiquetant les arbustes alentour. Un mélange nauséabond de pus et de sang coula de son œil blessé. Finalement, elle s'immobilisa.

Après avoir attendu une minute, Liam rampa jusqu'à elle, retira le couteau de son œil, essuya la lame par terre et le glissa dans sa ceinture. Il courut vers Marine et l'aida à se relever.

« Tu vas bien ? »

Marine hocha la tête, épuisée. Quand elle vit ses bras maculés de sang, elle poussa un cri étouffé et les frotta contre son pantalon avant de se pencher et de vomir.

Liam posa la main sur ses omoplates. Quelques minutes plus tard, elle s'essuya la bouche et se tourna vers lui.

« Allons-y, dit-il. Revenons sur nos pas. Nous devons retrouver notre chemin. »

Ils tombèrent sur ce qui ressemblait à un sentier, mais qui disparut au bout de quelques mètres. Ils essayèrent en vain de retourner à l'endroit où ils avaient tué le rat ; dans une forêt aussi dense, il n'y avait aucun point de repère, aucun moyen de se dire avec certitude : *oui, nous sommes passés par là*.

De petits cristaux de glace se mirent à tomber du ciel. Contrairement au grésil, ils étaient si petits qu'ils semblaient flotter. Marine et Liam avaient tous les deux vu de la grêle lors d'orages violents pendant les années d'Après-Midi, mais ça jamais.

« Je crois que c'est de la *neige*, dit Liam en ôtant les flocons de ses sourcils et ses joues.

— Oui, acquiesça Marine. C'est étrange, tout est si… paisible. »

Elle frissonna, ce qui lui rappela qu'ils devaient avancer. « Sais-tu où nous sommes ? »

Liam regarda autour de lui, tâchant de déterminer leur position. L'obscurité les entourait. Ils parvenaient toujours à voir un peu, car la lune procurait une lumière ambiante et la clarté se réfractait du ciel aux nuages et vers la forêt, mais tout détail était gommé. La forêt se renfermait sur elle-même, effaçant toute différence entre les arbres et les sentiers.

« Nous devons retourner à la prairie pour retrouver Kana », dit Marine.

Elle prononça ces mots en fixant ses pieds. *Cela avait-il encore un sens ?* Oui ! Ils avaient besoin de Kana pour trouver le bateau. Elle s'accrochait à l'idée que Kana allait bien, que tout ceci n'était qu'une hallucination cauchemardesque. Elle savait qu'elle prenait ses désirs pour des réalités.

Elle entendait la respiration de Liam. Elle sentait sa présence, ce qui la rassurait. Au moins, elle n'était pas seule. Elle pensa à Kana, *abandonné* quelque part sur l'île. Peu importait ce qui avait un sens et ce qui n'en n'avait pas. L'essentiel, c'était de retrouver son frère. Retrouver Kana.

Liam fixait le labyrinthe d'arbres. Il toucha le visage de Marine. Il était aussi froid que le sien. « Je suis désolé, Marine. Je crois que nous sommes perdus. »

CHAPITRE 48

Kana se réveilla par étapes. Tout d'abord, il prit conscience du balancement régulier de son corps. Il avait mal à la tête, il était épuisé et ce ne fut qu'au prix de gros efforts qu'il parvint à ouvrir les yeux. Il vit le sol bouger.

Il lui fallut un certain temps pour comprendre que quelqu'un le portait. Il ouvrit la bouche et voulut crier mais ne parvint qu'à cracher des postillons. Aussitôt, sa bouche fut recouverte par quelque chose de froid et caoutchouteux. Il reconnut l'odeur de moisi et d'humidité. La même que dans son rêve. Il se débattit, en vain. L'objet sur sa bouche le serrait comme un étau et, peu à peu, Kana prit conscience qu'il s'agissait d'une main. Puis une voix lui parla. Elle était criarde et gutturale bien qu'indéniablement féminine.

« Si tu fais du bruit, tu les attireras, gronda-t-elle. Je vais te poser, mais tu dois rester silencieux. »

Elle retira sa main. Kana glissa vers l'avant et, quelques instants plus tard, il était adossé contre le tronc d'un arbre immense. Il cligna des yeux, s'efforçant de voir ce qui l'entourait. Le sol était tapissé de mousse et les arbres étaient très espacés. Partout de grandes poutres en bois environnées de brouillard s'élevaient telles les colonnes d'un temple depuis longtemps oublié.

La femme qui l'avait porté – il était certain que c'était celle de son rêve – semblait s'être évaporée dès qu'elle l'avait posé par terre. Tout à coup, une silhouette sortit de l'obscurité. Elle se mouvait rapidement, avec souplesse. Elle avait un visage fin, des oreilles pointues, de grands yeux de chat et des cheveux roux. Elle était vêtue de peaux de bêtes et des colliers de cuivre pendaient à son cou. Ses bras, quoique musclés, étaient gracieux ; ses mains et ses doigts semblaient plus longs que ceux d'une personne normale. Elle mesurait au moins un mètre quatre-vingts, et ses jambes étaient fermes et joliment galbées. Sa peau brune scintillait comme si elle était saupoudrée de petits éclats de verre, dont la couleur changeait tandis qu'elle marchait. Elle était aussi belle qu'effrayante.

Kana fut si surpris par son apparition qu'il rejeta la tête en arrière et se cogna contre l'arbre. Il porta la main à sa nuque et sentit un mélange de sang frais et de sang coagulé. La mémoire lui revient d'un coup. Il se souvint de sa soudaine rage meurtrière. Aurait-il vraiment tué Liam si Marine n'était pas intervenue ? Il n'avait jamais ressenti pareille fureur. Et pourtant, sur le moment, tout lui semblait si facile, si légitime : la colère, l'agressivité, la violence…

« Tes amis t'ont abandonné, dit la créature comme si elle lisait dans ses pensées. Tu as plus de chances sans eux.

— C'est *vous*, souffla Kana. C'est vous. Avant de parler à Marine, vous m'avez parlé à moi. Vous m'avez dit de rester loin des bois.

— Oui… Et tu ne m'as pas écoutée », répliqua la créature d'un ton froid. En un éclair, elle fut près de lui et s'accroupit à quelques dizaines de centimètres. Ses muscles étaient contractés, mais ses grands yeux irisés d'éclats ambrés étaient aussi immobiles et morts que deux presse-papiers de verre.

« Tes amis ne tiendront pas très longtemps. Ils sentent la peur à plein nez, ce qui attirera les chasseurs, surtout ceux qui aiment jouer avec leur proie. Ce petit rat qui les poursuit n'est que le moindre de leur souci. »

Il fallut quelques secondes à Kana pour donner un sens à ses paroles, puis il écarquilla les yeux et tenta de se lever.

« Je dois les trouver, dit-il. Je dois les aid… »

Soudain il prit conscience de l'absurdité de son projet. *Les aider comment ? Marine m'a assommé parce que j'allais étrangler Liam.* À présent, ils devaient le fuir, lui, au même titre que les créatures. Et non sans raison.

Le bruit d'un couteau qu'on sort de son étui l'arracha à ses pensées. Nonchalamment, la femme inclina une longue lame incurvée vers lui.

« Je t'ai guidé jusqu'à la grotte, dit-elle calmement. J'ai essayé, ajouta-t-elle avant de plaquer sa lame contre la gorge de Kana.

— Ne faites pas ça ! » l'implora le garçon, le souffle coupé.

Il avait du mal à ne pas bouger pour éviter de se faire couper. *Pourquoi fait-elle ça ? Pourquoi avoir attendu jusqu'à maintenant ?* Il devait gagner du temps.

« Je vous en supplie. » Ses yeux s'emplirent de larmes, ses jambes se mirent à trembler. « Vous n'avez pas l'intention de me tuer, sinon vous l'auriez fait il y a des semaines dans ma chambre. »

La créature hésita.

« C'est vrai. Je suis faible. » Ses longs doigts s'agitèrent aussi vite que les ailes d'un insecte et soudain le couteau regagna le fourreau attaché à sa ceinture. « Mais sache que je ne laisserai pas les chasseurs te voir. Je t'éliminerai avant. »

Elle se pencha, arracha une poignée de mousse et frotta vigoureusement la gorge de Kana.

« Pour masquer l'odeur du sang », expliqua-t-elle.

Kana soupira et réfléchit. Il ne pouvait pas se laisser surprendre à nouveau ; il n'y survivrait pas. « Sommes-nous loin de la grotte ? » demanda-t-il.

Il pensa aux dessins, à l'homme et à la femme. *Ressemble-t-elle à la femme dessinée sur la paroi ?*

« Elle est tout près.

— Et ma sœur ?

— Tu n'as pas de sœur. Cela, du reste, tu le sais déjà. »

Kana s'apprêtait à dire quelque chose, mais elle le coupa avec un sifflement.

« Chuchote ou tais-toi ! »

Kana serra les dents et soupira.

« Je ne peux pas les abandonner.

— Si, rétorqua-t-elle. Sous peine, sinon, de mourir à leur côté. Tu sens toujours l'odeur du Jour. »

Kana se releva tant bien que mal. La créature fit un pas en arrière pour lui laisser un peu d'espace.

« Combien êtes-vous ? murmura-t-il.

— Des milliers, répondit-elle d'une voix légèrement tremblante.

— Et tout le monde vit dans notre ville ?

— Nous sommes trop nombreux. Seuls les chasseurs ont le droit d'y demeurer. Et cette ville est désormais la nôtre, pas la *vôtre*, ou est-ce toujours confus pour toi ?

— Non, non. Je comprends. »

Kana se massa les tempes du bout des doigts comme pour aider son cerveau à assimiler ce qu'elle venait de dire. La neige tombait alors à gros flocons et recouvrait le sol d'une fine couche blanche. Kana ne remarqua pas le froid, même si ses pieds étaient nus.

« Tu ne devrais pas être ici, reprit la créature. Tu aurais dû partir en bateau comme les autres habitants du Jour. Ça a toujours été l'accord.

— L'accord ?

— Oui, à la tombée du Jour, vous quittez l'île. Tout doit être laissé exactement dans l'état où vous l'avez trouvé. Même lorsque nous avons gravé des marques sur votre porte – notre porte –, vous êtes restés, le vieil homme et vous.

— Vous l'avez tué.

— Pas moi, affirma-t-elle et ses yeux n'exprimaient rien, pas la moindre trace de sentiment ni de pensée.

— Mais l'un des chasseurs l'a fait.

— Oui. Et ils se feront un plaisir de faire subir le même sort à tes amis.

— Et à moi ?

— Ils te feront bien pire.

— Pourquoi ? Je suis l'un des vôtres, bredouilla-t-il et il lui lança un regard suppliant.

— Tu ne seras jamais l'un des nôtres. Regarde-moi, puis regarde-toi. Nous ressemblons-nous ? »

Elle avait raison. Certains traits de Kana étaient identiques – les doigts, les pieds, les yeux –, mais dans l'ensemble il ressemblait plus à Marine et à Liam.

« Mais je suis encore en train de changer…

— Moi aussi. La métamorphose débute avec l'arrivée de la lune. Tu vas peut-être te transformer un peu plus, cependant tu ne seras jamais comme moi. Tu ne pourras pas survivre à la Nuit. »

Kana détourna le regard. Il fut submergé par un profond sentiment de solitude, comme s'il était entraîné au fond d'un puits. *Je n'ai de place nulle part. Je n'en aurai jamais.*

« Si je ne suis pas l'un des vôtres ni l'un des leurs, alors que suis-je ?

— N'est-ce pas évident ? »

La créature tourna brusquement la tête et grogna – un grognement rauque et assourdissant. Celui d'un animal qui flaire un danger imminent. Kana ne vit d'abord que des nappes de brouillard, puis il distingua deux yeux brillants et les contours d'un corps grand et puissant.

Une autre créature. À la vue de Kana, elle gronda de surprise et bondit sur le tronc d'un arbre proche. Ses serres s'enfoncèrent dans l'écorce et elle disparut bientôt. Peu après, la créature aux yeux d'ambre sauta sur l'arbre et se tourna vers Kana.

« Suis-moi jusqu'à la cime, hurla-t-elle. Je vais la rabattre vers toi. »

Elle sortit le couteau de son fourreau et le lança à Kana. Sans réfléchir, il l'attrapa au vol.

CHAPITRE 49

Ils étaient complètement perdus. Marine prit Liam par la main et l'emmena dans la forêt. Leurs doigts entremêlés étaient leur seule source de réconfort. Bien qu'il fût impossible de mesurer le temps, Marine pensait qu'ils avaient repris leur marche depuis au moins une heure. De temps en temps, elle s'arrêtait et posait la main sur le front brûlant de Liam. La situation était critique, ils le savaient tous les deux. Et elle allait empirer.

De son côté, Liam s'efforçait d'ignorer sa fièvre et la douleur lancinante dans son bras. En fait, il essayait de tout ignorer pour ne se concentrer que sur la main de Marine dans la sienne et sur leur souffle se transformant en buée dès qu'ils expiraient. Il rêvait de couvertures, de chapeaux, de gants, d'un feu et surtout de lumière. Il se souvenait de la sensation du soleil sur sa peau et de la façon dont il lui faisait plisser les yeux. Il n'avait qu'un souhait : revoir la lumière du jour. Il voulait à nouveau sentir la chaleur du soleil comme lorsque Francis et lui couraient torse nu sur la plage.

Il fut le premier à entendre un ruissellement d'eau. *Je vous en prie*, pensa-t-il. *Faites que ce soit le fleuve Coil.* Leurs mains s'étreignirent plus fort et ils se dirigèrent vers l'eau. Liam se rendit compte que sa respiration était forte et irrégulière. *Les créatures peuvent-elles m'entendre ? Sont-elles proches ? Et Kana ?* L'espace d'un instant, il vit le visage pâle de son ami caché dans l'ombre. Puis il frissonna. *Qu'est-il arrivé à Kana ? Pourquoi Marine et moi ne vivons-nous pas la même transformation que lui ?* Une chose était claire : ils l'avaient abandonné à une mort certaine. Liam revoyait les mains de Kana autour de sa gorge. *Comment ne pas fuir ?* Et pourtant, toute cette histoire n'avait-elle pas commencé parce que Kana avait risqué sa vie pour lui en s'aventurant dans les bois plutôt que d'embarquer sur un bateau ? Et maintenant, Liam lui tournait le dos. *Quel genre d'ami suis-je ?*

Il entendit à nouveau l'eau couler. Le bruit s'intensifiait. *Le fleuve Coil. Faites que ce soit le Coil.*

Le sol devint détrempé et mou ; les arbres furent remplacés par des arbustes et ils virent enfin le ciel. Ils étaient dans une clairière tapissée d'herbes leur arrivant à la taille. Un cours d'eau rapide la traversait et brillait dans la lumière de la lune. La neige tombait.

« Le fleuve Coil », chuchota Liam.

Ses lèvres étaient gercées, ses cheveux emmêlés collaient à son crâne et il était en proie à des tremblements incontrôlables. Il ouvrit la bouche et essaya de parler, mais fut pris d'une quinte de toux. Marine passa un bras autour de lui. Elle aussi avait froid. Ils ne pouvaient pas continuer longtemps dans ces conditions. Ils ne disposaient que de quelques heures avant d'être paralysés par l'hypothermie.

« Tu as peut-être raison, répondit-elle. Cependant, ce cours d'eau me paraît un peu trop étroit pour être le fleuve Coil.

— Je… Je… J'ai besoin de boire, dit-il. Juste quelques gorgées. »

Marine l'empêcha d'avancer et tendit l'oreille. Elle se rendit compte qu'elle entendait de l'eau couler à plusieurs endroits, notamment tout près d'eux, presque à leurs pieds.

Elle s'agenouilla et tâtonna jusqu'à ce qu'elle repère un trou d'une soixantaine de centimètres de diamètre. Elle y glissa le bras et ne sentit que de l'air froid. Elle prit une poignée de terre et la jeta dedans. Quelques secondes plus tard, elle entendit un vague *plouf* une quinzaine de mètres plus bas.

« Il y a une rivière souterraine, dit-elle en regardant Liam. Si nous étions tombés dans ce trou… Reste ici. Je vais chercher de l'eau. »

Liam s'écroula dans la neige. Marine rampa vers l'eau, évitant deux autres trous en cours de route. Lorsqu'elle arriva enfin au bord du ruisseau, elle but autant que possible et examina les alentours, en quête d'un récipient.

Non loin, un tronc d'arbre mort se décomposait dans l'eau. Elle le tira vers elle et il se délita aussitôt. Elle aperçut un morceau de branche presque intact. Il n'était pas grand, peut-être quinze centimètres de diamètre et trente de long, mais il était creux et paraissait robuste. Elle pourrait y transporter de l'eau à condition d'en boucher le bout avec le doigt.

Elle le remplit et rejoignit Liam. Il était allongé par terre et Marine le crut évanoui. Elle murmura son nom et un son sortit de ses lèvres gercées. Elle l'aida à se redresser et versa l'eau dans sa bouche.

Quand il eut bu, il se rallongea et ferma les yeux. Marine s'assit à côté de lui.

Il finit par ouvrir les paupières.

« Je ne me sens pas très bien », dit-il.

Elle se pencha sur lui : « Tu vas t'en sortir. Je vais te chercher encore un peu d'eau. »

Avant qu'il puisse dire quoi que ce soit, elle prit la branche creuse et repartit. Elle imagina le visage de Liam déformé par la douleur. Le moment était imminent – son bras, le couteau. *Je ne peux pas le faire.* Elle frémit. *Si, tu le peux. Et tu le feras.* À moins qu'elle ne trouve du lekar avant.

Parvenue au ruisseau, elle s'aspergea la figure. Cela lui fit tant de bien qu'elle dut prendre sur elle pour se concentrer sur sa tâche.

La lune éclairait un large périmètre qu'elle passa au peigne fin en quête de la fameuse fougère : un bouquet de feuilles rondes entourant trois courtes tiges brun-rouge. Du lekar. Voilà ce dont elle avait besoin.

Au loin, elle entendit Liam tousser faiblement et l'appeler. Son cœur se serra. *Et s'il mourait ?* Elle repensa alors à ce qu'il lui avait dit, à sa suggestion terrifiante : ils n'avaient qu'à se jeter du haut d'une falaise. En terminer rapidement. Tout serait mieux que le présent : *Kana parti, Liam mourant, moi seule.*

La simplicité de cette pensée en entraîna une autre : *Abandonne Liam, saute dans le trou, la tête la première. Chute. Fin.* Elle sentit ses muscles se contracter en vue du sprint final. Puis son esprit se rebella et des images de Kana enfant et des séances d'escalade avec Liam formèrent un rempart contre ses pensées suicidaires. *Non. Je ne m'arrêterai jamais. Je continuerai.*

Elle s'agenouilla pour remplir la branche dans le ruisseau, puis se remit en route. Elle était si obnubilée par la crainte de renverser son eau que son pied passa trop près du bord d'un trou qui s'effondra sous son poids. Elle bascula, se raccrocha à l'herbe et réussit à se hisser sur la terre ferme. Elle sentait son pouls battre dans ses tempes. Elle réprima un sanglot. Sa branche était tombée et, quelques secondes plus tard, elle entendit un plouf.

Elle enfouit sa tête dans l'herbe. Ses bras et ses jambes tremblaient. Elle frotta si fort son visage contre le sol gelé qu'elle s'égratigna les joues. La douleur la fit revenir à elle-même. Elle regarda dans le trou. Un rayon de lune illuminait en partie la rivière souterraine ainsi que les parois parsemées de cailloux, de racines et de plantes minuscules. Alors que ses yeux s'habituaient à l'obscurité, elle aperçut des feuilles rondes entourant des tiges brun-rouge.

Des fougères.

Elles se nichaient à environ six mètres parmi des cailloux de la grosseur du poing que le ruissellement constant de l'eau rendait glissants. Elle voulut se jeter dans le trou et attraper les fougères au passage. Mais elle devait agir avec prudence et réfléchir. Pénétrer dans le trou était un jeu d'enfant ; en sortir serait bien plus difficile.

Elle écarta les jambes et les cala dans les herbes hautes. Puis elle glissa les épaules, la tête et les bras dans le trou.

Il ne faisait que soixante centimètres de large au niveau du sol, mais il s'élargissait peu à peu, tant et si bien qu'à la hauteur des fougères il mesurait un mètre et demi. Pour tester sa solidité, Marine tira sur un caillou. Il se détacha aussitôt et tomba. Elle scruta de nouveau les parois et elle remarqua un réseau de racines filandreuses qui évoquaient une toile d'araignée. Elle s'enfonça un peu plus pour mieux voir. Les racines, apparemment, tapissaient la paroi jusqu'en bas.

Soudain elle se rendit compte qu'elle n'avait pas entendu Liam depuis plusieurs minutes. Elle ferma les yeux pour lutter contre la peur. *Peu importe. Sans lekar, je ne peux pas l'aider.*

Elle posa son sac sur le sol à côté d'elle, puis elle se prépara. Elle glissa ses pieds en premier qu'elle cala contre les parois. Juste au moment où elle s'apprêtait à complètement entrer dans le trou, le boyau s'élargit et ses pieds pendirent dans le vide. *Il faut que j'attrape les racines.*

Elle tendit désespérément la main vers elles et en agrippa une poignée. Elles furent juste assez robustes pour supporter son poids pendant quelques secondes avant de lâcher. Elles formaient une sorte d'échelle de corde qui se désintégrait une fois utilisée. Alors qu'elle descendait, Marine remarqua que sa respiration était rapide et laborieuse : l'oxygène se raréfiait. Ses paumes devinrent moites et les racines commencèrent à lui glisser entre les doigts.

CHAPITRE 50

Elle frappa furieusement la paroi, en quête d'une prise solide. *N'importe quoi, une racine, un rocher, quelque chose qui ne lâcherait pas.* D'une main, elle se cramponna à une touffe de racines, qu'elle sentit céder. Elle agita les pieds. Le pied gauche effleura une masse compacte : un gros caillou, peut-être même un rocher. Elle n'avait pas le temps d'hésiter. Elle prit une profonde inspiration et fit porter tout son poids sur son pied gauche. Le rocher tint le coup et se révéla assez large pour qu'elle y place ses deux pieds. En fait, elle put même s'asseoir dessus. Les fougères se trouvaient juste en dessous, elle pouvait presque les toucher du bout des orteils.

Elle retira l'une de ses grosses bottes en cuir, avança jusqu'au bord du rocher et tendit son pied nu aussi bas qu'elle le pouvait. Délicatement, elle arracha les plantes avec ses orteils et en prit le plus possible. Elle fourra ensuite sa récolte dans ses poches.

Elle laça sa botte et réfléchit à la suite. En levant les yeux vers la lune et la neige, une chose devint claire : elle ne pouvait pas remonter de la même façon qu'elle était descendue. Il n'y avait plus de racines.

Comment vais-je sortir ? Il n'y a que six mètres, mais je n'ai rien à quoi m'accrocher...

Elle sentit la peur revenir, se frayer un chemin dans son corps, son cerveau. Non ! Elle avait trouvé du lekar, il était hors de question qu'elle cède à la peur, pas quand elle avait les moyens de sauver la vie de Liam. Elle examina méthodiquement les parois et aperçut une racine beaucoup plus épaisse et solide que les autres. Cette racine était sa planche de salut.

Elle prit dans sa poche la boîte en cuivre que sa mère lui avait donnée, celle qui contenait les scalpels. Elle se servit du coin de la boîte pour mettre la racine à nu. Comme elle l'espérait, celle-ci remontait vers la surface. Elle était robuste avec beaucoup de terminaisons qui s'enfonçaient plus profondément dans la terre.

Marine continua à creuser en suivant la racine. Au bout d'une vingtaine de minutes, elle avait presque atteint la surface. En levant les bras, elle constata que ses mains n'étaient qu'à soixante centimètres du bord du trou. C'est alors que la racine changea de direction et retourna vers le bas. Soixante centimètres. De l'herbe pendait par-dessus le bord. *Est-ce qu'elle tiendra ?* Marine inspira à fond et sauta.

Elle attrapa des touffes d'herbe et se hissa en se contorsionnant jusqu'à ce que son corps soit entièrement sorti du trou et allongé sur le sol. Elle tenta de reprendre haleine, mais ce n'était pas le moment de se reposer. Liam. Elle devait aller voir comment il allait.

Il était inconscient et avait du mal à respirer. Marine prit une poignée de fougères dans sa poche. Elles étaient tellement couvertes de moisissure qu'elles lui collaient aux doigts. Elle les fourra dans sa bouche et les mâcha jusqu'à ce qu'elles se transforment en une sorte de cataplasme gluant qu'elle étala sur le bras de Liam.

Elle passa ses mains froides sur les joues et le front de Liam pour le réveiller. Ses paupières frémirent, mais il n'ouvrit pas les yeux. Elle prit d'autres feuilles de fougères et les introduisit dans la bouche de Liam.

« Du lekar, chuchota-t-elle. Avale-le. Je vais te chercher de l'eau. »

Il se mit à mâcher. Marine courut jusqu'à la rivière et revint avec de l'eau dans le creux de ses mains. Pendant les quinze minutes suivantes, elle fit des allers-retours et apporta de l'eau à Liam qu'il but goulûment. Ses yeux étaient toujours fermés, mais en voyant la façon dont sa poitrine se levait et s'abaissait, Marine reprit espoir. Le lekar agissait rapidement. Il lui en restait beaucoup. Selon toute vraisemblance, plus qu'il n'en aurait besoin.

Elle s'assit à côté de lui et essaya de reprendre son souffle. Tous deux avaient besoin de repos. Ils se blottirent l'un contre l'autre pour se tenir chaud. Une heure passa et la neige qui tombait doucement rappela à Marine qu'ils ne pourraient pas rester là très longtemps. Ils devraient se remettre en route dès que Liam en serait capable.

À un moment, Marine retourna se désaltérer au ruisseau. Quand elle revint, Liam était en train de s'asseoir. Il avait les yeux ouverts, sa fièvre était tombée. Il la regarda, secoua la tête et lui sourit.

« Merci, Marine », murmura-t-il en lui étreignant les doigts.

Elle porta la main de Liam à ses lèvres et l'embrassa.

« Liam, dit-elle ensuite, nous devons retourner dans la prairie. Je suis sûre qu'il nous attend. »

Liam hocha la tête puis fit la moue.

« Que ferons-nous s'il n'y est pas ?

— Il sera là », affirma Marine.

Liam n'était pas convaincu. La question n'était pas seulement de savoir si Kana les attendait ou non dans la prairie, mais s'il *voulait* venir avec eux. Le Kana qu'ils connaissaient avait disparu, peut-être pour toujours. Toutefois, Marine avait raison : ils devaient partir à sa recherche.

Peu après, Liam se sentit suffisamment fort pour partir. C'était le bon moment : il allait mieux et la neige avait cessé de tomber. Ils se mirent en route d'un pas lent dans la direction qui, espéraient-ils, les mènerait jusqu'à la prairie où ils avaient laissé Kana. Le chemin suivait le cours d'eau qui finit par disparaître sous terre. Ce n'était pas le fleuve Coil. Marine et Liam accélérèrent le pas. Les arbres étaient de plus en plus grands et ils furent vite de retour dans la forêt sombre, se dirigeant vers un escarpement qu'ils ne connaissaient pas.

Lorsqu'ils l'atteignirent, la forêt se termina brutalement. Ils se tenaient au bord d'un gouffre et, dans le lointain, ils apercevaient une clairière. Apparemment, ils avaient retrouvé le chemin de la prairie et ils reprirent espoir. Mais celui-ci fut anéanti quand ils virent la lueur de la lune se refléter à la surface d'un étang.

Marine comprit la première. « Ce canyon… Nous sommes déjà venus ici. » Elle mit les mains contre ses yeux comme pour occulter ce qu'elle voyait. « De l'autre côté du canyon. Toi, moi… et Kana. »

Liam jura.

Marine regarda dans le canyon. Elle n'en voyait pas le fond, mais il y avait une série d'ouvertures parfaitement rectangulaires le long des parois. La dernière fois qu'ils étaient venus, elles étaient obstruées par des blocs de pierre. Ceux-ci avaient dû tomber ou être déplacés.

« Tu avais raison, chuchota-t-elle, si bas que Liam l'entendit à peine. Elles se sont ouvertes. Elles se sont toutes ouvertes. »

La neige recommença à tomber et le canyon se transforma en une masse blanche indistincte. Les nuages s'accumulaient, masquant la lune. Un vent glacial se leva.

« Je ne sais pas quoi faire, dit Marine, plus à elle-même qu'à Liam.

— Attendons que les nuages s'éloignent, dit Liam en prenant la main de Marine dans la sienne. Mieux vaudrait avoir un minimum de lumière pour reprendre la route. »

Quelques secondes plus tard, ils entendirent un craquement violent : une branche cassée intentionnellement.

« Kana ?! » chuchota Marine.

Un autre craquement, cette fois bien plus proche.

Liam prit la boîte d'allumettes dans le sac de Marine. Il en restait trois.

Il en prit une entre le pouce et l'index et la gratta. La flamme crépita avant de s'éteindre.

« Essaie encore, dit Marine.

— Nous n'en avons plus que deux.

— Ce n'est pas grave. *Vas-y.* »

Il gratta l'avant-dernière allumette. Celle-ci prit. La flamme illumina sa figure et ses mains ainsi que le visage de Marine. Elle avait l'air paniquée.

« Derrière toi », murmura-t-elle.

Liam pivota si vite que la flamme fut soufflée. Ils étaient à nouveau plongés dans le noir. Il se retourna vers Marine.

« Qu'est-ce que c'était ? Qu'as-tu vu ?

— Eux. »

Liam attrapa d'un geste malhabile la dernière allumette. Elle s'alluma. Il fit volte-face, plus lentement cette fois. La petite allumette diffusa assez de lumière pour révéler des dizaines de silhouettes qui le regardaient. Elles n'étaient qu'à quelques mètres de lui, et il voyait leur torse puissant se soulever à chaque respiration. Elles étaient plus grandes que lui. En apparence, leur visage était humain bien que leur peau soit tachetée et grise. La petite flamme vacillante se reflétait dans leurs yeux imperturbables.

Liam se retourna vers Marine. L'allumette, à demi consumée, commençait à lui brûler le bout des doigts.

« Marine. Les créatures sont aussi derrière toi. Elles sont partout. »

CHAPITRE 51

Kana vit la créature l'espace d'une fraction de seconde avant qu'elle disparaisse dans l'arbre. Il fixa le couteau dans sa main. Elle lui avait dit de la suivre. *Je vais la rabattre vers toi.* Ce qu'il fit ensuite relevait plus de l'instinct que de la décision. Il sauta sur le tronc de l'arbre. Sans chaussures pour comprimer ses pieds, il sentit ses serres s'enfoncer dans l'écorce. Il commença son ascension.

Il grimpa d'abord sans hâte, car ses muscles le brûlaient. Bientôt cette sensation disparut et il progressa plus vite. Peu à peu, ses mouvements devinrent moins gauches. À mi-hauteur de l'arbre, il regarda en bas et vit que la brume masquait le sol. Le vent s'intensifia.

Au loin, il discerna le raffut des deux créatures évoluant sur la cime des arbres. Il paraissait impossible de les suivre. Il y avait un espace de six mètres entre l'arbre sur lequel il se tenait et les branches de l'arbre le plus proche. Même s'il *pouvait* faire un bond pareil, l'extrémité des branches du pin ne supporterait pas son poids.

Malgré tout, il s'accroupit, resta dans cette position pendant quelques secondes, puis souffla un bon coup et bondit dans les airs en un mouvement aussi puissant que rapide. Il dépassa la branche qu'il visait et percuta le tronc. Au dernier moment, il essaya d'amortir le choc avec ses bras et faillit s'empaler sur le couteau qu'il tenait.

Il reprit son souffle et se mit à sauter d'un arbre à l'autre, améliorant petit à petit sa vitesse et son adresse. Il courait sur les branches, franchissait le vide d'un bond, attrapait une branche ou un tronc, puis courait de nouveau. Le temps d'atteindre une maîtrise parfaite, il avait perdu les deux créatures. Il s'arrêta sur une grosse branche et regarda autour de lui.

Il se tenait à la cime d'un saule. Plus vieux et plus haut que celui de Bliss, l'arbre dominait les environs. *Bliss.* Un visage apparut dans son esprit, celui d'une femme qu'il eut du mal à situer. Elle était près d'un vieux piano mécanique, dans une pièce spacieuse. Elle avait une peau brune et ses bras étaient couverts d'étranges marques. Il la connaissait. Et pourtant il ne savait pas exactement d'où. Il avait l'esprit confus, comme lorsqu'il dérivait à la frontière entre la veille et le sommeil, déchiré entre deux états de conscience. « Tu t'appelles Kana, se chuchota-t-il à lui-même. Et tu viens de Bliss. »

Soudain il entendit le bruit de sauts rapides sur des branches. Quelque chose se dirigeait vers lui. *Je vais la rabattre vers toi.* Les deux créatures approchaient. Kana s'accroupit et attendit. Il entendit un grognement, sentit un déplacement d'air. Il tenait fermement son couteau en main, prêt à l'utiliser. La branche sur laquelle il était bougea violemment ; une silhouette sombre tendit le bras vers lui, ses longs doigts à quelques centimètres de son visage. Puis Kana entendit un craquement ignoble et son assaillant tomba sur le sol.

Il regarda autour de lui et vit la créature aux yeux couleur ambre tout près de lui. Elle était apparue aussi silencieusement qu'un fantôme.

« Que s'est-il passé ? demanda-t-il.

— Je l'ai eue la première, dit la créature en désignant le sol.

— Elle est morte ?

— Oui. »

Kana se souvint de la surprise de l'autre créature. Il eut soudain envie de sauter et de la tuer lui-même.

« À nos yeux, tu es une abomination, reprit la créature. Les habitants du Jour ressentiraient la même chose s'ils savaient ce que tu es. Ta présence est intolérable pour les deux mondes. » Elle parlait sans la moindre émotion, comme s'il s'agissait de faits incontestables et ordinaires. « C'est très simple. Prends le bateau et va vivre ta vie. »

Kana fixa son visage impassible en essayant de comprendre. « Le bateau… C'est l'un de ceux que les fourreurs arriment à leurs navires, n'est-ce pas ?

— Si tu le dis.

— Que fait-il dans cette grotte ?

— Il peut naviguer en haute mer, si c'est le sens de ta question.

— Non, ce n'est pas ma question », répliqua Kana.

Elle soupira, comme si elle était irritée, puis dit : « Il y a des années de cela, un navire a fait naufrage et un homme est arrivé ici à bord d'un canot de sauvetage. C'était quelques mois avant l'Aube. Cet homme est parvenu à remonter le fleuve en pagayant dans le froid et l'obscurité. Il s'est réfugié dans cette grotte.

— C'était il y a environ quatorze ans ? »

La créature aux yeux ambrés fixa Kana.

« Oui. »

Kana se souvint de sa brève rencontre avec le fourreur sur les falaises, juste avant que les gens embarquent. L'homme avait raison. Kana *avait bien* les yeux bleu clair des fourreurs. Et contrairement au reste de son corps, ils n'avaient pas changé.

Il soupira et s'appuya contre le tronc du saule. « L'homme qui a fait naufrage… C'était mon père. »

Elle hocha la tête.

« Et les dessins sur les parois de la grotte ?

— Son œuvre. »

Une image se forma dans l'esprit de Kana : le monticule rectangulaire avec le pommier.

« Est-ce sa tombe près de la grotte ?

— Oui. »

Kana hésita. Il fallait qu'il sache, bien qu'il redoutât la réponse.

« Et ma mère ? » demanda-t-il en essayant de contrôler les tremblements de sa voix.

La créature détourna le regard. « L'une d'entre nous.

— Qui ?

— Une femme méprisable. Elle t'a laissé pour mort à l'orée de la forêt. À l'Aube, alors que tu n'étais qu'un nourrisson.

— Dans ce cas, comment…

— Deux habitants du Jour t'ont trouvé sur un rocher et ont pris soin de toi.

La créature leva les mains en signe d'impatience. « Fini de bavarder. Tu dois partir. »

Kana ignora son ordre. Les *habitants du Jour*. Cette expression déclencha un afflux de souvenirs. *D'autres parents, ceux du Jour*. Une image apparut dans son esprit confus. Le

Rocher de la Table, à la lisière de la forêt, où sa mère venait chaque jour faire sa couture. Quand ils étaient là-bas, elle le regardait toujours d'une manière particulière, avec un sourire qu'elle ne pouvait pas contrôler.

« Et Marine ? »

La créature haussa les épaules. « Une habitante du Jour ordinaire. Rien de plus.

— Il y a autre chose. Pourquoi avez-vous si peur qu'ils me trouvent ?

— Ça suffit ! s'énerva-t-elle. Nous devons partir. Sur-le-champ !

— Où sont Marine et Liam ? »

Kana pointa son couteau vers la poitrine de la créature. Elle plissa les yeux. Elle était plus forte que lui, cela ne faisait aucun doute, mais il n'avait qu'à tendre le bras. Il ne tremblait pas. Il le ferait.

« Ils se sont perdus… et ont été retrouvés par les chasseurs. Comme je te l'avais dit. »

Kana rapprocha son couteau d'elle. « Où ?

— Le canyon, notre entrée vers le monde souterrain. »

Elle désigna le nord d'un signe de tête. « Par là. Mais il est trop tard pour les aider.

— Je ne connais même pas votre nom. »

Elle cligna des yeux puis regarda ailleurs. « Soraya.

— Merci, Soraya. »

Kana bougea si rapidement et si impulsivement qu'il en fut lui-même surpris. Il lança le couteau à Soraya qui perdit l'équilibre en se penchant pour l'attraper. Puis il s'accroupit et fit un saut spectaculaire dans le noir. Il s'éleva dans les airs à travers des tourbillons de brume vers un arbre éloigné. Il atterrit et bondit à nouveau vers le nord.

Il sauta de cime en cime et, bien vite, sentit son esprit se vider de mots et de pensées. Action, réaction. Rien d'autre. Quand il repenserait à cet instant, il n'en aurait aucun souvenir. Une force puissante montait en lui : de l'agressivité à l'état pur.

Il finit par arriver à l'autre bout de la forêt. Perché sur un saule dont le tronc disparaissait sous les plantes grimpantes, il observa le canyon obscur. Mesurant au moins cinq kilomètres de long, il était large à chaque bout et très étroit au milieu. À l'endroit où il s'élargissait, Kana vit ses parois et les grandes embrasures de portes qui y étaient sculptées. Il reconnut immédiatement l'endroit. Il était passé à proximité d'ici avec Marine et Liam quand ils tâchaient de rejoindre à temps les bateaux des fourreurs. À l'époque, l'endroit lui avait paru étrange et mystérieux. Maintenant, il comprenait. C'était là qu'ils hibernaient et ils en sortaient au coucher du soleil, lorsque la glace commençait à se former.

Il écouta avec attention, n'entendit presque rien. En revanche, il sentit de la vie et du mouvement plus bas, comme un chaudron près d'exploser. Il sut ce qu'il trouverait avant même de le voir. Et Marine et Liam étaient quelque part en bas, dans ce canyon. Il en était certain.

CHAPITRE 52

Marine ouvrit les yeux. Sur le coup, elle ne vit rien et cligna des paupières. Et encore. Et encore. Elle ne voyait toujours rien, sinon une obscurité infinie, onirique. Elle fut submergée par une terrible envie d'être dans les Terres désertiques. C'était comme si elle s'en souvenait d'une autre vie et s'en languissait. La chaleur du soleil sur son visage, la tiédeur du sable sous ses pieds lui manquaient. Elle imaginait la caresse du vent, la saveur des dattes sucrées dans sa bouche et la voix de sa mère. C'était ce qui la surprenait le plus. Sa mère ne lui avait jamais autant manqué. Elle avait tant désiré l'emmener dans le désert et Marine avait été si désagréable avec elle. *Je ne voulais pas quitter l'île. J'ai eu ce que je voulais.*

Elle essaya de bouger. Elle ouvrit la bouche et fut rassurée de sentir une odeur amère et métallique – peut-être des cailloux et de la terre. Son corps fonctionnait et elle était vivante. C'était déjà pas mal. Elle se balança légèrement d'avant en arrière. Une douleur déchira le haut de son dos et son cou et elle resta allongée en attendant qu'elle passe. Elle massa ses tendons enflammés. Petit à petit, la douleur devint supportable. Tout comme les cailloux et la terre, elle lui prouvait qu'elle était en vie. Et elle avait chaud. Elle devait se trouver dans un endroit à l'abri du vent et du froid. C'était au moins ça.

« Liam, chuchota-t-elle. *Liam.* »

Aucune réponse.

Elle tâtonna autour d'elle et ne sentit que de la terre et des cailloux froids.

Sans faire de bruit, elle poussa sur ses bras pour s'asseoir et se rendit compte que son sac n'était plus sur son épaule. Paniquée, elle chercha autour d'elle. L'effort la laissa essoufflée et il lui fallut une bonne minute pour se calmer. Elle respira plusieurs fois à fond, ce qui ne fit qu'empirer les choses et déclencha une toux qu'elle eut du mal à contrôler. L'air était étouffant et plein de poussière.

« Je suis heureux que tu ailles mieux. »

La voix, assez proche, était impossible à localiser.

« Aidez-moi, répondit-elle, toussant de plus belle.

— T'aider ? Mais je t'ai aidée. Tu serais morte de froid si je ne t'avais pas emmenée ici. Jusqu'à présent, je n'avais jamais vu combien tu es frêle, vrombit la voix. Chaque fois que je retournais chez moi, je trouvais des morceaux de ta peau et tes cheveux dans les fissures. J'aurais dû le savoir… »

L'obscurité était totale. Marine ne voyait même pas sa main. Elle entendait comme des stridulations de cigales et avait l'impression que des dizaines d'yeux l'épiaient. « Qui êtes-vous ? demanda-t-elle.

— Je vais tout t'expliquer, répliqua la voix. Mais d'abord, dis-moi… Où est-elle ? Où a-t-elle essayé de t'emmener ? Où se cache-t-elle ?

— Je ne sais pas, dit Marine en s'adossant contre un mur de pierre. De qui parlez-vous ?

— De Soraya.

— Je ne sais pas de qui vous…

— Ça ne sert à rien, brailla une voix impatiente bien au-dessus d'elle. Emmenez-la au mur, là elle parlera.

— Oui, cria une seconde voix. Au mur !

— Au mur ! Au mur ! » répétèrent plusieurs voix tel un mantra.

Marine entendit des pas précipités, comme si de nombreuses créatures se dirigeaient vers elle.

« Ça suffit ! » explosa la voix qui lui posait des questions.

Aussitôt tous se turent. Pendant un moment, tout devint tellement silencieux que Marine n'entendit plus que sa respiration. Elle fit de son mieux pour réfléchir. Elle était entourée d'une horde de ces choses. Son seul rempart était la créature qui lui posait des questions. Elle ne l'avait pas encore tuée parce qu'elle voulait savoir où se trouvait Soraya. *Mais qui était-elle ?*

« Où est Liam ? » finit-elle par demander. Elle devait gagner du temps. Et retrouver Liam. « Mon ami… » *Est-il toujours en vie ? Certainement. Pourquoi le tueraient-ils et pas moi ?*

« Où est Liam ? dit la voix en imitant sa voix avec le talent d'un ventriloque.

— Je vous en prie, dit Marine.

— Dis-moi d'abord où est ma fille. »

Sa fille. Sa fille Soraya a disparu. Voilà un fait concret sur lequel s'appuyer.

« Je… Je ne sais pas exactement », bégaya Marine.

Elle passa la main sur son visage. Sa peau était chaude. *Que dois-je dire ? Qu'est-ce qui nous garderait en vie plus longtemps ?* « Je le sais peut-être. Mais je ne parlerai que lorsque vous aurez répondu à ma question.

— Il ne s'est pas encore réveillé, dit la voix d'un ton détaché. À propos, que fais-tu ici ? Tes parents t'ont abandonnée ? »

À l'évocation de ses parents, Marine chercha la boîte en cuivre. Elle constata avec soulagement qu'elle était toujours dans sa poche. Elle visualisa les lames coupantes des scalpels, ce qui la rassura.

« Si vous me laissiez juste voir Liam, dit-elle, je vous aiderais à retrouver… votre fille. »

Soudain une voix aiguë cria d'en haut : « Elle ment, le cafard est une menteuse.

— Faites monter le cafard, hurla une autre voix. AU MUR ! »

Il y eut un sourd grognement puis, une fois encore, le silence se fit.

« Excuse-les, dit la voix. C'était impoli, mais vois-tu… Vous vous installez dans nos maisons, vous mangez, transpirez, vous vous accouplez, vous perdez vos cheveux. »

La voix semblait se rapprocher de plus en plus.

« Nous voulions partir…, commença Marine.

— Mais. Vous. N'êtes. Pas. Partis. »

La voix énonça chaque mot distinctement, comme si elle expliquait quelque chose à un enfant.

Marine sentit un ongle pointu contre sa joue, qui éprouvait peut-être l'élasticité de sa peau. Son cœur battait à tout rompre. *Continue à gagner du temps. Trouve Liam.*

« Tu dois voir les choses de notre point de vue. Cette ville est la nôtre. Bien sûr, nous comprenons que d'autres veuillent utiliser nos maisons pendant le Jour, raison pour laquelle nous avons des règles.

— Des règles », répéta Marine. *Oui, c'est vrai. Bien sûr qu'il y a des règles, comme celles que nous avons vues sur la statue de la sorcière. Ça ne sert à rien de jouer à l'idiote.* « C'est vrai, acquiesça-t-elle aussi posément que possible. Nous n'avons pas le droit d'être là. »

Elle entendit quelqu'un gémir non loin. *Liam.* Ce devait être Liam. Elle se déplaça légèrement vers le son tout en gardant le dos contre le mur.

« Oui, dit la voix. Vous avez ignoré les règles. Non seulement vous vous êtes installés dans nos maisons, mais en plus vous avez tout souillé : vous avez enterré vos morts à l'endroit où nous venons chercher notre nourriture. »

La voix se tut un instant avant de demander : « Tu aimerais ça ? Que l'on enterre nos cadavres dans ton potager ?

— Non », répondit Marine à voix basse.

Il n'y eut aucun bruit pendant plusieurs secondes. Puis la voix revint, plus lasse, plus coléreuse. « Et à présent, ma fille a disparu… ma fille a pris la fuite pour aller *vous* aider. »

Nous aider.

Soudain, Marine comprit. La voix dans la citadelle. C'était Soraya. *Sa* fille. C'était elle qui les avait aidés. *Mais pourquoi ?*

« Sais-tu où elle est ? Oui ou non ? » demanda la voix.

Marine réfléchit. Elle était tentée de mentir ; toutefois, son intuition lui soufflait que ce n'était pas une bonne idée. L'heure n'était pas aux jeux.

« Non, j'aurais aimé le savoir, mais je l'ignore.

— C'est ce que je pensais », dit la voix.

C'est alors que quelque chose bougea à la droite de Marine.

« Marine… » Une voix faible l'appelait. C'était Liam. « Marine, où es-tu ?

— Liam. Je suis là. Reste où tu es.

— Tout va bien, dit la voix très gentiment. Lève-toi, si tu veux. Nous allons bientôt partir. Du moins, *vous* allez bientôt partir.

— Partir ? répéta Marine d'une voix rauque.

— Oui, dit la voix. En fait, nous nous sommes tous réunis pour vous regarder partir.

— Mais où… »

Quelque chose d'épais et de caoutchouteux lui prit le poignet, le broyant comme un étau. Ils avancèrent dans le noir. Tout en marchant, elle s'efforça d'élaborer un plan. Les attaquer avec les scalpels ? Non, elle se ferait tuer sur-le-champ. *Que faire ?* Au loin brillait une faible lueur. Ils se dirigeaient vers elle.

CHAPITRE 53

« Liam ! appela Marine.

— Derrière toi », répondit-il.

Le cœur de Marine se serra. Il avançait lentement en traînant les pieds. Il avait l'air blessé. « Liam, que s'est-il passé ? Que t'ont-ils fait ?

— Je vais bien », répondit Liam en toussant, ce qui, malgré tout, rassura Marine.

La créature serra si fort sa main que Marine grimaça de douleur. « Attention aux stalagmites. »

Marine avait vu des stalagmites en explorant des grottes le long de la côte. Il s'agissait de colonnes pointues sortant du sol des grottes. Elles étaient formées par l'eau et les minéraux coulant du plafond. La créature la guidait au milieu du dédale qu'elles formaient. Marine ne pouvait pas les voir, mais elle les sentait avec son autre main. Certaines mesuraient un bon mètre de haut ; d'autres étaient aussi épaisses et hautes que les piliers d'un bâtiment.

Ils sortirent enfin à l'air libre. Marine sentit de la neige fondue et de petits cristaux de glace tomber sur sa tête. La créature s'arrêta et lui lâcha la main.

« Lève les yeux », lui commanda-t-elle.

La voix de la créature exprimait à la fois du dédain et un certain soulagement : elle n'avait plus à toucher sa main.

Marine discerna une bande de nuages gris. Elle comprit qu'elle se tenait au fond d'une crevasse très profonde et étroite et qu'elle n'apercevait qu'un petit morceau du ciel. Ils étaient quelque part dans le canyon.

« Voilà ta chance, dit la voix.

— Ma chance ?

— Oui, vous faites de l'escalade, n'est-ce pas ?

— Vous nous demandez d'escalader ça ? se récria Marine, incrédule.

— Je ne vous le demande pas, dit la voix sur un ton froid. Je vous l'ordonne. »

Marine tendit la main vers Liam. Leurs doigts s'effleurèrent et elle ressentit un profond réconfort. Elle fit un pas hésitant et posa ses paumes contre la paroi. Elle était lisse et humide ; c'était un véritable mur, droit, vertical.

« Je n'y arriverai pas, déclara Liam avec tristesse. Impossible. »

Marine se tourna vers lui. Elle était sur le point de répondre quand elle prit soudain conscience de l'usage qu'elle pourrait faire de la boîte en cuivre et qui ne supposait pas de poignarder la créature.

Elle s'appuya contre le mur et se baissa comme si elle examinait quelque chose de près. La boîte était dans sa poche. *Comment s'ouvrait-elle ?*

Elle toucha Liam. Ses vêtements étaient mouillés et son front était chaud.

« Comment va ton bras ? demanda-t-elle.

— Mieux. Il a désenflé.

— Bien. »

Puis elle chuchota à son oreille : « Ne t'éloigne pas, j'ai un plan.

— Marine…

— Nous pouvons y arriver, l'interrompit-elle. Fais-moi confiance. C'est comme les falaises après une pluie torrentielle. »

Les créatures avaient reculé afin de leur donner assez d'espace pour entamer leur ascension. Marine retira son ciré et son pull, qu'elle noua autour de sa taille. Elle sortit la boîte de sa poche et l'ouvrit discrètement. Elle repéra aussitôt la petite fiole en verre qui luisait faiblement. *Celle-ci.*

Tout dépendait de la suite. Marine vissa la fiole d'encre lumineuse sur une baguette.

« Que fais-tu ? » demanda la voix qui devait se trouver à environ six mètres.

Marine glissa la boîte dans sa poche et tint le scalpel prêt. L'heure du test était arrivée. Elle savait intuitivement comment l'utiliser. Tenant le scalpel dans sa main droite, elle tendit le bras gauche et fit deux longues entailles dans sa chemise et sa peau, de l'épaule au poignet. Sa peau la piqua un peu avant de commencer à briller.

« Arrêtez-la ! » cria une créature.

Du calme. Marine marqua son bras droit de la même façon. Ses deux bras la picotèrent un peu avant de diffuser une légère luminosité qui lui permettait de voir les fissures.

« Incroyable ! s'exclama Liam.

— À ton tour », murmura-t-elle.

Liam saisit la baguette. À cet instant, on lui frappa le bras. Le scalpel tomba et l'encre lumineuse se répandit sur le sol. Marine reçut un coup à la tête. Elle s'effondra, mais eut la présence d'esprit de remettre la boîte dans sa poche.

« Ça suffit ! » gronda la voix la plus proche.

Le canyon devint silencieux. Puis la voix chuchota presque : « Grimpez avant que je vous empale sur les stalagmites moi-même. »

CHAPITRE 54

La paroi, quoique lisse et abrupte, présentait quelques prises ici et là – des fissures qui zigzaguaient de sa base au sommet – ainsi que des trous ovales assez grands pour y glisser un doigt ou une partie du pied.

Marine entreprit l'escalade. Les marques sur ses bras n'étaient pas aussi lumineuses qu'une torche, une bougie ou même une allumette. Elles n'éclairaient que ce qui se trouvait à quelques centimètres. Toutefois c'était mieux que rien et cela permettrait à Liam de la suivre. Elle fit de son mieux pour oublier l'obscurité, la pluie et le froid. *Ce n'est qu'une ascension comme une autre.* Elle se répétait cette phrase en boucle et ne s'arrêtait que pour vérifier que Liam était bien derrière elle. Chacun de ses mouvements était assuré. Liam avait besoin de savoir qu'elle escaladait en toute sécurité, qu'elle faisait les bons choix, d'autant qu'il ne pouvait vraiment compter que sur un bras.

Au bout d'une vingtaine de minutes, ils avaient déjà bien progressé. Mais cela ne les réjouissait guère. Les créatures voulaient assister à un spectacle et il n'y avait rien d'excitant à ce qu'ils tombent trop tôt. Une fois suffisamment haut pour qu'une chute entraîne une mort certaine, la paroi deviendrait sans doute plus difficile à escalader.

C'est exactement ce qui arriva. Soudain les fissures devinrent si étroites que Marine pouvait à peine y glisser le bout de son petit doigt. Cependant, grâce à la faible lumière de ses marques, elle vit une série de petites mottes de gazon. C'était tout ce dont elle avait besoin.

« On peut encore escalader, dit-elle à Liam qui avait les yeux levés vers elle. Tâtonne autour de la fissure, tu sentiras des mottes de gazon qui te permettront de te hisser.

— Marine… Je, je, je… »

Elle savait ce qu'il allait dire : qu'il n'y arriverait pas. Elle l'interrompit.

« C'est comme le rocher brisé aux abords de Bliss, dit-elle posément. Tu dois bien enfoncer tes orteils. Tu peux le faire. Tu es meilleur grimpeur que moi. Cale bien tes doigts. Tu peux y arriver, répéta-t-elle. Mais ça va te faire mal, peut-être même saigner. Peu importe, tu dois le faire.

— Oui, chuchota une voix dans l'obscurité. Ça va sssaaaiiiigner. »

Ils poursuivirent leur ascension. Marine attendait Liam qui grimpait avec lenteur. Très vite, cette attente devint douloureuse. Ses doigts étaient à vif, elle avait des crampes aux mollets et aux cuisses. Ses bras commençaient à fatiguer. Quand elle n'aurait plus la force de s'agripper, tout serait terminé.

Elle ne cessait de lever la tête dans l'espoir de voir le sommet de la falaise. Au début de leur ascension, elle avait aperçu tout un ensemble de petites lumières et compris qu'il s'agissait des yeux des innombrables spectateurs venus assister au spectacle. Elle les sentait se rapprocher d'elle.

Elle les entendait grimper avec elle, réagir à chacun de ses mouvements.

Son cœur se serra. Liam et elle étaient face à un défi insurmontable. Selon toute vraisemblance, ils se retrouveraient confrontés à un obstacle – un surplomb ou une prise qui lâcherait. Les créatures savaient que c'était pour bientôt, voilà pourquoi elles se rapprochaient. Elles voulaient être aux premières loges pour assister à leur chute.

Liam et elle grimpaient à présent côte à côte. Une minute ou deux plus tard, ils sentirent qu'ils étaient dans l'impasse : les fissures et les prises éventuelles avaient disparu sous une couche de glace. Ils s'arrêtèrent net. Aucun d'entre eux ne dit un mot. C'était inutile.

Avant la disparition du soleil, la glace était une bizarrerie. Rien de plus. Désormais, le froid qui se dégageait de la roche tétanisait complètement Marine. Il lui donnait envie de lâcher prise.

Liam respirait par à-coups, il cherchait désespérément quelque chose à quoi s'accrocher.

Marine n'osait pas parler de peur de perdre sa concentration. Elle plia ses doigts pour essayer de faire passer une crampe.

« Lâche prise, chuchota une voix près d'elle. Lâche prise et tu n'auras plus mal.

— Tombe », murmura une autre.

Tout autour d'elle, les créatures se mirent à scander à l'unisson : « *Tombe, tombe, tombe…* » Les murmures rauques résonnaient dans le canyon.

« Mes jambes sont paralysées, cria Marine. Liam ! LIAM !

— *Tombe, tombe, tombe…*

— Ne les écoute pas ! hurla Liam.

— *Tombe, tombe, tombe…*

— Je lâche prise ! s'exclama Marine en essayant de ne pas céder à la panique.

— *Tombe, tombe, tombe...* »

Marine se sentit basculer en arrière. Ses bras étaient sans force. Elle allait tomber. Elle allait mourir lors d'une ascension. Elle allait échouer dans le domaine où elle excellait et ce serait la fin. Et Liam aussi allait mourir... à cause d'elle et de la situation dans laquelle elle l'avait mis. À cet instant précis, Marine ne ressentit pas de la peur, mais un profond regret. *Kana*. Elle imagina son visage dans la lumière du soleil, plissant les yeux comme il le faisait enfant.

Quelques secondes plus tard, elle entendit la voix de Kana qui l'appelait.

« Kana ! cria-t-elle. Kana ! »

Un éclair aveuglant fusa. Marine se plaqua contre la paroi. Elle leva les yeux et aperçut une longue corde enflammée tourbillonner vers elle tel un serpent de feu. La lumière était si aveuglante qu'elle ne vit pas les créatures, seulement leur ombre. Puis l'une d'elles tomba, la frôla et hurla en atterrissant sur les stalagmites. Elle se rendit compte alors que le serpent de feu était une longue liane à l'extrémité de laquelle on avait mis le feu et qui s'embrasait peu à peu.

« Attrapez la liane et grimpez ! » cria la voix de Kana.

Marine et Liam n'eurent besoin d'aucun encouragement. Malgré la douleur et la fatigue, ils commencèrent à se hisser aussi vite que possible. En bas, le chaos régnait : les créatures étaient paniquées par le feu. Marine constata que les flammes remontaient la liane plus rapidement qu'elle. Liam avait presque atteint le sommet. Marine, elle, était à bout de forces. Ses jambes ne répondaient plus.

Pendant ce temps, au sommet, Kana luttait pour ne pas lâcher la liane. Tout s'était bien passé, mieux qu'il ne l'avait espéré, mais là les flammes prenaient Marine de vitesse.

Il jura. Il n'avait nulle part où attacher la corde. Au départ, son idée avait été de la fixer à un arbre ou un rocher, mais il n'y en avait pas. Il l'avait donc tenue lui-même. Liam était encore à un bon mètre de lui. Marine n'allait pas tenir longtemps.

« Va la chercher ! »

Kana se retourna et vit Soraya qui le fixait de ses grands yeux couleur ambre. Elle avait saisi la liane.

Quelques secondes plus tard, Kana dévalait la corde à toute allure. En arrivant au niveau de Liam, il lui cria de tenir bon avant de sauter par-dessus son ami et de descendre en chute libre. Il agrippa de nouveau la liane et poursuivit sa descente. Lorsqu'il rejoignit Marine, les flammes avaient commencé à lui lécher les pieds.

« Kana ! » cria-t-elle.

Il lui attrapa la main et la tira vers lui. Elle l'étreignit d'une main tout en essayant d'éteindre son pantalon enflammé de l'autre.

« Ne me lâche pas ! cria-t-il.

— J'ai essayé, dit-elle. J'ai essayé de te retrouver dans la forêt… »

Mais les hurlements provenant d'en bas couvrirent le reste de sa phrase.

Kana finit par se hisser au sommet du canyon et fit descendre Marine de ses épaules. Elle criait de façon incohérente. Son pantalon avait pris feu. Il éteignit les flammes en se plaquant sur elle. Il roula sur lui-même en grognant et se releva avec difficulté. C'est alors qu'il vit les marques lumineuses sur les bras de Marine.

Marine murmura des paroles incompréhensibles. Ses cheveux étaient légèrement brûlés et son visage contusionné. Elle regarda autour d'elle et, soudain, vit Soraya.

« Tout va bien, dit Liam. C'est elle qui nous a sauvés.

— Non, rétorqua froidement Soraya avant de pointer un long doigt vers Kana. C'est lui qui est revenu vous chercher.

— J'ai attendu dans les cimes des arbres pendant des heures, expliqua Kana. Je savais que vous étiez en bas. »

Liam s'approcha de lui et posa la main sur son épaule.

« Merci », déclara-t-il.

Kana eut envie de lui serrer la main, puis se ravisa – la sienne était devenue épaisse et caoutchouteuse.

« Nous nous sommes retrouvés, marmonna-t-il avec brusquerie. C'est tout ce qui compte.

— Partons », s'écria Soraya en jetant la corde dans le précipice.

Ils entendirent des cris, puis une voix tonna des profondeurs :

« SORAYA ! »

CHAPITRE 55

Le grésil redoubla de violence et se transforma en une tempête de glace et de neige. Trempés, manquant de visibilité, ils coururent à la queue leu leu vers les bois.

Liam, le dernier de la file, trébuchait sur le terrain inégal. Tout à coup il entendit une cacophonie exploser derrière lui. Le bruit était si aigu et si fort qu'il ne put s'empêcher de grimacer. Des centaines de cris stridents qui résonnaient parmi les arbres, se fondant en un chœur de démons venus des enfers.

Il poursuivit sa course, le visage griffé par des branches. Porté par l'adrénaline, il ne sentait rien. Il était entièrement concentré sur Marine juste devant lui et dont il tenait la main. Parfois leurs mains étaient séparées et, pendant ces brefs instants terrifiants, les marques lumineuses sur les bras de son amie l'empêchaient de perdre la tête. Kana précédait Marine et tous suivaient cette créature que Kana avait appelée Soraya. Ce devait être elle qui avait parlé à Marine dans la citadelle. Elle les avait aidés depuis le début. *Mais pourquoi ?* Pour Kana, bien sûr. *Quel était leur lien ? Cela avait-il la moindre importance ?*

Les bois devinrent moins touffus et ils débouchèrent dans une zone couverte de bouquets d'herbes gelés, balayée par des rafales de vent et de neige. Soudain Liam trébucha et tomba. Le temps qu'il se relève, il avait perdu les autres de vue. Il s'apprêtait à appeler à l'aide quand il entendit quelque chose derrière lui. Tout près de lui.

Il savait qu'il ne pourrait pas semer la créature. Pas dans l'obscurité. Il devait attaquer le premier.

Il fit un pas de côté et s'agenouilla dans les hautes herbes. Il tâtonna sur le sol et trouva une pierre de la taille d'un poing. Pendant une seconde, il s'étonna qu'il lui paraisse normal d'étreindre une pierre en attendant d'attaquer un ennemi. *Qui suis-je devenu ?* Peu importait. Il se poserait ce genre de question plus tard, s'il survivait. Il serra la pierre et patienta pendant de longues secondes. Le mouvement se fit plus proche et, quand la créature passa devant lui, il bondit et la frappa de toutes ses forces. Il abattit la pierre encore et encore, en espérant qu'il visait la tête. La créature grognait comme si elle était en colère, puis Liam entendit un craquement épouvantable et tout devint silencieux. Il s'écroula à côté de son adversaire et continua à le rouer de coups alors qu'il était mort depuis un moment.

« Liam ! »

C'était la voix de Marine.

Liam se redressa. Il regarda dans tous les sens, pris de panique, redoutant qu'une horde de créatures ne lui saute dessus.

« Liam ! »

Il se fraya un chemin dans les herbes vers la voix.

« *Liam !* »

Au loin il distingua des marques lumineuses. Quand il la rejoignit enfin, Marine ne réagit pas en voyant ses bras couverts de sang et la pierre qu'il serrait. Elle le prit simplement par la main et l'entraîna au milieu des herbes hautes puis le long d'une colline escarpée. Devant eux, Liam aperçut Kana et Soraya.

« Que s'est-il passé ? » lui demanda Kana.

Liam était sur le point de répondre quand il entendit un battement d'ailes. En un instant, son visage fut parsemé de morsures. Ses mains attrapèrent un petit corps chaud, duveteux et dodu. Des chauves-souris. Il y en avait partout.

« En haut de la colline ! » cria Soraya.

Liam se baissa et courut en se protégeant de son mieux. Les chauves-souris étaient si nombreuses et en formation si compacte qu'elles semblaient ne former qu'un unique être géant. Le vacarme de leurs ailes remplissait l'air. Ils parvinrent à l'orée de la forêt et s'enfoncèrent sous les arbres. Les chauves-souris ne les suivirent pas.

Ils s'arrêtèrent un instant pour se regrouper. Derrière eux, les cris perçants se rapprochaient de plus en plus. Soraya les mena jusqu'à un bosquet de pins. Le sol, mou et couvert d'aiguilles, absorbait la majeure partie des bruits environnants. Ils coururent quelques minutes jusqu'à ce que Soraya s'arrête brutalement et se penche.

Trente secondes plus tard, elle émit un grognement de satisfaction et souleva une brassée de branches pleines de boue. On aurait dit un grand nid aplati. Lorsqu'elle l'écarta, tous entendirent le ruissellement d'un cours d'eau.

Liam s'agenouilla à côté de Soraya et, en tâtonnant, il devina les contours d'un trou. Il plongea son bras dedans et sentit les parois en terre.

« Qu'y a-t-il en dessous ? demanda-t-il.

— Une rivière. Savez-vous tous nager ?

— Vous voulez dire que…

— Nous ne réussirons jamais à traverser les bois. Cependant, il y a un autre chemin. » Elle marqua une pause et s'empara d'une grosse branche. « Descendez là-dedans. Vite. »

Soraya leur fit signe de ne pas faire de bruit. « Chut ! Quelqu'un arrive. »

Puis une voix grave et profonde retentit derrière eux.

« Soraya. »

Marine et Liam se retournèrent mais ne virent rien. Cela n'avait aucune importance. Ils savaient qui c'était : la créature masculine du canyon. Sa voix était parfaitement reconnaissable.

« Reste où tu es ! » cria Soraya.

Elle poussa Liam, Kana et Marine vers le trou et brandit la branche de manière menaçante.

« Lâche ça », dit-il avec lassitude. Il avança d'un pas et son corps fut éclairé par un rayon de lune. Il mesurait plus de deux mètres et avait les mêmes traits que Soraya ; de longues oreilles, un visage étroit et de grands yeux. Cependant, son visage et sa gorge semblaient raides, comme si sa peau avait été tirée à l'arrière de son crâne. Une sorte de bourgeon noir sortait du sommet de sa tête : c'était une boule de sa propre peau attachée par une ficelle grossière. Ses yeux noirs fixaient Kana.

« Ainsi, voilà donc le garçon…, dit-il en le toisant. Soraya, penses-tu sincèrement avoir été charitable envers lui en le laissant vivre ?

— Père ! s'exclama Soraya en essayant de prendre Kana par le bras. Cet enfant est…

— Oui, je sais *qui* il est », chuchota la créature avant de brandir une hache de guerre dotée d'une lame de soixante centimètres – celle de la maison du maire.

« Soraya, ce n'est pas ma faute. C'est la tienne. »

Soraya regarda la hache puis son père. « Non, chuchota-t-elle. Ne fais pas ça.

— Alors, fais-le toi-même ! » tonna son père.

Marine inspira à fond.

« Tout va bien, murmura Kana.

— D'accord », dit Soraya.

Elle laissa tomber sa branche et tendit les bras. Les créatures se regardèrent pendant quelques secondes. À l'évidence, son père ne savait pas s'il pouvait lui faire confiance. Il finit par hocher solennellement la tête et lui tendre la hache. Soraya la prit, passa les doigts sur la lame et se tourna vers Kana.

Celui-ci se raidit et repoussa Marine qui tentait de s'interposer. C'était inutile. Il ne voulait plus s'enfuir. En un sens, il avait toujours su que ce moment arriverait – depuis la toute première visite de Soraya dans sa chambre. En fait, il pensait que tout se terminerait ainsi : au fond des bois, dans le noir, la Nuit, avec sa sœur à ses côtés. Et il était étrangement en paix. Soraya et son père avaient raison. Il n'avait de place nulle part et il n'en aurait jamais. La situation était tellement inéluctable qu'il ne ressentait plus aucune peur.

Il regarda Soraya droit dans les yeux. « Aidez Marine et Liam à prendre la mer, chuchota-t-il. *Je vous en prie.* »

Soraya fit un pas de plus vers lui et leva la hache au-dessus de son épaule. Puis il y eut un vrombissement suivi d'un craquement. Soraya s'était retournée et avait abattu l'arme sur son propre père. Il était parvenu à l'éviter de justesse et la hache s'était enfoncée dans un arbre. Son père reprit rapidement ses esprits, mais Soraya avait déjà eu le temps de réunir Kana, Liam et Marine.

« Retenez votre souffle ! » ordonna-t-elle.

Elle passa ses bras autour d'eux et bascula en arrière dans le trou. Tous quatre sombrèrent dans des ténèbres glaciales.

CHAPITRE 56

Kana fendit la surface de l'eau et finit par remonter en suffoquant. Il paniqua, but la tasse, battit des bras et des jambes. Le courant l'emporta dans les ténèbres. L'eau froide l'engourdissait. Le temps parut s'arrêter. Il ne savait plus où il était et ses pensées vacillaient.

Puis il vit au loin une faible lueur et une silhouette qui lui faisait signe. Il se laissa dériver vers elle. Une voix étouffée. C'était Soraya.

Elle l'attrapa par les épaules et le tira au sec. Il y avait juste assez de lumière pour distinguer ses traits. Comme toujours, ses yeux étaient sinistrement fixes et calmes ; sa voix, en revanche, trahissait un brin d'anxiété.

« Prépare le bateau ! ordonna-t-elle. Je vais chercher tes amis. »

Kana se leva en claquant des dents et s'avança vers l'entrée de la grotte. Pour la première fois depuis des jours, il avait froid. Derrière lui, il entendait Soraya aider Marine et Liam à sortir de l'eau. Il savait qu'il devait se concentrer sur le bateau, mais il resta planté là à regarder les peintures murales pendant de précieuses secondes. La mer et la forêt étaient figurées à travers des tourbillons de peinture bleue et verte. C'était l'œuvre de son père.

Mon père.

Kana ne connaissait pas son nom. Tout ce qu'il savait, c'était qu'il avait vécu ici et peint sur ces murs.

Et ma mère ?

Même s'il pressentait la vérité, il avait du mal à comprendre.

Peu après, Soraya apparut, Marine et Liam sur ses talons.

« Qu'est-ce que tu fais ? » demanda-t-elle.

Kana leva la main pour la prier de faire preuve de patience. « Je sais que nous devons partir. »

Soraya comprit.

« Le bateau est là, dit-il brusquement à Marine et à Liam en leur indiquant la direction de la coque en bois. Amenez-le au bord du fleuve. »

Liam hocha la tête et partit. Marine, quant à elle, ne bougea pas. Dans son visage contusionné, son regard était toujours aussi farouche et déterminé.

« Kana. Je ne te laisserai pas ici. Tu vas quitter l'île avec nous. »

Kana fixa le sol. « Marine, rejoins le bateau, s'il te plaît.

— Promets-moi que tu viens avec nous. *Promets-le-moi* », dit-elle en lui prenant la main.

Kana sentit la froideur de ses doigts et la chaleur de sa paume. « Je dois parler avec Soraya, chuchota-t-il.

— D'accord », répondit Marine qui s'éloigna.

Soraya se pencha vers Kana. « Tu dois partir. Il sera bientôt là. Et les autres suivront. Il n'a pas sauté tout de suite parce qu'il n'aime pas l'eau, mais il se lancera à notre poursuite dès qu'il comprendra qu'il n'a pas le choix. »

Kana hocha la tête. Ses yeux étaient attirés par les dessins des bateaux des fourreurs. « Comment est-il mort ? Mon père ? demanda-t-il d'une voix tremblante.

— Ce n'est pas ce que tu crois, répondit Soraya en secouant la tête. Lorsqu'il est arrivé, il était âgé et avait un problème au cœur.

— J'ai l'impression de me souvenir de cet endroit, dit doucement Kana, presque comme s'il s'adressait à lui-même.

— Je comprends. »

Kana baissa les yeux. *Bien sûr qu'elle comprend. Elle aussi était là.*

« Que s'est-il passé ?

— J'étais jeune, dit-elle doucement. Et j'avais peur. À ta naissance, ton père était mort. C'était presque l'Aube. Je savais ce qu'on attendait de moi… Mais je ne pouvais pas le faire. Alors je t'ai abandonné sur un rocher. »

Kana regarda derrière Soraya. Une peinture représentait deux personnes baissant les yeux vers quelque chose. Un nouveau-né. Lui.

« Je regrette beaucoup de choses. » Soraya effleura la joue de Kana. Son geste était doux et hésitant. « Cela étant, il était hors de question de te ramener dans cette grotte. Ils t'auraient tué.

— Pourquoi ne pas m'avoir tout dit plus tôt ? demanda-t-il avec une pointe de colère. Nous aurions pu…

— Nous n'aurions rien pu du tout. Il est impossible que nous ayons une vie ensemble, comme je ne pouvais pas en avoir une avec ton père. Uniquement de trop rares moments. »

Elle soupira. « Maintenant une seule chose importe. »

Au loin, ils entendirent un léger bruit d'éclaboussure.

« Pars ! » s'écria Soraya. Son corps se raidit et sa voix devint rauque, presque gutturale. « Il arrive.

— Venez avec nous ! » supplia Kana.

Soraya fit non de la tête. Elle le prit par la main et l'emmena vers l'entrée de la grotte. Elle posa d'un geste timide ses longs doigts sur ses épaules. Le simple fait de le toucher parut profondément l'affecter. Ses yeux s'illuminèrent un fugace instant, puis elle chancela, comme si elle avait perdu l'équilibre.

« Descendez la rivière. Kana, n'allez jamais à terre. Le long du fleuve, les bois se réveillent. »

Kana était pétrifié.

On entendit un second *plouf*, puis un troisième. L'air de la grotte devint étouffant.

Soraya posa deux doigts sur le front de Kana. Puis elle se retourna et s'enfonça dans l'obscurité de la grotte. Kana courut rejoindre Marine et Liam. Ils avaient mis le bateau à l'eau et l'attendaient, Liam assis à la poupe, Marine au milieu. Kana sauta à l'avant.

« Où est-elle ? demanda Marine.

— On y va », dit Kana.

Sa voix se cassa. Marine comprit qu'il pleurait.

Liam et Marine hésitèrent.

« On y va ! » cria Kana.

Liam acquiesça. Il donna un fort coup d'aviron et guida le bateau dans le puissant fleuve Coil. Le courant l'emporta rapidement sous une épaisse canopée dans une obscurité totale. Kana tenta d'apercevoir la grotte une dernière fois. Mais elle avait disparu.

CHAPITRE 57

À l'arrière, Liam tremblait de froid, sa main valide sur la barre. La neige fondue lui cinglait le visage au point qu'il voyait à peine le reste du bateau et avait bien du mal à guider leur embarcation sur le fleuve. Grâce au lekar que Marine continuait à lui donner, sa fièvre était tombée ; sa blessure, en revanche, le faisait toujours souffrir. Pourtant, il était heureux de tenir la barre. Cela lui procurait une certaine confiance en lui et une raison d'être.

« Kana ! cria-t-il. Va à la proue, nous avons besoin de tes yeux. »

Kana se pencha par-dessus bord. « Deux rochers à tribord ! » annonça-t-il.

Liam tourna violemment le gouvernail et le bateau fit une embardée. La coque frôla les rochers mais passa sans encombre.

« Un virage serré s'annonce à bâbord, cria Kana. Je te dirai quand.

— Loin ?

— Cinq longueurs de bateau ! » Il marqua une pause. « Quatre longueurs, trois, deux. Maintenant ! »

Le bateau tourna, puis suivit le courant. Avec Kana comme guide, Liam parvint à naviguer au milieu des rapides. De son côté, Marine utilisait sa rame pour écarter des branches flottant à la surface. Les rochers cognaient contre la coque, mais le bateau était robuste. Le fleuve Coil se fit plus profond et les arbres se rapprochèrent de la rive. Puis le fleuve devint plus étroit, forçant Liam à manœuvrer avec encore plus de précision. Kana se tourna vers Liam et Marine.

« Ça va, dit sèchement Liam. Continue à me guider. »

Après un autre virage, Kana laissa échapper un cri. Devant eux, un arbre était tombé en travers du fleuve. Il n'y avait qu'une toute petite ouverture sous laquelle se faufiler. Un rideau de mousse scintillant de givre pendait jusque dans l'eau.

« Ralentis ! ordonna Kana. Difficile à tribord. Colle-toi à l'autre rive ! »

Liam tourna le gouvernail, mais ce ne fut pas suffisant. Quelques secondes plus tard, le bateau se précipita dans l'enchevêtrement de mousse. À la vitesse où ils allaient et compte tenu de leur angle d'approche, le choc fit virer le bateau qui s'arrêta en travers de l'ouverture, perpendiculaire au courant. L'eau commença à passer par-dessus le plat-bord.

« On est coincés ! cria Kana. Accrochez-vous ! »

Marine et Kana entreprirent d'arracher la mousse. Néanmoins, en quelques secondes, la force du courant avait emporté le bateau de l'autre côté du tronc. Alors qu'ils se croyaient libres, ils entendirent un craquement sourd au-dessus de leurs têtes, suivi d'une explosion qui envoya un geyser de gouttelettes dans le bateau. Le tronc de l'arbre était pourri et la violence de l'impact avec le bateau l'avait ébranlé. Il s'était brisé en deux, les manquant de peu. C'est alors que quelque chose piqua Kana au cou. Puis il sentit une autre piqûre.

« Il en tombe partout ! cria Kana en se tapotant le cou.

— Qu'est-ce qui tombe ? » demanda Liam.

Il obtint une réponse à sa question lorsqu'il sentit quelque chose atterrir dans ses cheveux et se tortiller furieusement. Il attrapa un insecte semblable à une chenille dont la fourrure était parsemée de cristaux de glace. L'insecte se dressa dans sa paume et enfonça ses pinces dans le pouce de Liam. Celui-ci poussa un cri de douleur. Très vite, il fut piqué partout.

Il se força à garder le contrôle du gouvernail et à ignorer les piqûres sur son cuir chevelu et ses bras. Il sentit le courant faire tourner le bateau et l'entraîner vers la rive opposée où les branches d'un arbre couché se dressaient telles des lances.

« Kana ! cria-t-il. Derrière toi ! »

Une seconde après avoir vu les branches menaçantes et pointues, Kana fut projeté au fond du bateau. Liam attrapa Kana et Marine et les força à se baisser avec lui. Peu après, le bateau tourna à nouveau, mais, cette fois, le courant le poussa vers l'aval. Liam se rua sur le gouvernail.

Tout à coup, un martèlement sourd se fit entendre, qui envahit progressivement la forêt. On aurait dit qu'on jouait du tambour tout autour d'eux. Les arbres se mirent à se balancer. Kana se souvint de la dernière mise en garde de Soraya : *Le long du fleuve, les bois se réveillent.*

« Il faut retourner le bateau ! dit Kana.

— QUOI ? hurla Marine qui fixait Kana comme s'il était fou. Nous allons mourir de froid. »

Le vrombissement continua à s'amplifier sur les rives, comme si toute la forêt convergeait vers eux.

« Nous n'avons pas le choix, cria Kana. Nous devons nous cacher sous la coque, c'est notre seule protection. »

Les bruits de la forêt provenaient de partout.

« Penchez-vous à tribord ! » hurla Kana.

À bâbord, le plat-bord tangua en équilibre instable, puis le bateau se retourna. Marine, Liam et Kana plongèrent dans l'eau et se cachèrent sous la coque.

« Où… Où êtes-vous ? geignit Marine. Je ne vois rien.

— Ici, cria Liam. KANA ?

— ICI !

— Accrochez-vous aux lattes de bois », leur ordonna Liam.

De l'autre côté de la coque, ils entendaient le bruit sourd de corps, petits et grands, contre le bateau. L'attaque dura plusieurs minutes ; le bruit aurait pu être celui de jets de pierres. Ils restèrent accrochés au bateau, les bras crispés.

Au bout d'un moment, Liam se rendit compte que le monde extérieur était devenu silencieux et que le bateau n'était plus bombardé. Puis ses pieds touchèrent le fond et il sentit un goût salé sur ses lèvres.

« L'eau est salée, s'écria-t-il. Nous devons être près des vieux fonds marins. Marine, Kana, tenez bon. Nous y sommes presque. »

Ils se laissèrent porter par le courant quelques minutes de plus jusqu'à ce que le froid engourdisse tellement les bras de Marine qu'elle lâcha soudain prise et coula. Il fallut plusieurs secondes à Liam pour s'apercevoir qu'elle avait disparu.

« MARINE ! hurla-t-il. Vite, Kana, amène le bateau jusqu'à la rive. »

Liam s'éloigna. Bientôt Kana sortit de sous la coque et regarda autour de lui. L'île était derrière eux. Liam avait retrouvé Marine à une vingtaine de mètres en amont et faisait de son mieux pour la sortir de l'eau. Kana poussa le bateau un peu plus loin sur la rive et courut vers eux.

Marine était allongée sur le dos, les bras et les jambes couverts de boue. Elle avait les yeux fermés et son visage était aussi pâle que la lune. Seules les marques lumineuses sur ses bras semblaient vivantes.

« Marine ! hurla Kana. *Marine !* »

Elle entrouvrit les lèvres comme si elle voulait parler. L'un de ses bras se contracta, puis tout son corps se mit à trembler. Elle finit par ouvrir les yeux au prix de gros efforts. Liam l'aida à s'asseoir. Lui aussi tremblait, le froid s'était immiscé dans chaque pore de sa peau et avait épuisé ses dernières réserves d'énergie.

Kana était bien moins affecté par le froid. Marine et Liam se blottirent sur les rochers alors que les flocons de neige tombaient sur leurs cheveux et leurs épaules. Puis Kana se souvint de la pierre à feu. Elle était toujours dans sa poche. Il ne lui fallut que quelques minutes pour ramasser du petit bois. Les étincelles et la fumée se transformèrent en feu. Kana et Liam portèrent Marine aussi près du feu que possible.

Allumer un feu si près de l'île était risqué, mais Marine risquait de mourir d'hypothermie. Une fois le feu bien parti, Kana fouilla le bateau de fond en comble. Dans un placard, il trouva une outre vide et deux couvertures en laine. Il les passa autour des épaules de Liam et de Marine. Bientôt ils furent assez réchauffés pour cesser de trembler. Liam reprit du lekar, puis Kana et lui remirent le bateau à l'eau.

Ils se laissèrent porter par le courant dans le noir. Il les emmènerait jusqu'à la mer et seulement alors ils s'inquiéteraient de la direction à suivre.

Une heure s'écoula, puis une autre. Marine avait passé tout le temps à somnoler, blottie sur le plancher, quand elle se réveilla soudain avec la certitude qu'elle avait quelque chose à faire. Elle rampa jusqu'à la proue d'où Kana scrutait l'horizon.

« Tu te sens bien ? » demanda-t-elle en posant la main sur son genou.

Kana haussa les épaules. Les pensées se bousculaient dans sa tête – Soraya, Anton, Tarae, Marine, Liam, la traversée de la mer, la vie dans les Terres désertiques et d'innombrables autres choses. « Honnêtement, dit-il, je ne sais pas comment je me sens. »

Marine posa sa main sur son bras. Kana regarda ses marques lumineuses.

« C'est toi qui as fait ça ? »

Marine hocha la tête et lui raconta brièvement l'ascension de la paroi du canyon. Kana les étudia de près. Après un moment de réflexion, il se rassit.

« Ça te va bien », murmura-t-il.

CHAPITRE 58

Ils naviguèrent toute la nuit, comme portés par le courant dans un rêve infini. Pour étancher leur soif, ils récupérèrent de la neige fondue et de l'eau de pluie dans l'outre. Pour la nourriture, Liam arracha une latte de bois du bateau et en fit un harpon rudimentaire avec lequel il attrapa des anguilles. Grâce au lekar, il se remettait peu à peu, son bras désenfla et sa fièvre tomba définitivement.

Ils se relayaient à la barre et guidaient le petit bateau le long du fleuve sinueux, entre les nombreux bancs de sable. Par endroits, le Coil s'élargissait énormément et ne faisait plus que quelques centimètres de profondeur. Ils descendaient alors du bateau et le poussaient au milieu des rochers et des algues séchées. Ailleurs, le fleuve se résumait à de petites chutes tombant dans des cratères où les eaux avaient formé des mares. Quelle que soit la configuration, ils se contentaient de suivre le courant.

Marine passa des heures à fixer l'horizon qui semblait devenir plus lumineux. L'air se réchauffait. Curieusement, elle n'était pas inquiète. Elle était trop fatiguée. Pour l'instant, elle était en sécurité et avait besoin de se reposer. Ses pensées vagabondèrent vers le désert et les chevaux à deux bosses des livres de contes. Elle songea aux dunes de sable, aux montagnes et à la chaleur du soleil sur son visage.

S'ils parvenaient jusqu'aux Terres désertiques, ils y séjourneraient quatorze ans. Marine y vivrait le reste de son adolescence, y deviendrait une adulte, s'y marierait peut-être, voire y aurait un enfant. Elle essaya de se figurer Liam dans le rôle de son mari, mais n'y parvint pas. Puis elle imagina Kana dans le soleil aveuglant et cette pensée l'attrista. Il était évident qu'il devait quitter l'île, mais il n'aurait pas une vie facile dans le désert.

Marine reviendrait sur l'île à 28 ans. Elle avait du mal à le concevoir. Avant tous ces événements – avant qu'elle sache ce qui se cachait au fond des bois –, elle avait adoré l'île. Comment pourrait-elle après cela dormir dans son lit, marcher à l'orée de la forêt, aller au vieux cimetière et naviguer jusqu'à l'île aux Chênes-Nains sans ressentir une peur profonde ? Pourrait-elle à nouveau s'y sentir chez elle ? L'obscurité ne les quitterait jamais, même aux plus brillantes heures du Jour.

En y réfléchissant, Marine comprit un peu mieux pourquoi ses parents et les autres adultes avaient choisi de ne *pas* savoir ce qui se cachait dans les bois.

Mais tout cela n'avait plus aucune importance. Ces inquiétudes ne réapparaîtraient pas avant des années. Elle décida que si elle y retournait, ce serait seulement avec Liam et Kana. Ils connaissaient la vérité. Et celle-ci les liait.

Ils s'arrêtèrent quelques heures au bord d'un lac. Kana et Liam réussirent à attraper une demi-douzaine de poissons plats avec leur harpon de fortune. Le bateau se trouvait à quelques mètres d'eux et ils marchaient lentement, côte à côte, contents de leur pêche. Ce moment évoqua à Liam ceux passés dans la forêt avec Kana. Ils étaient alors très amis.

Il se tourna vers Kana et sourit. « Tu as toujours ta pierre à feu, n'est-ce pas ? J'en ai assez de manger cru.

— Bien sûr, répondit Kana. Il nous suffit de ramasser du bois mort et des algues séchées. Ça fumera un peu, mais le poisson aura meilleur goût. »

Liam l'observa. Son corps paraissait plus petit, plus mince et plus frêle. *Est-il déjà en train de changer à nouveau ? Difficile à dire.*

Il lui serra l'épaule. « C'est bien de t'avoir avec nous.

— Liam, déclara Kana, dans la forêt, pendant un bon moment, je n'étais pas moi-même. »

Il marqua une pause et chercha en vain les mots pour décrire la façon dont son esprit s'était transformé. « Quelque chose me…

— Peu importe. Tu n'as pas à t'expliquer.

— Mais je le veux.

— Et tu le peux. Sauf qu'il faut parfois du temps pour reprendre ses esprits. Comme après la mort de ma mère… Tu te souviens, tu étais là. »

Kana hocha la tête.

« Es-tu… redevenu celui que tu étais ? demanda Liam tout en jetant un coup d'œil aux pieds de Kana.

— En un sens, oui. Physiquement, j'ai presque retrouvé mon corps d'avant… Pourtant, je ne crois pas que je redeviendrai le même. Pour être honnête, je ne sais pas si j'aimerais redevenir cette personne. Peut-être qu'à l'époque déjà je pressentais que quelque chose n'allait pas. »

Liam fixa l'horizon où le ciel s'éclaircissait. « À ton avis, qu'est-ce qui nous attend, à présent ?

— Je ne sais pas trop.

— Eh bien, dit Liam sur un ton déterminé, un bon plat de poissons cuits à point.

— Miam ! »

Une heure plus tard, ils avaient repris leur route sur le fleuve désormais plus large et au cours plus lent. Kana distingua une lueur pourpre à l'ouest. Ils ne verraient peut-être pas le soleil avant un bout de temps, mais s'ils s'en sortaient, Kana savait qu'un changement s'opérerait en lui. Il avait dit la vérité à Liam. Il était en train de changer. Au fil des jours, ses yeux ne voyaient plus aussi bien et sa respiration était moins rapide. Encore plus frappant, ses pieds, ainsi que les serres, paraissaient plus petits et la peau le long de ses chevilles et de ses mollets commençait à repousser alors que ses écailles verdâtres s'asséchaient et tombaient. Pour lui, ces changements étaient doux-amers. Il se souvenait de son excitation lorsqu'il courait sur les cimes des arbres, galvanisé par des pouvoirs dont il ignorait l'existence. Cette force était en train de disparaître et il ne supportait pas de la perdre. Peut-être que dans les Terres désertiques, pendant les trois jours de Nuit, il en recouvrerait une partie.

Ils continuèrent à descendre le courant et passèrent devant des coraux moribonds abandonnés par la mer. Ils virent un squelette de baleine dressé à la verticale parmi des rochers. Sa cage thoracique ressemblait à l'échafaudage d'une tour à moitié bâtie. Plus loin, ils croisèrent une épave de bateau couverte de mollusques qui devait être là depuis des siècles.

Quand elle n'avait rien à faire, Marine s'interrogeait sur la vie qui les attendait dans les Terres désertiques. Cela mettait

Kana mal à l'aise. Même avant la Tombée de la Nuit, il était un étranger au milieu de ceux que Soraya appelait les « habitants du Jour ».

Soraya.

Kana s'interdisait de penser à ce qui lui était arrivé. Était-elle encore en vie ? Dans son esprit, tout était si nouveau. Tant de questions étaient restées sans réponse. Malgré tout, il se rappelait avec plaisir la grotte et les peintures. Il imaginait son père, debout dans la lumière vacillante d'un feu, étalant soigneusement les pigments sur les pierres lisses ; et il imaginait Soraya avec lui, dans le noir.

« Tu la reverras, lui dit Marine comme si elle avait lu dans ses pensées. Elle est forte… Elle survivra. »

Kana soupira. Il n'en était pas convaincu.

« Marine, dit-il au bout d'un moment. Tu sais qui elle est, n'est-ce pas ? »

Marine acquiesça.

« Et cela signifie que toi et moi ne sommes pas réellement… »

Marine eut un rire moqueur. « Nous serons toujours jumeaux, l'interrompit-elle. Rien ne pourra changer ça. Tu es coincé avec moi. Et à l'Aube, quand nous retournerons sur l'île, nous partirons à sa recherche. »

Kana haussa les sourcils. « Quand nous retournerons sur l'île ?

— Je t'en prie, dit Marine en souriant.

— Quoi ?

— Ne pars pas du principe que nous n'y retournerons jamais. Ou que, si nous y retournons, il n'en sortira rien de bon.

— Qu'est-ce qui te fait croire que c'est ce que je pense ?

— Parce que *je te connais*, répondit Marine en le serrant dans ses bras qui luisaient toujours. Je te connais mieux que personne. »

Kana l'étreignit à son tour sans mot dire. Assis à la poupe, Liam sourit.

ÉPILOGUE

Ils sentirent l'océan avant de le voir, lorsque le sel se déposa sur leurs lèvres. Plus tard, ils entendirent le cri des mouettes et le grondement lointain des vagues. Bien vite, le bateau accéléra, ballotté par le ressac. Puis, en un instant, le fleuve Coil avait disparu et ils voguaient en pleine mer.

« Nous avons réussi ! cria Liam, assis à la poupe, la main sur la barre. Kana ! Il faut hisser le mât et les voiles !

— Je m'en occupe ! »

Marine aida Kana et, en quelques minutes, ils avaient hissé la grand-voile et prenaient la mer à vive allure. Alors qu'ils naviguaient, Marine s'assit à côté de Liam. Elle ôta la pierre de soleil suspendue à son cou et la lui tendit.

« Elle est à toi, dit-elle. Je veux que tu la gardes. »

Liam fixa la pierre, puis Marine. Enfin, il sourit.

« Tu es sûre ?

— Oui. Sers-t'en maintenant. »

Liam hocha la tête. « Prends la barre. »

Il se dirigea vers la proue. Il montra la pierre de soleil à Kana et sourit. Kana lui sourit en retour. Lorsqu'il atteignit la proue, il leva la pierre vers l'ouest qui scintillait aux premières lueurs de l'Aube. La pierre brilla et diffusa un fin rayon lumineux sur l'une des trois cent soixante encoches du pendentif.

« Nous sommes à deux cent cinq, cria Liam. Va un peu à bâbord. Nous devons aller vers deux cent vingt et un. » Marine hocha la tête et vira. Liam observa les marques sur le pendentif alors que le rayon de lumière se positionnait sur deux cent vingt et un. « Parfait ! brailla-t-il en pointant l'index devant lui.

— Nous allons dans la bonne direction ? demanda Kana.

— Je pense que oui », répondit Liam en scrutant l'océan infini.

REMERCIEMENTS

Avant même d'avoir le titre ou les personnages de *Nightfall*, nous avons parlé de son atmosphère. Nous avons longuement discuté de l'obscurité et de la nuit. Il fut un temps, il n'y a pas si longtemps, où l'obscurité évoquait la peur primale. Avant l'invention de la lumière électrique, la nuit avait une forte influence sur les humains. Par exemple, les crimes commis la nuit étaient plus sévèrement punis. Le soir, lorsque le soleil disparaissait à l'horizon, les gens avaient tendance à s'inquiéter. La nuit était une source de crainte. Et c'est ce sentiment que nous souhaitions évoquer.

Ce livre a été une véritable leçon de collaboration : malgré tous nos efforts, nous n'aurions pas pu le mener à son terme sans l'aide de nombreuses personnes. Nous avons partagé nos premiers jets avec Tina Bennett et Svetlana Katz chez WME – nous leur sommes profondément reconnaissants pour leur soutien et leurs conseils. Elles n'ont jamais douté de ce livre, ni de nous. Nous tenons également à remercier tous ceux chez WME qui ont contribué à améliorer ce livre, surtout Kathleen Nishimoto, ainsi que Laura Bonner et Janine Kamouh aux droits étrangers. Nous sommes heureux de travailler avec Alicia Gordon et Erin

Conroy qui s'occupent des droits d'adaptations cinématographique et télévisuelle.

Nos familles et nos plus proches amis ont apporté une contribution cruciale. Tamar Halpern, Micah Nathan, Dan Kujawinski, Nancy Kujawinski, Brian Zittel et Paul Zuydhoek, merci d'avoir été là dès le début, ainsi que pour vos conseils et votre aide. Vous avez été nos premiers éditeurs.

La route vers la publication a été incertaine et houleuse, mais tout a changé lorsque nous avons signé avec Penguin. Dès la première conversation téléphonique avec Jen Besser chez Putnam, nous nous sommes sentis chez nous. Jen possède l'expertise et la confiance dont nous avions besoin – et nous nous y fions toujours. Quant à Ari Lewin, notre éditrice : OUAH. Tu es exactement ce dont nous avions besoin au moment le plus critique de l'évolution du livre – ta créativité, ton talent, surtout celui de réviseuse, sont exceptionnels. Avec toi comme éditrice, nous avons touché le jackpot et nous ne pouvons pas imaginer ce livre (ou les prochains) sans toi.

À Katherine Perkins – Perkins ! –, l'assistante d'Ari et sa muse, merci de ta créativité et de faire partie de cette impressionnante équipe de Putnam.

La passion, l'intelligence et l'énergie de l'équipe marketing nous a comblés. Merci Emily Romero, Erin Berger, Lisa Kelly, Anna Jarzab, Rachel Cone-Gorham, Leah Schiano et Carmela Iaria. À nos gourous de la publicité, Lindsay Boggs et Shanta Newlin, nous vous devons d'énormes remerciements. Votre enthousiasme nous a énormément encouragés. À la graphiste Kristin Smith qui a créé la couverture, nous n'aurions pu imaginer meilleure introduction à l'atmosphère du livre. À la directrice artistique Cecilia Yung et au créateur des cartes Martin Sanders, merci d'avoir transformé nos gribouillis en magnifiques dessins.

Après avoir passé quelque temps avec les cadres de Penguin, il nous est apparu clairement que nous avons une chance incroyable de faire partie de ce groupe. Leurs qualités de dirigeants, leur intelligence et leur passion sont exceptionnelles. Don Weisberg, Felicia Frazier et Jen Loja sont les meilleurs dans le métier et nous espérons travailler avec eux pendant de nombreuses années.

Peter : À ma mère, Jo Kujawinski, ta force et ton rire me portent. À mon père, Frank Kujawinski, merci de m'avoir appris à écrire – tu me manques. À mon frère, Dan Kujawinski, tu m'apprends à vivre. À ma sœur, Liza Kujawinski-Behn, tu es mon modèle absolu. Et à ma belle-mère, Arlene Weinsier, merci pour tes encouragements et ton talent avec un appareil photo. *Nightfall* est dédié à mes enfants, Blaze, Alina et Sylvie, qui remplissent ma vie de joie. À ma femme, Nancy Celia Rose, depuis que tu es entrée dans ma vie, tu es tout pour moi.

Jake : À mes fils, Sebastian et Lucian, ce livre est pour vous. J'espère qu'un jour vous le prendrez sur l'étagère, l'époussetterez, et vous souviendrez combien votre père vous a aimés et vous aime. Je tiens à adresser des remerciements tout particuliers à ma mère, Tamar Halpern, pour sa dévotion sans bornes et ses encouragements pour ce livre. Je suis aussi reconnaissant à un grand nombre d'amis et de membres de ma famille dont Stephen Halpern, Betty Stanton, Paul Zuydhoek, Barbara Lipska, Mirek Gorski, Greg Halpern, Ahndraya Parlato, Roya Reese, Lila Kleppner, Brian Groh, Brad Collins et Emily Bazelon. Je suis également redevable à Aaron Poach, Amanda Zapatka et Ralphie Sylvester de m'avoir aidé à rester en forme et sain d'esprit. Enfin, à ma femme, Kasia, merci de me rappeler que je dois « M'accrocher à ce en quoi je crois en pleine lumière / Quand l'obscurité m'a privé de toute vision ».

LA MUSIQUE DE BLISS

« Hand Over Hand » (« Une main après l'autre ») est une chanson traditionnelle chantée par les hommes et les femmes de Bliss lorsqu'ils escaladent les falaises. Elle est généralement entonnée par le grimpeur de tête et reprise par les membres de la cordée. Les paroles écrites sur cette partition sont la version de base du texte qui connaît un nombre incalculable de variantes dans les villes des îles du Nord.

« The Other Side Of Me » (« L'autre partie de moi ») est une ballade évoquant les pensées de Marine et de Kana alors que les circonstances les séparent.

On peut les écouter sur
www.celiarosemusic.com

Hand Over Hand

Celia Rose

The Other Side Of Me

Celia Rose

B
Bm A G Bm A G
w/ male 8vb Are you coming now to save me
or do I have to save myself
25
Bm A G Em G
(male voice)
you're my eyes when I can't see you're the other side of me you're the other side of me the other side
A'
Bm A G Bm A G
I have always been your look-out
you took my hand and we made it through
29
always been your look-out
made it through
33
Bm A G Bm A G
Now I'm stumbling through the darkness wondering just where are you
33
wondering where are you
B'
Bm A G Bm A G
w/ male 8vb Are you coming now to save me
or do I have to save myself
41
Bm A G Em G
you're my eyes when I can't see you're the other side of me you're the other side of me
Bridge
D D/C# Bm A G A
Oo some pain heals and is forgotten
45
While some pain leaves a scar
49
D D/C# Bm A G Em G
and you you and I can't be divided no one knows you like I do
49
you you and I can't be divided knows you I do

B"
Bm A G Bm A G
w/ male 8vb Are you com-ing now to save me or do I have to save my - self
58
Bm A G Em G
you're my eyes when I can't see you're the oth-er side of me you're the oth-er side of me
62
Are you com-ing now to save me or do I have to save my - self
66
you're my eyes when I can't see you're the oth-er side of me you're the oth-er side of me the oth-er side
A"
Bm A G Bm A G
My hands are cold my grip is fail-ing too much long - ger and I will fall

Ouvrage composé par
PCA – 44400 Rezé

Cet ouvrage a été imprimé
en Allemagne par

GGP Media GmbH
à Pößneck

Dépôt légal : avril 2017

FSC
www.fsc.org
MIXTE
Papier issu de
sources responsables
FSC® C003309

Pocket Jeunesse, une marque d'Univers Poche,
est un éditeur qui s'engage pour
la préservation de son environnement
et qui utilise du papier fabriqué à partir
de bois provenant de forêts gérées
de manière responsable.

PKJ• www.pocketjeunesse.fr
POCKET JEUNESSE

12, avenue d'Italie - 75627 PARIS Cedex 13